U0133413

萤窗译丛

总策划／刘中兴　　执行主编／林　岩　张达志

万里江湖憔悴身

陈与义南奔避乱诗研究

Writing Poetry,Surviving War

The Works of Refugee Scholar-Official Chen Yuyi(1090-1139)

上海古籍出版社　　　　　　［美］王宇根／著　　周　睿／译　王宇根／校

萤塘译丛

本书为

华中师范大学"湖北语言文化国际传播研究院"

资助翻译成果

本书出版得到

华中师范大学"湖北文学理论与批评研究中心"

大力支持

目 录

第二部分　行旅途中（The Journey）

第三部分 劫后余波 (Aftermath)

导　论

Introduction

一

　　宋徽宗政和三年（1113）三月，时年二十三岁的陈与义与另外十八名太学生一起"太学上舍释褐"，由是获得进入文官体制的选任资格。[1] 由于表现出众（登甲科），他旋即于同年八月授职开德府教授。开德府（今河南省濮阳市）是黄河沿岸的战略重镇，距离北宋汴京开封不过数日之程；而百余年前的 1005 年，宋、辽也恰是在这里签订了"澶渊之盟"，确保了此后两国持续一个多世纪的长治久安，并为北宋物质文化的蓬勃发展和兴旺繁荣铺平了道路。[2] 陈与义太学登科之际，不难想象他激情憧憬着眼前即将展开的锦绣前程。尽管朝中保守派和改革派之间的激烈党争持续了四十年，但是徽宗朝的政治仍然强劲地延续着大宋开国之初即已见端倪的实干主义精神和势头。[3] 作为彻底改革后的教育和科举制度培养出来的一代年轻士子中的翘楚，陈与义与他的同年们一样，胸怀崇高的儒学理想，渴望通过忠诚高效地服务于国家与朝廷，实现"为天地立心，为生民立命"的庄严使命。[4] 对于军事上处处掣肘于外敌、文化上扩张于四境的大宋王朝来说，这一古老的目标被赋予了全新的紧迫感与危机意识。[5]

就在陈与义太学登科十三年之后，1126 年的靖康之难这一在民族与国家政治生活中可谓翻天覆地的大事，以及伴随其后华北及东亚地缘政治权力的重新洗牌，无可逆转地改变了陈与义的仕宦生涯和人生轨迹。在这之前，尽管也有宦海沉浮，但陈与义置身于北宋官僚机制中可谓适得其所，并跻身于自己一代文人中最具天赋的诗人之列。[6] 弥漫于与他同辈的僚臣文吏间不断孳生膨胀的仕途停滞之感，似乎并没有影响到陈与义享受他的汴京时代闲适和不辍的读书生活；其出生于政治意义深远、文化意蕴精雅，且距离汴京不远的另一通都大邑洛阳为这一切提供了可能。[7] 在新的官学教育体制的洗礼和北宋晚期积极上进的政治思想的磨砺下，陈与义在其宦途之初就表现出不让自己内心为外界庸俗事务劳扰的强大意志力。即使在 1124 年岁末，也就是女真铁骑首次大举南侵的前一年，他被贬至汴京之外的小镇为官时，依然满怀希望、保持乐观。

随着 1126 年底汴京在女真铁骑再次挥师南下之际迅速陷落，整个华夏大地因政治板荡而陷入八方风雨、兵荒马乱之中，陈与义的生活亦被彻底地、暴烈地颠覆倒转，其震骇惊惧的程度远超他及其同僚与同辈文人们此前所曾经历过的任何磨难。跟很多人一样，陈与义也弃官去职，加入南逃大流，由此开启了一段五年有余的南奔苦旅，拖着肉身走过人迹罕至的万里行旅，最终抵达高宗暂居于浙江的行在之都。其个人避难征途上的磨练、磨难、磨折，将极大地重塑他对自己诗人身份和责任的理解与认同。惊天动地的历史事件改变的不仅是陈与义诗歌的主旨与内容，而且也改变了他的诗的表述方式和惯习。当他慌不择路地逃离于金兵追扰、驱驰于陌生地域的时候，一个崭新的诗世界正朝着他徐徐启幕。

尽管陈与义早年即以工于诗技而知名，但介于他太学登科和战事伊始的十三年里，其诗作的思想和情感面向上充斥着一种显而易见、千篇一律的单调性，甚至到了可以说是寡淡的地步。他的创作活动与他的文吏职责日常交织并行，诗作主要用于与同侪同辈们的社交沟通与应酬，以及个人情感的表达。但这种冷漠疏离在靖康之难以后便难觅其踪。在南奔避难途中，他的诗作以苦痛残酷的细节直笔记录自己的痛楚与艰辛，同时也间接记录了他的同僚士大夫难友们的痛楚与艰辛，他们在政局剧变和王朝崩溃之际及其后的生死存亡中奋力求生。

当他获得了一线喘息之机并开始试图掌控周遭发生的一件又一件历史事件以及自己的写作之时，他早期诗作中的封闭结构套路被凿出生天，原始朴素的情感和全新意象开始贯注于诗的字里行间。随着旅途不断延展拉长，情感的云霄飞车渐趋稳定，当地异域风光的丰饶多元舒缓了他对政治局势的担忧程度，使得他能够忍受眼前处境的持续动荡混乱而仍对未来抱持希望。这段经历既催产扩容了其诗歌数量，也赋予其诗强烈的情感能量和更为直率的表达，而这，既不见于其靖康之前的作品之中，也很难在其受江西诗派影响的、以文本为根基的诗学训练中觅得痕迹。[8] 诗歌再度成为陈与义在生命中最悲惨困苦的时候可以依赖的私人和政治表达工具。物质世界被有目的地、有活力地唤起，被鲜活地、具像地感知描述，这在他早期作品中鲜曾得见；在之前诗作中被按部就班地惯常吟咏的山水，逐渐褪却了其作为讽喻象征符号的面饰而被用来直抒胸臆；这种新的表达方式一直强势留存于他此后的作品之中，并为其后的南宋学者们极力推崇。在其个人视野中逐渐膨胀充溢、未经污染的自然景色在他的诗作中发挥着越来越主导的作用，助其排遣内心奔腾涌动的情感和忧虑；而他早期作品中那些娴熟精巧但有时未免有些矫揉造作的情感表达，被与自然风景的直接对话取而代之。

行旅临近结束之际，陈与义不再只是追求对眼中所见的物质山水景物的灵性超越，而是将它们纳为他自我和身份建构的核心"元件"。

对陈与义和中国文学史来说，这都是一个至关紧要的节点。陈与义靖康之难后的南奔避乱诗为读者提供了一种"实时性"（real-time）的描写刻画，当他在南国大片原始古朴、陌生疏离的疆域国土上步履蹒跚、颠踬流离之际，"情"与"景"之间的传统诗学张力得到了长时持续、幽微细致的呈现。陈与义在羁旅行役和政治局势之间的挣扎、适从、领悟，他在人与世、情与景之间努力寻求并最终达到的新的平衡，即时实例地展现了后世文论家们所盛称的"情景交融"的最高诗学境界。[9]

二

由于陈与义的生平具有跨界（boundary-crossing）性质，研究宋诗的学人们尚未找到适当方式来对其作品进行分期分类。清代官修《四库全书》的编纂者主要将其视为北宋诗人。[10] 另有现代学者使用定义较为模糊的"南渡诗人"来指称陈与义，这一术语指的是那些生于长于知名于北宋、但逃于安于重启于南宋的诗人们。不过，对陈与义的指称学界并未达成共识。[11] 为了避免过度纠缠于分类问题，本书将采用一种实用的方法，透过两种传统视角来分析简斋诗，以期更好地将其人其作置于文学史脉络中。

首先是他的前瞻性诗学取向（forward-leaning tendency），这里主要是指对下一代中兴诗人如杨万里（1127—1206）、范成大（1126—1193）、陆游（1126—1193）的导向。13 世纪早期的诗评家严羽认为陈与义与杨万里是代表南宋独有的两种诗风的开创者（陈简斋体、杨诚斋体），惜未能详述二者之间的关系。[12] 19 世纪标举宋诗的"同光体"领军诗人陈衍（1856—1937）则认为陈与义的七绝"已开诚斋先路"。[13] 当代学者张福勋将该论点拓展到概述陈与义的写景诗。[14] 赵齐平（1934—1993）不仅注意到陈与义与杨万里诗歌创作上的紧密联系，而且认为二者在诗学养成的路径上也颇为相似："都曾受到过江西诗派的影响，而又都逸出江西诗派的藩篱。"[15] 傅君劢（Michael Fuller）也提出二位诗人共有江西诗派的底子这一关联，但认为杨万里这一代的创新，是由于他们意识到了江西诗派的束缚而试图摆脱其"涵义内敛和想象贫瘠"的弊病。[16]

尽管本书会积极探索陈与义内在固有的前瞻性取向，但在方法论的本质上却是回溯性的。这里，笔者更愿意将陈与义视为标示着源自中古魏晋时期的山水诗的漫长演变的"终点"（end point），而不是仅把他看成是杨万里的"先驱前贤"。此外，本书还将特别关注陈与义对唐代诗人杜甫作品的深度诗学熔铸，以此作为文本分析的参照标准。毋庸置疑，正如传统和现代的评论家们早已注意到，杜甫对陈与义的影响既深远又多元。杜甫被圣化为诗歌的终极典范和不二法门之后，在所有志存高远的诗人的才学教育和诗学技巧训练中，他必然是其中不可或缺的重要一环。杜甫在北宋晚期诗坛上的地位如此之高，以至于几乎每个初涉其间的诗人内心中都有一个"杜甫"的存在。正如蔡涵墨（Charles Hartman）所 *xiv*
说，对于杜甫的态度看法和解说阐释，可以有效地映照出这一时期更为宏观的思潮和政治气候的变化。[17]

　　陈与义就是一个绝佳范例。事实上，他在广度上和深度上都标志着北宋文人对杜甫集体迷思的一个高潮点。但在靖康之难以后个人宦途和写作生涯的中段，陈与义与杜甫的关联也经历了一场剧变，在前所未历的情境之中，他在江西诗派影响下养成的内心的"杜甫"遽然、猛烈地被激醒。在被金兵穷追不舍、从邓州逃奔房州的 1128 年初，陈与义感慨地写道："但恨平生意，轻了少陵诗。"[18] 当然，这里被"轻了"（taken lightly）的并非杜诗文本，数十年来，包括陈与义自己在内的北宋诗人们一直在对杜诗旁求博考、钻坚研微甚至心慕手追，以此作为诗艺步入精湛圆融的法门；这里"被"疏忽的是杜诗蕴含的道德和情感力道，其内容意义的即时性和与现实人生体验的息息相关性。现代学者钱锺书（1910—1998）精辟深刻地总结出这种存在性觉醒对陈与义诗艺完善的重要意义："在流离颠沛之中，才深切体会出杜甫诗里所写安史之乱的境界，起了国破家亡、天涯沦落的同感。"[19]

现实人生体验再度与诗歌紧密结合，极大改观了诗歌对现实的再现表述，这打破了江西诗派封闭狭隘、以才学为诗、"无一字无来处"诗学主张的紧箍咒，诗人重与政治和文化建立起充实而有意义的接触和互动，使得诗歌社会道德的传统角色重焕活力，并令其复归于宝贵现实经验的根脉。[20]

^{xv} 杜甫可谓在江西诗派和陈与义的诗艺淬炼中鞭辟向里，以至于陈与义在靖康之难后对杜诗及其风格的觉醒看似乃水到渠成、顺理成章之事。虽然他自己这么说，南宋诗评家们也这样认为，但这种觉醒并未把他变成另一个杜甫。陈与义重新体验安史之乱后杜甫的无助痛苦而滋生的超现实感受，竭尽所能地去模仿杜甫作诗而付出的强烈自觉努力，在情感和道义的层面虽振聋发聩，到头来却被证明是一场虚空，不仅与时代难以契合，诗技上也难乎为继。尽管他试图完全代入杜诗中的角色和心态，洒杜甫之泪水，凝杜甫之目及，但

随着羁旅的延展衍伸，陈与义角色扮演的程度在不断弱化，他不得不将自我置于实际身处的世界之中，融入并接受他在南方耳闻目见的当地景观。可以说，通过努力成为"杜甫"，陈与义成功地重新发现自我、成为"自己"。

本书试图细致展现在漫长漂泊羁旅的实际情境之中，陈与义主动师法代入杜甫之举是被如何冲淡搁浅、中道而止的，其结果是在他南奔之行接近尾声之时，本地山水风光愈发频仍地出现并占据了他的思想情感，陈与义终能在世界与自我之间达成平衡与和解。何瞻（James M. Hargett）认为，陈与义早期作品中经常出现的宗唐的自觉愿望与宋诗的新趋向之间的张力，在其后期的实践中已不复算得上是真正的冲突。[21] 笔者将进一步论证，靖康之难后陈与义的频繁亲近自然，既是缓解消除这一张力的主导因素，也是成就其诗艺精妙的主要原因。通过比较陈与义与王维（约699—约761）的山水诗，麦大伟（David R. McCraw）总结说，王维"以全诗中淡去个体反应而著称"，而陈与义则以"关注精微和感悟精深"而知名，其个人的声音也因而"更明晰化和私人化"。[22] 陈与义后靖康时期最好的诗作，其所典型呈现的正是作为逃难者的诗人带着清晰亲密的个人视角，与途中所见所感不断斡旋调适的细致经历。吉川幸次郎（1904—1980）认为把细微性和超验性合二为一的能力，是宋代诗人普遍具备的关键特质。[23] 陈与义长于观察和刻画个人经历中的精微细节的特点，以及他的自我意识能力，令他与大多数其深所仰望的唐贤们区别开来。

这种回溯式的分析视角是必要的，因为陈与义在成为另一个"杜甫"上的尝试与未果，为我们提供了展现由唐至宋更广泛的文学和思想转型是如何实现的一则鲜活实例。陈与义没能成为杜甫不是因为他天赋不足、才学不济，而是因为他和杜甫的写作生涯和实践是在非常不同的理论预期和技法设定下进行的。在陈与义的时代，作为政治和文化一个主要载体和构成部分的诗歌，已经开始丧失相当的正统性。田晓菲曾指出，"在中古中国早期，文化和政治综合一体的概念开始分崩离析"，到八、九世纪的唐朝这一进程越发加快。[24] 到了宋代，无论在实践上还是在人们的感知中，这一进程被进一步固化，而再也难以逆转了。

陈与义羁旅途中的诗作让我们清晰地观察到古典诗人与宇宙天地之间的传统张力是如何发生显著变化的；当他开始在此时此刻、此地此景中寻求意义时，杜甫相应地逐渐从他的诗中淡出也就顺理成章了。11 世纪宋人对意识形态和思想体系上的凝聚合力以及情绪情感上的镇定自若的集体追求，决定了陈与义要比杜甫作诗更加关注思理的细密和与物质现实的契合；避难途中的政治危机事件，也要求他以流寓行人的限知视角去观察和理解周围世界的动荡混乱。这样一来，其私密、简洁、逻辑连贯、具有精准技巧和语言表达的诗风，便让他与杜甫和其他诸多唐人的诗风区别开来。

三

中国文学传统从诞生伊始，诗歌即受一种强烈鲜明、尽管多是隐而不露的理念的驱动，这一理念对早期和中古（即宋前时代）中国诗歌的兴盛繁荣起了关键的作用。这就是备受推崇的诗兴自然之说。据此概念，诗人是天地万物能量的承载体，跟随宇宙万物的节奏韵律同频共振，但并不强势干预或改变这一交互运动的模式或影响其进程。在北宋晚期江西诗派的诗学主张里，诗人被寄望于以娴熟的形式技法和有意的艺术掌控在全新的诗界领地中大展经纶，这代表着对上述古典自然诗兴理念理解上的重大转向。不过，这一转向的发生和完成是一个渐进的、长期的过程。

在被目为中国诗歌的源头、也是中国最早的诗歌总集的《诗经》中，自然物质世界被赋予了各类角色。后世学者称之为"兴"的表现手法，不仅开启了为一首诗作政治或道德隐喻解读的门径，而且也充当着诗中人物角色行动和事件的外在实景：征夫远行役，则曰"昔我往矣，杨柳依依；今我

来思，雨雪霏霏"；思妇立田间，则曰"采采卷耳，不盈顷
筐；嗟我怀人，寘彼周行"；农人勤劳作，"同我妇子，馌彼
南亩，田畯至喜"；村民贺新年，"跻彼公堂，称彼兕觥，万
寿无疆"。置于更广阔的历史语境中去考察，上古诗歌自然
外物的世俗物质性有时会被疏忽漠视，其中的一个原因是其
在接下来的《楚辞》中被渲染上更浓厚的寓意色彩。《楚
辞》是继《诗经》之后又一影响深远的文集，它在形塑古
典诗歌与自然外物深度错杂交融的面向上，发挥着与《诗
经》类似、甚至更为重要的作用。由于《楚辞》在表达方
法上对意象和隐喻的倚重，古楚南国土生土长的奇花异草在
诗中比比皆是，自成一道奇妙的诗歌风景，但它们在物质世
界中的具体所指却不甚明确。《楚辞》中的物象和意义之间
的关联是整一、强势而连贯的，其对自然物象的寓意化处理
可视为《诗经》中的"兴"的升级强化版。与后者中物象
和意义之间关联极具偶然性不同，《楚辞》"引类譬喻"的
核心要旨在于物象和意义之间内在的本质关联性，"故善鸟
香草，以配忠贞；恶禽臭物，以比谗佞"。[25]

　　与此同时，《楚辞》中物象和意义之间关联性的强化，
也伴随着"诗人"这一概念的变化。在《诗经》中，除了
在一些个例中明确标识出创作者的名字之外，大多数诗歌的
作者都无法考证。而《楚辞》则朝着现代意义上的"诗人"

概念迈出了坚实的一步，即诗人被构想为一位具有完全主体性和历史能动性的艺术创造者。在《楚辞》中，不仅自然物象在诗的意义生成中起着更为直接的作用，而且创生诗意的人物的形象也更加清晰可辨，最具代表性的莫过于系名于屈原（约前340—约前278）的绝代名作《离骚》。该诗的时空建构与作为历史人物的屈原休戚相关，而根据司马迁的记载，屈原这一人物的情感思想构成使得我们可以更加自信地把这首诗的创作置于真实发生过的历史当中。不过，《离骚》的诗性空间基本上仍然是绝世而独立的，是常与屈原的现实人生相互映照、但却没有具体性和细节性去真实印证的一个净土般的平行宇宙。

早期中古中国文学史上的一个重要发展趋势对中国诗歌的自然表述以及诗人概念的形成都深具影响，这一趋势我们可以通过阅读这一时期两位最有影响力的诗人——陶潜（365—427）和谢灵运（385—433）——的诗作来更好地加以理解。尽管二位诗人之间存在着无可争辩的显著差异：陶潜对自然意象的使用更为泛泛且根植于古典传统之中，而谢灵运使用自然意象则更偏生新幽峻而发自肺腑；但较之更早时期，自然在二人诗作的意义生成中发挥着更为积极的作用。

陶潜创设作为归隐者的诗人形象已广为人知，他自甘清贫安居乡土、远离龌龊官场,将其所归农居改造成一个浪漫化的、深具文化和审美魅力的"田园"空间。在他的《饮酒》组诗最受关注的第五首作品中,叙事者身处一个亦幻亦真的理想化的山水景观之中:"采菊东篱下,悠然见南山;山气日夕嘉①,飞鸟相与还。"[26] 尽管诗中并没有完全描摹山水景观的细节,学者们也对陶氏标志性"见"的本质和内涵仍各持己见——到底是叙事者无意间偶然瞥见了南山,还是有意地将目光想望性地投向了南山?——但这里确立的"见"南山的方式确为后世山水诗提供了一种范式。[27] 陶潜的"田园"象征着自然山水的和谐与亘古常新的美,其与屈原建构的琪花瑶草、女仙巫觋、传奇神使、万物众生的奇幻世界有着本质上的差别,应该说,它标志着中国自然山水诗的滥觞之始。

谢灵运则越过陶潜建构的位于乡土故园和荒蛮疆土交界处的"田园"而往前更进一步,其探索的境域延伸到了无人涉足的荒山野岭。他不仅赋予了山水诗真正意义上的合法性,而且确立了观察和书写山水的基本范式;我们可以更具信心地把谢诗中模山范水的笔墨刻画与其途中所历实际山川关联起来。此外,谢灵运也为我们提供了一个诗人的行旅经

---

① 译注:一本作"佳"。

历是如何改变他与自然之间的关系的很好的例示。在初任永嘉太守的行旅开始之时，谢灵运借助或感兴自然山水用以表达诗人自己对政治流放的挫败感，这表明是时诗人与山水的关系还基本上是按传统的范式来建构的；而随着他的足迹深入到山川的褶皱之中，这种关系因日濡月染而逐渐发生变化，变得更加亲密无间、可触可感，有时甚至有种宗教虔诚之感。途中过始宁墅见"白云抱幽石"，[1] 游富春渚观"溯流触惊急"，抵达永嘉后多次外出游览、搜奇觅胜，闲居时深入山林、探古寻幽，乃至对阻路的林木岩石加以刀劈斧削，谢灵运全方位地展现出他与自然世界日益亲密、频繁互动的关系。[28]

　　谢灵运山水诗的创新之处还在于其观察和描写山水自然的模式。他与自然山水之间沉浸式的亲近与密接关系，影响了这一主题文类的后世流变，奠定了自然山水作为中国诗歌主要题材类型和重点灵感源泉的基本地位，确立了移步随形、在途即时观看这一观察和描写自然的主要模式。[29] 只需读一读杜甫的晚期作品，特别是夔州及其后的诗，就能看到这一影响之巨。安史之乱以后，杜甫离开了长安这个他文化上谙然烂熟但政治上沮丧绝望的帝都，其与自然的关系与

---

① 译注：原文"始宁"误作"永宁"。

作诗的方式都发生了激剧变化。在前期作品中经常出现的实际或暗含的对话者基本缺席的情况下，他的目光和关注点最终转向了夔州江域的山谷溪涧，进入了一种延展的独白模式。这实质上把自己变成了另一个谢灵运，让原生自然山水的力量主宰他的思想和写作。可以说，正是杜甫本人，承继了谢灵运山水诗遗产的精华，并巩固深化了谢灵运观察和书写山水的深入式、亲近式和动态式模式。

正如宇文所安（Stephen Owen）所言，杜甫之后晚唐时期的一代年轻诗人们通过他们自己的生活方式和诗歌写作，大力弘扬着一种新的理念：诗歌既是天赋流露和慧眼观察的产物，也是精巧构思的产物。[30] 朝这一理念转向的态势在北宋初年的西昆体诗人的身上可以进一步观察到，尽管他们以晚唐诗人李商隐（813—858）为摹本、以"研味前作"为主要写作方式的诗学实践主要是出于追求对偶工整和辞章华美的根本意愿（虽然这一意愿并不是他们的师法对象李商隐诗歌的主要驱动力），他们对圆熟诗艺技法的痴迷可以说是上述长期趋势的沿袭继续。[31] 然而，正如笔者另有专书论述过，是活跃于北宋晚期的江西诗派在夯牢构筑这一源远流长的技法转向上发挥着最为实质性的作用，使得这一以技法为中心的理念在诗学理论、诗歌实践和诗艺训练中得到全面鼓吹和力倡。[32]

陈与义在诗学成长和写作生涯之初深受江西诗派高度自
觉和工于技法的作诗风格的影响，这使得靖康之难后的陈与
义在南奔之初为寻找自己的声音而不得不付出格外的移山心
力。从中原腹地到僻远的南方山区，陈与义在不同地势地带
之间深入穿行，慢慢地，他对自己的个人处境和诗歌写作的
掌控渐趋得心应手，其诗风开始呈现出一种优化整合的样
貌，部分近似于谢灵运和杜甫，部分类同于他的北宋前辈、
江西诗派宗师黄庭坚（1045—1105）。虽然说是远绍谢、杜，
但陈与义实际上与同时代的黄庭坚在风格上更为一脉相承，
努力活在当下眼前的物质现实之中，不让自己在政治局势的
激荡和长途跋涉的艰辛中迷失迷惘。他的诗既是记录自己肉
身行旅的载体，又是维系自己情感道义的支柱。他能够在锤
字炼句和语出天然之间，在内心的杜甫"性癖耽佳句"的促
迫声音和奔波途中捉襟又见肘的写作环境之间，寻求一种微
妙平衡。麦大伟认为简斋诗中，"感知状态动词的频繁使用，
不断地在向读者提示着言说者的存在"。[33] 本书的主要任
务，就是要勾勒出陈与义的诗歌是如何通过这种真实的、
个体的声音去表现行旅中的紧张、创伤和惊怖的，这些又
是如何通过接受并最终超越不负杜甫的心理压力而得到实
现的。

四

陈与义少习江西诗派，这为他奠定了必要的诗法技能，使其能挥笔写就北宋最后半个世纪里风靡一时、好用僻典、清新奇峭的诗歌。钱锺书把这种摘文探藻的读诗感受，戏称为"隔帘听琵琶"或听"异乡人讲他们的方言"。[34] 陈与义早期作品中有很多诗作都明显深受此种诗风的影响。但总体而言，他的诗风是直抒胸臆、精准务实的，靖康之后诗作尤甚。这对于现代读者而言很大程度上免去了耗时费力地去揭开那些晦涩难明的隐喻典故来探索诗意之苦。换言之，不同于阅读黄庭坚和许多其他江西诗派诗人的作品，进入陈与义的诗歌世界会相对较少地遇到语义上或词汇上的障碍。

不过阅读陈与义会遭遇到另样挑战。陈诗内涵和意义是与他行旅中的具体事件和原生情感唇齿相依、互为表里的，读者必须披荆斩棘、知其所以，方能拨云见日、心领神会。白敦仁（1918—2004）的评论最深得读陈诗者之心："与义诗有看似易懂，但如果不弄清其具体历史背景实难真正读懂，甚至产生误解的。"[35]

本书的另一项重要任务就是提供这些历史背景，将陈与义的诗作还原于诗意的原始语境或原初"生态系统"中、置

xxii

放于情感思想的"现场直播"里。宋代文献中有一些著名的隐喻说辞或能有益于更好地呈现这种"沉浸式还原阅读法"（immersive approach）的优势所在。北宋理学家程颢（1032—1085）提到儒家经典文献的理想阅读方式时，以《诗经》的"鸢飞鱼跃"熟典意象为喻，促请读者沉浸在鸢飞鱼跃般天机自成的现实世界中去充分理解古典文本的精义。[36] 为了把握陈与义奔途诗的完整要义，我们同样也可从程颢衣钵的南宋继承者、理学集大成者朱熹（1130—1200）那里借取灵感。与他广为流传的"读书法"要旨一脉相承，朱熹告诫弟子要向粗粝务实而细致的"园夫"学习："善灌之夫，随其蔬果，株株而灌之。少间灌溉既足，则泥水相和，而物得其润，自然生长。"[37]

xxiii

跟随陈与义的脚步踏上自 1126 年初至 1131 年夏长达五年半的漫长行旅，笔者试图效仿借鉴程颢的"飞鸢跃鱼"和朱熹的"灌园之夫"，与简斋一同跋山涉水、奔走风尘，与之同甘共苦、感同身受。这种近距视角也是陈与义本人观察书写的自我方式；奔走在行旅路途中的他，透过专注观察之瞳讲述自己的故事，诉说笼罩泛滥寂寞的孤独、陷入泰半时候的恐慌、面临当下未知的惶惑。对他南奔诗作的文本细读，对诗写成的物质和心理语境的细致分析，将有助于我们了解其诗的宏大关注和写作范式，其内心力量的动力源泉，以及这些是如何在精神上和道义上支撑着他熬过五年半的漫长苦旅的。尽管宋代士人思想和文学中确实存在诸多形而上和先验超越的因素，但这并不能削弱或消解本书的立论基础，即陈与义及一般意义上的宋诗要远比前朝唐诗更为深植于物质性的根底。

简斋诗值得以如此文本精读、传记事例、生平时序的方式解读还有另一原因，那就是他是代表宋朝致力于以写诗作为人生大业的新一代诗人类型的缩影，关于怎么写、写什么、写多少，这些诗人都有自己一以贯之、自觉且深思熟虑的决定。作为诗人他不算特别丰产——白敦仁的现代校笺本中他的内集收诗仅 565 首，这 565 首诗正是本书的研究对象——但其诗作所彰显出的精熟、简洁、内敛的风格，完美地体现出他那一代诗人的诗学主张。[38] 由于他靖康之后南奔诗在主题和风格上的连贯性和整体性，我们甚至可以进一步将他写于 1126 年之后南奔途中的 292 首诗视为叙说他的生命故事的、由 292 个小篇章组成的单一长篇巨制。陈与义的诗歌大多并不追求情感的自然流露和自发天成，而讲求精细洽悉、洞幽察微，而且，一如他江西诗派一些前辈同仁们那样，隐约但执意地反对时俗文学创作中追求数量、积简充栋的趋向。[39]

这种对整一性和内在连贯性的追求也体现在陈与义对诗体的选择和使用上。他的诗集中没有明确标识为"咏物诗"

xxiv

或"咏史诗"这两类在中古中国诗中扮演着重要角色的作品。此外，他对格律要求较少的五言古诗也情有独钟，这种相对自由的诗体形式让他能更从容地处理其在穷旅羁途中所遇到的各种考验，并能抓住和把握随时可能出现的新的事机。咏物咏史的实质阙如，对五言古体的青睐偏好，都昭显出陈与义对形式和功用、寄望与现实之间整一契合性的自觉追求，以及对特定文类、文体、文风的有意选择，以满足行旅书写的需要。

五

从最基本的层面上说，本书是对简斋诗的细读和通论，重点集中于其避乱金兵侵扰五年半羁旅中的诗作。其中一条分析主线，将着眼于惊天巨变和颠沛流离是如何助其在不摈弃宋诗精雅诗风和精熟诗艺这一共同愿景的同时，重振诗作中的道德和情感原力。第一部分的三章探讨陈与义深受江西诗派影响、带着典型北宋晚期诗风和惯习的早期诗作，特别是蕴含于其间的写作偏好、模式和冲突，目的是为 1126 年靖康之难后的风格转型提供依照。第二部分，从第四章到第七章，重点讨论他南奔途中的作品，既关注他逃离中原、纵深江湖万里的肉身行旅，也考察他行至尾声而渐臻完美的诗

xxv

学心路历程。由第八和第九章组成的第三部分，聚焦于流落初定的诗人为南宋朝廷再召之后数月以及晚年寓居浙江数年的作品，考察其诗风转变的余音。

八百多年以来，陈与义诗集的形貌一直相对稳定。最早的 1142 年的刊本，在其过世后四年由他晚年曾短暂出任知府的湖州官刻付梓，其底本乃其家藏钞本。本书依据的是 1990 年白敦仁基于南宋绍熙年间（1190—1194）胡穉注本补正校注的现代排印本。[40]

陈与义生平系年主要参照白敦仁 1983 年出版的简斋年谱，而此年谱亦是在胡穉所作的更早年谱的基础上研精钩深而成。[41] 在叙述简斋生平行旅所涉及的诸多历史事件时，本书还特别倚重成书于南宋的两本历史典籍：被系名于汪藻（1079—1154）的《靖康要录》和李心传（1167—1244）所撰的《建炎以来系年要录》。[42] 与靖康之难前徽宗朝官方史纂之散佚稀缺相比，这两本典籍可谓关于靖康之难及其前因后果的真正的史料宝库，可以帮助我们了解陈与义跋涉穿行于绵延迤逦的南方山水之时宏观政治和军事舞台上同步发生的动荡激变。

xxvi **注释：**

［1］本书对陈与义生平作品系年皆从中文原始文献，如有例外，则另作说明。

比如"澶渊之盟"的中国传统历法和西方纪年就有差异，缔盟约之时是真宗景德元年（1004）腊月十二，相当于公元1005年1月24日。

[2] 参见 Denis Twitchett and Paul Jakov Smith, eds., *The Cambridge History of China*, vol. 5, pt. 1: *The Sung Dynasty and Its Precursors*, 907 – 1279, Cambridge：Cambridge University Press, 2009, pp. 262 – 270；中译本见崔瑞德、史乐民编，宋燕鹏等译：《剑桥中国宋代史（上卷）》，北京：中国社会科学出版社，2020 年，第238—245 页；Herbert Franke and Denis Twitchett, eds., *The Cambridge History of China*, vol. 6: *Alien Regimes and Border States*, 907 – 1368, Cambridge：Cambridge University Press, 1994, pp. 104 – 110；中译本见傅海波、崔瑞德编，史卫民等译：《剑桥中国辽西夏金元史》，北京：中国社会科学出版社，1998 年，第122—125 页；Nap-Yin Lau（柳立言），"Waging War for Peace?：The Peace Accord between the Song and the Liao in AD 1005," in *Warfare in Chinese History*, Hans van de Ven（方德万）ed., Leiden：Brill, 2000, pp. 180 – 221. 澶州于1106 年升格为府，更名开德。

[3] Ari Daniel Levine（李瑞），"The Reigns of Hui-tsung（1100 – 1126）and Ch'in-tsung（1126 – 1127）and the Fall of the Northern Song," in *The Cambridge History of China*, vol. 5, pt. 1, pp. 556 – 643.

[4] 在新推行的"太学三舍法"里，举子既可以通过就读太学上舍而直接授官（如陈与义），也可以通过三年一期的礼部试获得选注资格进入官僚体系。"三舍法"是自京师的太学一直到地方的州学和县学的分级教育体系，分为外舍、内舍和上舍三个部分，在徽宗即位之初被全面采纳推行以取代旧有的以省试为核心的科举制度。据文献记载，各地官学的生员总数一度高达二十万人。参见 John W. Chaffee, *The Thorny Gates of Learning in Sung China: A Social History of Examinations*, Cambridge：Cambridge University Press, 1985, pp. 77 – 80；r. v., Albany, NY：State University of New York Press, 1995；中译本见贾志扬：《宋代科举》，台北：东大图书公司，1995 年；贾志扬：《棘闱：宋代科举与社会》，南京：江苏人民出版社，2022 年；John W. Chaffee, "Sung Education：Schools, Academies, and Examinations," in idem and Denis Twitchett, eds., *The Cambridge History of China*, vol. 5, pt. 2: *The Sung Dynasty and Its Precursors*, 907 – 1279, Cambridge：Cambridge University Press, 2015, pp. 300 – 305；Yongguang Hu, "A Reassessment of

the National Three Hall System in the Late Northern Song," *Journal of Song-Yuan Studies* 44 (2014)：139－173；中文参考胡永光：《北宋末年的教育改革——对太学三舍法的考察》，《华中学术》2009 年第 2 期，第 87—100 页。

[5] 自 960 年开国立朝以来，大宋受到来自北方强邻诸国的武力威胁不断，包括契丹人的辽国、党项人的西夏、女真人的金国，以及最终于 1279 年终结南宋统治的蒙古人。

[6] 麦大伟（David R. McCraw）通过比较北宋与唐代前贤与陈与义的诗歌技巧，认为陈与义"诗艺的精巧程度不亚于同时代的任何一位诗才异禀的诗人"，参见 David R. McCraw, "The Poetry of Chen Yuyi（1090－1139)," PhD dissertation, Stanford University, 1986, p. 344. 这里，我完全同意他的这一评价。

[7] 陈氏一族自曾祖陈希亮（1002—1065）从蜀迁洛。陈希亮与苏轼（1037—1101）有旧，在仁宗朝颇负声名，参见 James M. Hargett（何瞻），"The Poetry of Chen Yu-yi, 1090 － 1139," PhD dissertation, Indiana University, 1982, pp. 27－29.

[8] 陈与义归属于江西诗派的提法在南宋末年越发受到重视，诗评家如严羽（1191—1241）、刘辰翁（1232—1297）、方回（1227—1307）皆持此说。方回论诗首倡"一祖三宗"之说："江西派，非自为一家也，老杜（杜甫〔712—770〕）实初祖也……宋以后，山谷（黄庭坚〔1045—1105〕）一也，后山（陈师道〔1053—1101〕）二也，简斋（陈与义）为三。"现代研究中，朱新亮认为胡穉的《增广笺注简斋诗集》"是为陈与义'江西诗派化'的开端"，见朱新亮：《方回之前的陈与义"江西诗派化"进程——从胡穉〈增广笺注简斋诗集〉的语典诠释谈起》，《海南大学学报（人文社科版）》2017 年第 4 期，第 114—120 页。尽管我认为陈与义是否归属于江西诗派仍待商榷——比如麦大伟和傅君劢（Michael Fuller）都坚持认为这纯属后见之明的"构建"——但江西诗派对陈与义诗学思想和早期诗作的影响是确凿无疑的，参见 David R. McCraw, "The Poetry of Chen Yuyi," p. 292; Michael A. Fuller, *Drifting among Rivers and Lakes: Southern Song Dynasty Poetry and the Problem of Literary History*, Cambridge, MA；Harvard University Asia Center, 2013, pp. 123－181. 对这一问题的详细全面的检讨，参见杭勇：《陈与义诗研究》（下编《陈与义与江西诗派

关系考论》），北京：中国社会科学出版社，2018 年，第 172—225 页。

［9］清初学者王夫之（1619—1692）对这一理论成型的贡献尤大，参见 Siu-kit Wong（黄兆杰），"Ch'ing and Ching in the Critical Writings of Wang Fu-chih," in *Chinese Approaches to Literature from Confucius to Liang Ch'i-Ch'ao*, Adele Austin Rickett（李又安）ed., Princeton, NJ：Princeton University Press, 1978, pp. 121‑150；蔡英俊：《比兴物色与情景交融》，台北：大安，1986 年。

［10］永瑢：《四库全书总目》，北京：中华书局，1965 年，第 1349 页。

［11］例如，新近研究中有两位学者对这一问题的研究可谓大相径庭——王建生在其南渡诗坛研究中没有提及陈与义，而杨玉华则将陈与义列为"南渡诸诗人之冠"，参见王建生：《通向中兴之路：思想文化视域中的宋南渡诗坛》，上海：上海古籍出版社，2011 年；杨玉华：《陈与义·陈师道研究》，成都：巴蜀书社，2006 年，第 116—138 页。杨玉华的观点显然与宋诗研究现代大家胡云翼（1906—1965）遥相呼应，后者称陈与义为"南渡时期的第一大诗人"，见胡云翼：《宋诗研究》，香港：商务印书馆，1959 年，第 138 页；成都：巴蜀书社，1993 年，第 101 页。本书所用的研究法与杭勇对陈与义研究专著颇多近似，参见杭勇：《陈与义诗研究》。这里笔者要感谢一位匿名评审者向我提及此书。

［12］严羽著，郭绍虞校：《沧浪诗话校释》，北京：人民文学出版社，1961 年，第 59 页。

［13］陈衍著，曹旭校：《宋诗精华录》，南昌：江西人民出版社，1984 年，第 145 页。关于陈衍在宋诗复兴运动中的作用，参见 Jon Eugene von Kowallis（寇致铭），*The Subtle Revolution: Poets of the "Old Schools" during Late Qing and Early Republican China*, Berkeley, CA：University of California Press, 2006, pp. 153‑231；Shengqing Wu（吴盛青），*Modern Archaics: Continuity and Innovation in the Chinese Lyric Tradition*, 1900‑1937, Cambridge, MA：Harvard University Asia Center, 2013, pp. 14‑24.

［14］张福勋：《简斋已开诚斋路——陈与义写景诗略论》，《中国韵文学刊》1994 年第 1 期，第 32—35 页。

［15］赵齐平：《宋诗臆说》，北京：北京大学出版社，1993 年，第 258—260 页。

［16］Michael A. Fuller, *Drifting among Rivers and Lakes*, p. 181.

［17］Charles Hartman（蔡涵墨），"The Tang Poet Du Fu and the Song Dynasty

Literati," *Chinese Literature: Essays, Articles, Reviews* 30 (2008)：43 - 74.

[18] 详见本书第五章。

[19] 钱锺书：《宋诗选注》，北京：人民文学出版社，1997 年，第 131 页。

[20] 傅君劢对诗歌重建与南宋理学思潮之间富有意义的对话进行了深入探讨，参见 Michael A. Fuller, *Drifting among Rivers and Lakes*.

[21] James M. Hargett, "The Poetry of Chen Yu-yi," p. 15.

[22] David R. McCraw, "The Poetry of Chen Yuyi," pp. 93, 90, 95.

[23] 转引自 David R. McCraw, "The Poetry of Chen Yuyi," p. 158；原文见吉川幸次郎（Yoshikawa Kōjirō），"Tu Fu's Poetics and Poetry," *Acta Asiatica* 16 (1969)：1 - 26.

[24] Xiaofei Tian, *The Halberd at Red Cliff: Jian'an and the Three Kingdoms*, Cambridge, MA：Harvard University Asia Center, 2018, p. 255；中译本见田晓菲著，张元昕译：《赤壁之戟：建安与三国》，北京：生活·读书·新知三联书店，2022 年，第 231 页。

[25] 王国璎研究早期中古中国山水诗的渊源兴起时对《诗经》和《楚辞》中的山水观（自然表征）进行了深入研究，参见王国璎：《中国山水诗研究》，北京：中华书局，2007 年，第 11—36 页。

[26] 袁行霈：《陶渊明集笺注》，北京：中华书局，2003 年，第 247 页。

[27] 对这一问题的详论参见 Xiaofei Tian, *Tao Yuanming and Manuscript Culture: The Record of a Dusty Table*, Seattle, WA：University of Washington Press, 2005；中译本见田晓菲：《尘几录：陶渊明与手抄本文化研究》，北京：中华书局，2007 年；北京：生活·读书·新知三联书店，2022 年。

[28] 谢灵运在新型山水诗的起源中的历史地位讨论已经有不少极富洞见的高论之作，其中包括顾绍柏：《谢灵运集校注》（修订版），台北：里仁书局，2004 年，第 15—34 页；葛晓音：《八代诗史》（二版），北京：中华书局，2012 年，第 177—189 页；J. D. Frodsham（傅德山），*The Murmuring Stream: the Life and Works of the Chinese Nature Poet Hsieh Ling-yün*（385 - 433），*Duke of K'ang-Lo*, Kuala Lumpur：University of Malaya Press, 1967；Francis Abeken Westbrook, "Landscape Description in the Lyric Poetry and 'Fun on Dwelling in the Mountains' of Shieh Ling-yun," PhD dissertation, Yale University, 1972 等。本书所说的谢灵运的自然意象生涩幽峻，并不是要否定其作品中的精神层面。马瑞志（Richard Mather）在他一篇影响深远的

宏文中极有见识地提出谢灵运自然意象的"山水佛性"（landscape
Buddhism），召唤着后世如王维、柳宗元等作品问世，参见 Richard B.
Mather, "The Landscape Buddhism of the Fifth-Century Poet Hsieh Ling-yün,"
Journal of Asian Studies 18. 1 (1958)：67-79. 田菱（Wendy Swartz）在最近
一篇研究谢灵运《山居赋》的论文中详细介绍了诗人在 423—424 年暂任
永嘉太守时在山居期间的居住环境和游览活动，参见 Wendy Swartz,
"There's No Place Like Home：Xie Lingyun's Representation of His Estate in
'Rhapsody on Dwelling in the Mountains'," *Early Medieval China* 2. 1
(2015)：21-37.

[29] 田晓菲在著中详述了这种想象式、移动式的观看模式，参见 Xiaofei Tian,
*Visionary Journeys: Travel Writings from Early Medieval and Nineteenth-Century
China*, Cambridge, MA：Harvard University Asia Center, 2012, pp. 21-67；
中译本见田晓菲：《神游：早期中古时代与十九世纪的行旅写作》，北京：
生活·读书·新知三联书店，2015 年，第 22—63 页。

[30] Stephen Owen, *The Late Tang: Chinese Poetry of the Mid-Ninth Century (827-
860)*, Cambridge, MA：Harvard University Asia Center, 2006；中译本见宇文
所安著，贾晋华、钱彦译：《晚唐：九世纪中叶的中国诗歌（827—
860）》，北京：生活·读书·新知三联书店，2011 年。

[31] 关于后一点，参见 Yugen Wang, "The Xikun Experiment：Imitation and the
Making of the New Poetic Style of the Early Northern Song," *Journal of Chinese
Literature and Culture* 5. 1 (2018)：95-118.

[32] Yugen Wang, *Ten Thousand Scrolls: Reading and Writing in the Poetics of Huang
Tingjian and the Late Northern Song*, Cambridge, MA：Harvard University Asia
Center, 2011；中译本见王宇根：《万卷：黄庭坚和北宋晚期诗学中的阅读
与写作》，北京：生活·读书·新知三联书店，2015 年。

[33] David R. McCraw, "The Poetry of Chen Yuyi," p. 95.

[34] 钱锺书：《宋诗选注》，第 97、102 页；Yugen Wang, "Passing Handan
without Dreaming：Passion and Restraint in the Poetry and Poetics of Qian
Zhongshu," in *China's Literary Cosmopolitan*, Christopher Rea（雷勤风）ed.,
Leiden：Brill, 2015, pp. 41-64.

[35] 白敦仁：《陈与义集校笺》，上海：上海古籍出版社，1990 年，前言，第
9 页。

［36］程颢、程颐著，王孝鱼编：《二程集》，北京：中华书局，1981 年，第 59 页。此二意象典出于《诗经·大雅·旱麓》（《毛诗》第 239 篇）"鸢飞戾天，鱼跃于渊"，英译参见 James Legge（理雅各）trans. , *The Chinese Classics*, *Volume IV: The She King*, *or the Book of Poetry*, Hong Kong：London Missionary Society, 1871; rpt. Taipei：SMC Publishing, 2000, p. 445.

xxix

［37］朱熹著，黎靖德编，王星贤校：《朱子语类》（八卷本），北京：中华书局，1986 年，第 167 页。朱熹明确认为做事要循"方法"（way）而不仅仅是顺其本性；这里强调的点在于"随其蔬果"和"株株而灌之"。

［38］565 首作品未包括其 18 首词、"外集"中的 68 篇以及"佚诗文"的 29 首作品或残章。这一数字较之唐代诗人而言都算比较小的，遑论与他同时代的以多产著称的宋诗人相比：杜甫存诗约 1 500 首，黄庭坚 1 900 余首，而 18 世纪前存诗最多的诗人是陆游，留下 9 000 多首诗。

［39］郑骞（1906—1991）曾指出，陈与义很可能在生前整理过自己的别集，并有意将一些诗作撇除在外，而这些诗被后来的编纂者收集整理，最终编入"外集"，参见郑骞：《陈简斋诗集合校汇注》，台北：联经出版事业公司，1975 年，第 379 页。从"外集"仅收 68 首的事实来看，陈与义诗作的实际创作不太可能会比现存数量多很多。

［40］白敦仁：《陈与义集校笺》。①

［41］白敦仁：《陈与义年谱》，北京：中华书局，1983 年。

［42］汪藻著，王智勇笺：《靖康要录笺注》（三卷本），成都：四川大学出版社，2008 年；李心传著，辛更儒校：《建炎以来系年要录》（四卷本），上海：上海古籍出版社，1992 年。

---

① 译注：浙江古籍出版社 2014 年将《陈与义集校笺》《陈义年谱》二书合刊，收入《白敦仁著作全集》丛书，但版本欠佳，故本书作者不从。

第一部分
早期作品 （Early Works）

第一章
客　居
A Sojourner

　　汴京被围的消息传来之时，陈与义正在谪监陈留酒税的任上。陈留位于汴河岸边，东南距东京仅五十二里之地。[1]他因被认为与新近罢相致仕的王黼（1079—1126）有旧而被牵连，谪迁出监陈留酒税，至此已一年有余。[2]这距离他1113年"太学上舍释褐"已经十三年。

　　与同一时代其他文人们的诗作一样，陈与义简斋集中写于贬官陈留之前的184首诗作，多是其刚入仕担任初级文职时应付官僚事务及活跃于官场社交的产物。其中不少作品，乃作于与自他太学时代起便相识相知的诗友、同年、臣僚们相酬唱的亲密场合之中。[3]与唐代或北宋初年类似的文人圈相比，简斋所属的这一群体在思智念识和意识形态上都具有鲜明的同质性；与北宋初年相比，这一特征则更为明显，后者由于帝国一统开疆辟土，使得不同地域的人才毕集而服务于全新的帝统大业，而往往观念相左、利益抵牾、政见各异。[4] 与陈与义诗歌酬唱的文人中的很多人，不仅同在汴京开封辐辏范围内与其近邻而居，而且也像陈与义本人那样多是从文官体系底层开启仕途生涯的新晋仕子们；到 12 世纪初的徽宗朝，北宋官僚制度中员多缺少的顽疾已经变得格外严重。[5]

跻身文官体系的十三年间，陈与义在官阶晋升上并未取得很大的实质进展。他于 1113 年授职开德府教授，在任三年后于 1116 年八月解职返汴京，等待重新任职；在京师客居赋闲两年有余后，除辟雍录，这是太学外舍中一个掌管簿籍的低阶管理职位。[6] 任职不足两年，1120 年春丁母忧，居丧汝州。守制期满回京，擢太学博士，再迁秘书省著作佐郎，擢符宝郎①，直至他被贬官陈留。尽管品级仍然不高，但秘书省著作佐郎是一个令人羡慕的"馆职"，既负清望官之美名，又是以后进身于政府中枢的必然门径。

与其他初涉仕途的士子诗作相仿，陈与义在这一时期的诗中流露出一种显而易见的焦虑感和对个人成就的关切。诗对他而言可以服务于多种目的，既用来应答其在官场和私人

———————————

① 译注：原著漏"擢符宝郎"，据本传补。

生活中的社会责任，也是其自我表达的工具，还可用来记录他自己以及跟他接受过相似教育、志同道合的青年同僚们的共同人生经验，确认他们在官僚机制和俗世日常轮回中艰难向前的共同期许和集体信念。位居于那一代最出色的诗人之中，陈与义以其对是时深受江西诗派影响的精深诗艺的娴熟把握而备受时人推崇。喜用生文僻典是这一诗派早期代表人物们所偏好的创作实践，尽管此时已不复巅峰光芒，但仍为时人趋附崇尚。这一时期陈与义的部分诗作读起来的确相当隐晦艰涩，密布征引经史子集的各类奇事异典，但总体来说，他的诗风趋向于简洁、连贯、务实，这些核心特质会在之后得到进一步巩固，成为其总体诗歌风格最典型的表征。就形式和主题而言，陈与义的前期作品表现出作为年轻诗人的广泛兴趣，在同辈中逞工炫巧的愿望有时会遮蔽掉其个体声音的内在召唤，使读者很难摸清其一以贯之的模式和个性。尽管如此，在本章及下章要讨论的诸诗中，我们还是可以明显感受到其中追求精微平衡的论辩、精准语言的描述、精识现实的务实之新趋势。所有这些潜藏的特质和力量对他的后期转变都至关重要，并使他和唐代前贤和北宋前辈们区别开来。

　　本章将重点检视陈与义在开德初仕到返汴待命的两年旅居内所撰诗作，下章则着意挖掘这之后的六年诗作中所展现出来的新活力和试验性倾向。这样谋篇的目的，是为了彰显在陈与义创作生涯第一个十年结束之际所浮现出的清新可辨、满负北宋晚期典型诗风期许的诗学特性。正如他的后靖康作品所示，这一特性的某些面向和构件或会被破碎重组，但其认知世界的基本方式和诗歌写作的惯习却能在国难当头时饱经考验，并决定其诗歌转向的价值和意义。

"本丛"

读简斋集，给读者留下的一个显著初始印象是其对某种特定诗体的偏好，这使他的诗集一开卷就呈现出一种与汉唐前贤和大多数北宋前辈们的诗集迥然有别的景观。卷首三篇赋文之后（一篇作于 1122 年的汝州，另两篇皆系作于 1125 年的陈留），接下来就进入到占据其诗集绝大多数篇幅的主要类型——"诗"。

诗集中的第一首诗是一首五言古体诗，在全卷中位列第四。陈与义对这一诗体极为偏爱，在靖康之难后的南奔羁旅中尤重此体。本书以此诗作为文本解读之旅的起始也许是恰如其分的。

该诗题为《次韵谢文骥主簿见寄兼示刘宣叔》（#4/19—20），作于 1113 年始任开德府教授之时，[7] 诗末自注谢文骥"来诗有十年之约",可见陈诗乃酬复之作。[8] 所"约"何为已无从确知,不过从陈诗中推断,当是两位年轻士子在初涉仕途时彼此约定要对学业的精进不离不弃。十年之后,陈与义的情感状态将会与此时判若天渊,但在刚入仕途的这一初始时刻,他的心态是积极而乐观的,他果断地以"十年亦晚矣,请便事斯语"(31—32行,"斯语"二字楷体强调为笔者所加)结束全诗。[9]

"斯语"一词是陈与义的自我誓约,在该诗的主体部分中已经得到了充分的阐释,其核心意旨在于保持对当下的关注,根植于自我生存的实境和现时的物质事件之中。诗的第一节(stanza)通过一个耳熟能详的喻体形象生动地表达出这一主旨:[10]

　　　断蓬随天风,飘荡去何许?
　　　寒草不自振,生死依墙堵。

开篇一节语言的质朴平实可能颇具迷惑性,因为它掩盖了整首诗浓郁的隐喻风格;[11] 尽管如此,前代诗人的声音回响在这里仍清晰可辨。四句诗中对"蓬草"喻象的两度征引可以用来说明陈与义在诗中是如何对所用喻象加以精微的语义和情感上的转向的。

7

胡穉和白敦仁皆已考证指明，"飘蓬"意象最早当是出自汉魏诗人曹植（192—232）的《杂诗》："转蓬离本根，飘飖随长风。何意回飙举！吹我入云中。高高上无极，天路安可穷！"（1—6句）[12]

另一显明的出处是杜甫《遣兴三首》其二："蓬生非无根，漂荡随高风。天寒落万里，不复归本丛。"（1—4句）[13]

曹植所述的是关于"转蓬飘飖"的经典叙事，而杜甫则为此新添了一层物质维度——将蓬草置于荒凉冬景之中，想要让它复归地表，却难以阻止其飞举飘荡。曹植的叙事角度是透过蓬草拟人化的自我视角展开（"何意回飙举，吹我入云中"），而杜甫则是借由诗人第三人称视角，以一种物与精神来叙述飘蓬的命运浮沉，而这不见于志深慷慨的曹诗之中。由此例可见，杜甫对陈与义的影响是明显的。杜甫不仅被陈与义在全诗中征引达四次之多，而且其飘蓬意象中上述新附的物质属性也在陈诗喻象中得以承继；陈与义还对它做了进一步的发挥，赋予飘蓬意象更多自然生存的空间细节，将其与倚墙的"寒草"相提并论，凸显后者迥异的生存之道乃出自有意的选择。陈诗中的蓬草不是孤立寡与、孤行一意，而是属于一个更为广阔的世界，飘蓬和寒草皆厕身其间，共存却最终背道而驰、各安天命。

随着陈与义此诗的推进，这一更广阔世界的轮廓开始逐渐展现，并进一步被置于一个更宏观、更抽象的意义体系之中。开篇的植物的生存状态和命运隐喻着全诗的核心要旨，即留在原处、顺应天地，这也是从后续诗句中密布的事典中可以得出的结论。无法把控自我方向的传统飘蓬意象反衬出在困境中立足原地的重要性，这一意旨通过寒草牢牢地倚傍于"墙堵"这一本地环境、不让自己像蓬草一般随风逐浪而得到形象的表达。二者结合起来用以表明尽管陈与义与其友谢文骥在各自的仕宦生涯中，无可避免地会因不可控力量而分道扬镳，但他们必须尽心尽力，勿怠勿忘，砥砺前行。

对陈与义本人及友人而言，接受这样的现实是其人生征途上一个基本的起点。从转蓬和寒草的对比化措辞和排布可以看出陈与义对"寒草"在情感上和心理上的认同，而这也是该诗不同于杜甫的另一点表现；与后者将蓬草从"本<u>丛</u>"一下子吹送到"万里"之外的纵横开阔不同，陈与义的眼光停在了"墙堵"，聚焦在"本<u>丛</u>"，以草根的姿态仰望向上。置于整首诗的宏观背景中，这种接受世界物质现实的决心是一种持久的潜在力量，推动着陈与义在人生历程的不同时期做出相应的理性决定。从其诗歌艺术发展的角度来看，《次韵谢文骥主簿见寄兼示刘宣叔》中表现出的平静而坚定的意志力会成为他今后、尤其是后靖康诗作的主调，而此诗开篇

9

不假雕饰、质朴自然的文辞和开门见山、直截了当的修辞会越发受到推重揄扬，成为其后期诗作描述和表达的主要模式。[14]

"天机"

这种对物质环境的理性务实态度也是下面这首具有高度传统的思想体系和关注点的诗的创作动因：

次韵周教授秋怀（#7/32）

一官不办作生涯，几见秋风卷岸沙？

宋玉有文悲落木，[15] 陶潜无酒对黄花。[16]

天机衮衮山新瘦，世事悠悠日自斜。

误矣载书三十乘，[17] 东门何地不宜瓜。[18]

题中周教授的具体身份待考，他可能是陈与义同在开德府学中的另一位教官。[19]"几见"（2 句）一词似可将该诗系于 1115 或 1116 年的秋天，亦即陈与义任职此地两或三年后。[20] 开德时期诗作存世仅四首，这是其中最后一首。

"秋怀"这一传统母题，其历史可以追溯至中古早期抒情诗的肇始。寒冬将至，万物萧瑟，感怀至深的诗人受自然物色的激发进入一种常与凄怆悲伤、无所作为的情绪相联系的内省模式。诗人由此更进一步，将内情与外景相互感触的模式从当下眼前，首先延展到个体的人生，接着再衍伸至历史的长河；颔联和尾联（3—4、7—8句）所引述的宋玉、陶潜、张华、召平四个历史典故，为诗人此时此刻处理自身的处境提供了可供选择的适切范例。陈与义操控这些常规的程式可以说是得心应手；同时，对这四个历史范例也努力维持一种明确的疏离感，以免陷入某一特定的轨道之中。"世事悠悠"完美反映出"日自斜"的超然节奏（6句）。人类社会与自然世界各循其道，又在彼此运作中完美同步。夕阳落日并没有把诗人带进衰颓萎靡的传统感伤中，而成为映衬诗人思想情感的独立参照对象。

物质与自然世界的太平安稳为现世提供了主要的保障之源，一种反向作用力，有助于消弭传统秋怀情景中所固有的虚诞妄念、碌碌无为之感。诗近尾声时诗人内心自然生发的感叹更加强化了这一效果：陈与义声言张华的读书之癖乃误入歧途（7句），而力推召平退隐东门的卖瓜之举（8句）。

传统的"秋怀"诗通常不会着意于去寻求一种干脆利落 *11* 的解决途径，而是偏好于呈现出多样性的选择和由于秋色渐浓或秋景渐衰所激起的矛盾情绪。陈与义对这些传统的选择和情感给予了应有的关照，但在诗尾他也尝试提出一种方案——尽管这只是一种修辞式的出路。当然，他对召平抉择的认可，并不意味着他本人也会付诸实施。他在结句里所表达出的对退居和自由的渴望，出现在他生命历程中这一特定时刻以及对初履官职的经历加以权衡估量的大背景之下。同时，我们也确认，结句所呈示的明确姿态是受该诗蕴含的思想和情感框架所激发驱使的，与传统"秋怀"诗相较，此处的思想和情感是以更强劲的方式想望构建出来的。

俗世庶务的不徐不疾、夕阳落日的慢条斯理，与从夏到秋、天地宇宙自然展现出来的生机勃发的并置对立，在颈联中一览无余。"天其运乎？地其处乎？日月其争于所乎？"《庄子·天运》篇中"庄子"诚心发问："意者其有机缄而不得已邪？意者其运转而不能自止邪？"[21] 日月天地之运行是有机关驱动，还是自然自转？"庄子"回避了这一问题潜含的二元对立性，虚构出一个自行运转的机关巧妙地解决了他所提问题之中的对立冲突。

借由"天机衮衮山新瘦"（5句）一句，陈与义为天地宇宙的自然运转赋予了微妙但可识别的因果关系。天道运行的轰轰烈烈，时间自然流逝所产生的结果是，大山舍弃夏日的盛装和丰腴，重新回归到精干的瘦身状态。"天机衮衮"和"山新瘦"被放在一个句子里叙述，二者不再是两个无关联的独立事件。"天机衮衮，山新瘦"和"衮衮天机'使

（causes）山瘦"之间的区别很细微，尽管陈与义并未明指，但其措辞和句法暗含着"天机衮衮"与"山新瘦"二者间强烈的关联性。[22]《庄子》中的哲人注视天地宇宙的运作而得出自然自发的结论，陈与义诗中的言说者看到的不仅是天机运作之生机不止，而且是其施加于山水景观上的可视化视觉效应。以"瘦"来概括天机导致的结果相当新颖而诗意化，这是时人和后世诗评家所熟称的"句眼"（或"诗眼"），是一句或一首诗之中最精彩传神、意义凝练的"点睛之笔"。

这里的"瘦"字不只是诗技上的雕章琢句，还意味着一种观看和描摹世界的特殊方式。齐皎瀚（Jonathan Chaves）将此视为宋代诗人怀有的一种根本性的欲望，亦即在任何时候都"寻求精确合宜的语言对某一特定现象或事件加以准确的诗意表达"。[23] 内在驱动着陈与义初入仕宦时的诗作及其语言使用的，正是其对语言精确性和思理适切性的双向追求。同是第五句诗中的"衮衮"一词，与"瘦"字一样，也暗示出他对表面看似自生自灭的自然天机背后所蕴含的强劲宇宙力的兴趣。[24]

时新日进

次韵周教授的诗中所蕴含的世界生机勃发的观念，在紧随其后的《次韵张矩臣迪功见示建除体》（#8/35）① 诗中有更雄劲的表述，该诗是陈与义在开封等待重新授命时所作诗的第一首。张矩臣是陈与义的舅表兄弟，其名多次出现在陈与义的前期诗作中，"迪功郎"是元丰年间新定官品三十七阶中排在最末的官阶（从九品）。诗题中的"建除体"源出于六朝诗人鲍照（约414—466）的一首诗。[25] 所谓"建除体"，二十四句诗，每一韵联出句首字分别冠以"建、除、满、平、定、执、破、危、成、收、开、闭"十二字（对应十二地支和天文十二时）。

张矩臣和出现在前引诗的另外三位友僚（周教授、谢文骥主簿、刘宣叔）跟陈与义一样，皆是刚刚跻身宦途的士子，腹热心煎地在官僚体系的底层蜗行牛步，过去的百年以来，官阶晋升已经变得难上加难。作为一个群体，他们彼此在世界观、教育背景、入仕门径，乃至读书写诗的方法和取向上都表现出极大的共性；他们的人生前景是由他们的凌云壮志与他们对现实的清醒认识所共同绘制的。他们明知只有极少数人能企望达到与前辈相牟的成就，这一现实要求他们在棘地荆天的困难时候也仍然保持乐观，对自己能够赤心奉国、最终功成名就保持信心。与此同时，他们朝气蓬勃的万

---

① 译注：原著诗题"迪功"后衍一"郎"字。

丈雄心在日趋臃肿的冗官体系中被不断打压遏抑，故而常为挫败、焦虑以及不如人意、有负众望之感深深笼罩，一如《次韵周教授秋怀》所示。这种混杂式的知识观念和情感态度有助于他们形成同侪共进、同病相怜的集体身份，创造一种归属认同感。这种隐含的共同使命文化感是形塑陈与义世界观及其早期诗作情感的主导力量。早期诗作中频繁出现的这些人物在后靖康时代他的南奔诗中很少出现（或者退于背景之中），但这种共同文化的共享共有意识仍是推动陈与义勠力前行的恒定力量。

　　次韵表兄同僚张矩臣的这首建除体诗即为管窥这种共有 ¹⁴ 友僚情谊提供了很好的例证。在此诗流畅轻快的叙述之中，我们能够捕捉到陈与义不断增强的归属感和对想象社群中相互扶持的期望心。这首诗既是写给张矩臣的，也可以说是写给他自己的。虽然诗在语词的层面不时引经据典，但整体而言其叙述是通畅连贯的，其诗是平铺直叙而非骈俪对偶的，是论辨而非隐喻性的——这些都是他的后期作品的重要风格。这首诗以陈与义的同僚诗友圈为隐含读者群，但个中信息是专门致献张矩臣的；正是通过这样的精准对象定位，该诗实现了表达这一群体集体观点的更宏大目标。

　　此诗以叙述者在神游建德的途旅中所思、所见、所感开篇。建德是南方一虚构之国，典出《庄子》，叙说者借"市南子"之口来阐明简朴自足的价值所在。[26] "建德我故国，归哉遄我驱"（1—2 句），首联先是满足了起字为"建"的诗格要求，连带介绍了本诗的概要主旨。随着神游的深入，物质世界中的万事万物似乎都在对主人公"我"的这一行为予以热烈回应："平林过西风，为我起笙竽"（7—8 句）。诗的前三分之一的篇幅（1—8 句）围绕着诗人自己（第一人称代词"我"出现了三次），后三分之二（9—24 句）转而聚焦于诗作的直接读者张矩臣身上："定知张公子，能共寂寞娱"（9—10 句）；"执此以赠君，意重貂襜褕"（11—12 句）。"貂襜褕"传统上多用作人君赐予近臣以示恩宠的象征，张衡（78—139）在《四愁诗》中也借用为佳人赠所爱的信物。[27] 陈与义喻引此物来与张矩臣彼此认同，学问孤独求索的个中欢愉是可与志同道合的友人共享的，而且它比起宠遇之恩或浪漫之爱的现世信物更具分量。

建除体是一种很难驾驭的诗体，但陈与义机巧地展现出诗艺技巧，克服了这一诗体蕴含的抽象化的内在趋向，接连抛出一个个具体的道德箴训。偶有一现的僻字涩句也被陈张之间的深情厚谊所冲淡，二人同心勠力，要在筚路蓝缕中守文持正。我们听到的是诗人在向一位身边密友同僚倾诉心声。这种亲近亲昵的语调口吻、强烈但不张扬的"自我认定"（assertion of self）——这里借用的是石慢（Peter

Sturman）在讨论另一话题时的用语——是陈与义诗歌的标志性风格，后靖康时期将对其保持自身信念和心灵的平静发挥着关键作用。[28]

从主题上看，这首诗的亲近语气与诗歌传意的直率性相辅相成，诗人向他的友人不断陈述、反复确认这一点："满怀秋月色，未觉饥肠虚"（5—6句）；"破帽与青鞋，耐久心亦舒"（13—14句）。[29]接下来诗的语意和节奏开始加快，四句连用以清晰地传达诗的核心信息："危处要进步，安处勿停车。成亏在道德，不在功利区"（15—18句）。慎身修永这一历久不衰的古训，在陈与义这里被赋予了特定的当代急切性，成为指导他们日常抉择的箴言信条。晦涩繁奥的建除体在他手里重获生机，这正说明了北宋晚期士人强调时新日进、持续向前的集体意识的深度和实践效能。

惟士之要

1117年，徽宗政和七年，亦是该年号的最后一年，是陈与义人生中一个焦灼但重要的时刻，此时他羁留汴京、重待授命，这一过程既压力重重又耗时费力。漫长等待加剧了他淹滞搁浅、困踬难前之感，但也为其提供了一段反躬自省的悠闲岁月。从离开太学至此的四年里，他存诗不多，只有十几首得以传世。这段时期的诗作中不时呈现出一种张力，即在随缘引退与努力实现时新日进的愿望之间游移不定，这象征着诗人在两年半客居空待期的基本情感状况。这一张力持续形塑着他这一时期诗作的基本情感愿景，尽管一种统一和凝聚的倾向亦已开始略见端倪。

这一趋势在其空待期所撰两组一共十四首诗中可窥见一斑，即《杂书示陈国佐胡元茂四首》（#18—21/56—63）和《书怀示友十首》（#22—31/65—80）。陈国佐、胡元茂与陈与义同年，俱登政和三年（1113）上舍第，分列甲科前三（陈与义居探花位）。或许我们有理由相信，二人与陈与义一样，同为结束了首任三年期而返汴重待新职再授。

从主题上来说，这十四首诗与前文讨论过的秋怀诗和建除诗同属一类，同样表达出这些年轻士子们面临基本的生活情境时的思索忖量，以及他们的文官职责履行和才学文学精进之间的紧张关系和潜在冲突。诗题中以"示"或"示友"字样来明确标识陈与义所属群体和文人圈同辈间互助共情的集体追求，这和"书怀"体所传统蕴含的个人表达的力量结合在一起，恰如其分地概括出陈与义对此的投入和期许。《杂书示陈国佐胡元茂四首》的开篇第一首为组诗定下了凝思沉想的基调。

杂书示陈国佐胡元茂四首（其一）（#18/56）

一官专为口，俯仰汗我颜。[30]

愿将千日饥，换此三岁闲。[31]

冥冥云表雁，时节自往还。

不忧稻粱绝，忧在罗网间。

绝胜杜拾遗，[32] 一饱常间关。

晚知儒冠误，犹恋终南山。[33]

　　这首诗思考的是一个日久年深的问题：如何在具有挑战性的世界里安身立命？如何让自己的学术理想与物质需求保持协调平衡？陈与义通过对比正统渠道和另类途径来解答，二者之间的冲突这一主题在本章前引诗中曾多次出现，特别是周教授次韵诗，就是由类似的基本关切点兴发而成。这首诗的区别在于，陈与义在开篇即言，"一官专为口"（1句），用实用的语言、毫不含糊地表明其选择的无奈。诗一共分三节，每节四句，从三个不同的层面来审视和论述这一中心问题：首先表达对仕途受阻和人身受困的挫败感（1—4句）；其次以鸿雁为喻示提出可望不可即的另类可能（5—8句）；最后援引杜甫面临过的类似情形（9—12句）。

　　此诗的另一新异之处在于其所展示出的渐进的、求真务实的观念和思理过程。诗人首先表达了他以"千日饥"换

"三岁闲"之"愿"（3—4句），然后再以迁徙鸿雁的传统隐喻来阐明这一"三岁闲"的可能内容，并拒绝让自己在对自由的想望中迷失，只是让自己的思绪随鸿鹄凌空翱翔，而肉身仍然坚实地留在地面。他的抉择取舍是务实而理性的。陈与义对鸿雁的处境有丰富细腻的描述，它们既能自在往还，但也有内顾之忧，他的遣词造句准确无误地呈现鸿雁的"忧"之实质所在（"不忧"……"忧在"，7—8句）。他在最后两联中援引杜甫所面临的人世情境；他选择了"绝胜"（9句）这一极具语义强度的词来对杜甫的选择予以置评。他援引杜甫的方式最能说明问题：他既试图对他景仰的唐代前辈诗人表示共情，又对其抉择加以权衡评介。

诗人在这组诗中（包括正在讨论的这首）一直在重申一个理念：追求学术理想和满足物质需求有时并非必然互斥，如果一个人必须做出选择的话，二者是可以在实践中折衷调和的。组诗其三（#20）云："士要虽衣食，求仁今得仁。"（7—8句）孔子在《论语》对不仕新朝、不食周粟、不齿于周武王之不义的伯夷、叔齐隐于首阳而饿死的决定有一段著名的评论，认为兄弟二人的仁德义行是他们抉择取舍的结果："求仁而得仁，又何怨？"[34] 通过标举孔子之说并将其适用于当时士子们的尘世境遇之中，陈与义坦承生存需求的必要，但也认为投身学术理想可以是一种个人抉择。在稍后写于 1119 年的《送张迪功赴南京掾二首》其一（#65/131—132），他又援引了同样理由："晚岁还为客，微官只为身"（5—6 句），继续阐明我们也许可以称之为"士之要，惟身之衣食，惟仁与学"的这一新混合理念。

寻意于当前

上引诗倒数第二句中的"儒冠"意象代表着一种人伦依附的文化建构关系，"冠"是社会身份和政治成就的传统象征。前节引陈与义诗时在注文中已有述及，诗尾联二句皆檃括自杜诗名作《奉赠韦左丞丈二十二韵》。

这是简斋诗中（包括本文未曾涉及的）迄此杜甫第一次大摇大摆地进入诗的语意结构和论说进程之中（在语词和意象层面的诸多常规借用除外）。这里我们要暂时转移一下话题，先来看看陈与义对杜甫的援引和借用是如何彰显他对这位唐代大师的钦佩敬重，又是如何使其服务于自己新作眼下当前的目的的。

杜甫原作篇幅更长，是一首二十二韵、四十四句的古体诗，据诗意可分为三个部分。杜甫在生动传神、对比鲜明、含蓄蕴藉的诗才上广受赞誉，这在该诗的首联中就有体现："纨袴不饿死，儒冠多误身。"[35] 这很容易让人联想到杜甫 *20*

另一绘声绘形的名对，出自《自京赴奉先县咏怀五百字》的"朱门酒肉臭，路有冻死骨"。[36]

在接下来的四十二句里，杜甫对他一生中所遭受的屈辱不平一一予以愤怒控诉。一开始他首先回顾了自己年轻时的英武抱负：

> 甫昔少年日，早充观国宾。[37]
>
> 读书破万卷，下笔如有神。
>
> 赋料扬雄敌，[38] 诗看子建亲。[39]
>
> 李邕求识面，[40] 王翰愿卜邻。[41]
>
> 自谓颇挺出，立登要路津。
>
> 致君尧舜上，再使风俗淳。

然而，随着他的宏图大志和人生愿望次第黯淡破灭，事情很快地急转直下：

> 此意竟萧条，行歌非隐沦。
>
> 骑驴三十载，[42] 旅食京华春。
>
> 朝扣富儿门，暮随肥马尘。
>
> 残杯与冷炙，到处潜悲辛。
>
> 主上顷见征，欻然欲求伸。

青冥却垂翅，蹭蹬无纵鳞。

对诗人深潜"悲辛"（24 句）长篇累牍的刻画，成功地把诗人在最后一节中展现的惊天决断向读者进行了"预热"：

焉能心怏怏，祇是走踆踆。①

今欲东入海，即将西去秦。

尚怜终南山，[43] 回首清渭滨。[44]

常拟报一饭，[45] 况怀辞大臣。

白鸥没浩荡，万里谁能驯！

在这首以追忆角度写成的诗中，中年的杜甫回顾自己过往一生，并准备最终离开长安伤心地，以及本诗的谒赠对象、第42 行提及的"大臣"韦济（686—752）。杜甫少负才名、早试科场，然而十三年之后，亦即是诗写成的747年，他的仕宦生涯仍未见起色。而雪上加霜的是，就在这一年的早些时候，他在玄宗的恩科诏举中未得一第（25—28句有所提及）。正是这一次的打击受挫让他要释放压抑已久的苦闷情绪，对他所认为的诳上欺下和不公不法加以持久指

① 译注：原著作"祇"。

摘。这首诗的篇幅容量暗示了其情感的强度，[46] 这无疑标志着诗人情感价值上的一个关键节点——在仕途中道上辙乱旗靡的杜甫激愤难已地盘点着自己的个人经历和对生活的认知失策。在诗近尾声之时，他摆出了准备永弃京城长安的姿态；然而，此举却注定受阻于蕴含于诗中的种种反制潜流。例如，他先是清楚地表明自己"非隐沦"（18 句）的意图，后又吐露无惧波折磨难仍"欲求伸"之愿望（26 句）。第20 联回望终南之山、渭水之滨也清晰明了地显示出他欲留之意，不过这一叙事线索却在"白鸥没浩荡，万里谁能驯"（43—44 句）的戏剧化慷慨陈词中被冲淡忽略。然而，这种深切张力和内在冲突是杜甫总体诗风的一种标志。[47]

23

陈与义以"晚知儒冠误，犹恋终南山"（11—12 句）一联收束己诗，把杜甫的长篇大论浓缩成一个论点。杜甫恳请韦济倾听他"具陈"详尽的境况缘由（"丈人试静听，贱子请具陈"，3—4 句），而陈与义则在相对短小的篇幅中有条不紊、按部就班地树立自己的论点。在这一进程中，他不是在与杜甫对话，而是在默默评估杜甫的抉择。杜甫是在竭力展现奔腾冲突于其内心之中的各种矛盾，陈与义则一直在化解减缓冲突，试图在当前境况中寻求意义和秩序。

嵇康之真

"杂书"组诗其三就是出于这种均衡化探讨的愿望所作，其中涉及两位魏晋时期的人物：嵇康（223—262）与山涛（205—283）。据载，"山公将去选曹，欲举嵇康（自代），康与书告绝"。[48] 在这一有名的绝交书中，嵇康痛斥山涛背弃了知识操守理想，为了政治利益而道德沦丧。[49] 陈与义对这一历史事实的评价不仅显示出其修正论的倾向，而且也说明他致力于公正均衡、不偏不倚的探讨。

一方面，陈与义盛赞山涛对其选司职责的严肃态度和热情投入："巨源邦之栋，急士如拾珍"（1—2句），这实际上间接地挑战了认为山涛道德有污的偏颇武断式传统批评。这一置评立场也让他得以窥见嵇康行为的狭隘之处（5句）。另一方面，他也并不撼动传统道德评判的根基，肯定人格完善"远胜"政治和物质利益（3—4句）。偏持某一特定立场并非陈与义意之所向，其志在揭示某一既定境况的复杂面向，在一个更为包容的阐释体系中给出一个尽量思虑周全的结论。比如，嵇康观点上的"隘"从另一视角上来看即显示出其情感的"真"（"益见叔夜真"，6句）。同理，士人对物质利益的追求也能被深表同情地理解为一种实际而必要的

24

选择，而不会成为其道德和伦理抉择上的绊脚石（"士要虽衣食，求仁今得仁"，7—8句）。

然而，一个既定立场的二元性并不是作为一种内在价值来自我呈现，而是被陈与义借以展现更为宏阔的观点。在内嵌这种二元性的联句中，对句通常会颠覆或瓦解出句中所做出的妥协或让步。由此我们可以看出，陈与义的兴趣既表现在结论本身上，也呈现于推论的过程中。他以"吾评竹林咏，未可少若人"（11—12句）之论作结全诗，给予山涛以非常正面的评价。[50] 然而在作结之前，他又另举西汉王生和张释之的事例，论证他俩在生活与智识方式上看似抵牾扞格，事实上却是相辅相成的："盛美俱绝伦"（10句）。[51]

这种力求均衡化的做法揭示了陈与义早期作品的一种常见心态：悠久崇高的文人理想与务实理性的抉择取舍，二者是可以并行不悖、共存共生的。在对嵇康和山涛之间的论辩加以重新审视后，陈与义似乎在暗示我们，"真"的概念也许可作为一种可能的公约数，借以达到超越传统成见狭隘性或偏颇性的某种平衡。同时我们也要指出的是，介于尊重公认的价值标准和释放小众压抑的观点声音（如承认山涛经世之功）之间的平衡之举，并非完全中立性或技术化的。细考之下，我们发现他的论说实际上有偏向于接受对实际情况的"真实"反应的倾向。[52] 承认实际物质状况是制约个人抉择的决定性力量是贯穿于陈与义早期诗作的一条主线。

更耐逆境

《书怀示友十首》（#22—31/65—80）组诗更为系统地展现出陈与义理性抉择的取向，隐含在诗中的叙事动力之一是在不利条件下锐意进取的冲劲意愿。前六首诗反复与目标读者群自身深陷的感伤情绪相互体认，第七、八首投眼于情形相近的历史典故，从著名的西汉大儒贾谊（约前201—前169）、董仲舒（前179—前104）、扬雄（前53—18）那里汲取道义上的支持。最后两首转而向自然世界寻求灵感，以晚放之菊映照萧瑟之秋，耐寒之竹象征穷士之韧。组诗的谋篇构局与主题渐进，都体现出陈与义对其题材及书写的匠心独运。

陈与义在首篇中即开宗明义地展现出对世俗成就惯常的疏离态度："功名勿念我，此心已扫除"（13—14句）；而在次章中他话题一转，反问张矩臣："胡为随我辈，碌碌着青袍？"（5—6句）在第六首诗中，他援引陶潜来表达他想要效仿这位隐者高士而返归田园："如何求二顷，归卧渊明庐"（9—10句）；第七首诗则比较董仲舒和贾谊各自优劣，先说"仲舒老一经，策世非所长"（1—2句），[53] 又赞贾谊深具政治悟性："伟哉贾生书，开阖有耿光"（5—6 句）。[54]

第九首开篇咏歌秋菊之曜："萧萧十月菊，耿耿照白草"（1—2 句）。然而，秋菊临照这一颇为传统的意象可能遮蔽了该诗潜在的基本思想情感体系上的一个微妙的转变。陈与义这一改变受到了北宋前辈诗人苏轼的影响，苏轼曾改写过唐代诗人韩愈（768—824）同一主题的前作；苏轼的改写为陈与义如何评论秋菊晚绽的自我观点建构提供了关键立论基石。

韩愈在《秋怀十一首》组诗末章中发出疑问："鲜鲜霜中菊，既晚何用好？"（1—2 句）[55] 对韩愈而言，菊花的凌霜英姿与凋敝的萧索秋景格格不入。作为傲然挺立怒放于特定季节晚秋的客体，秋菊并不是凭借自身的特质而为韩愈所赏鉴，韩愈是基于秋菊对于观赏者是否有用这一外加概念来评判它，发现的是它的错位和缺席。在次联中，韩愈把注意力从菊花转向菊丛中的戏蝶，继续他的哀叹和哲思："扬扬弄芳蝶，尔生还不早？"（3—4 句）同样地，蝴蝶的存在也被置于这一缺席情景中加以评议：春意浓、春光好，花"应"开，蝶"应"生。韩愈既不接受菊花的立场，也不站在蝴蝶的角度，他的评点是落在对逝去美好时光、对岁不我与的怀旧感伤上的。[56]

跟韩愈不同，苏轼在《甘菊》一诗的开头就盛赞菊开岁

27

晚的美德，间接委婉地回复了韩愈的问题："越山春始寒，霜菊晚愈好"（1—2句）。[57] 秋菊晚绽应以其自身方式为人欣赏和接受，苏轼基于这一未明言的概念公然但戏谑性地替蝴蝶打抱不平："颇讶昌黎翁，恨尔生不早"（17—20句）。

陈与义可以说是直接接过了苏轼的话题，在后者基于秋菊本身内在品质对其加以"晚愈好"的评判的认知基础上更进一步，深入探究其属性产生的环境和条件："风霜要饱更，独立晚更好"（5—6句）。

把"更风霜"设定为成就秋菊临照百草英姿的必要条件，陈与义表达的是苏轼诗中的"霜"字所暗含的、被北宋晚期士人所发扬光大的一个集体信念——不仅是对万物所含之美的内在价值的肯定上，而且也是对"若要成功，必得克时艰、勤用功"这一信念的坚执上。[58] 陈与义组诗末章以称美翠竹在凛冽严冬中岁寒不凋来再次强调这一信念："青青堂西竹，岁寒不缁磷"（1—2句）。[59]

自然的力量

"书怀"是陈与义在人生诸多紧要关头上会不断调用的传统主题，以此为反省之道来重整自己的思路思绪。[60] 这一次文类的省思本质和相对直白的表述风格给予了诗人处理各式各样情感情绪的自由余地。

简斋的《书怀示友》组诗最后两首都运用到自然意象，这显示出传统讽喻诗的深远影响，但在这里其并未演化成通篇的比兴体。第十首的竹和第九首的菊，或是后者中的风霜等自然物象，皆呈现出不同程度的隐喻性（或者是作为其镜像的物质性）。它们或可作为人类行为主体意志坚韧的客体对应物（如秋菊、冬竹），抑或，比如在下面这首诗中，作为扰人心智的威胁力量：

风雨 （#32/80）

风雨破秋夕，梧叶窗前惊。

不愁黄落近，满意作秋声。

客子无定力，梦中波撼城。

觉来俱不见，微月照残更。

"风雨"不仅对物质世界造成冲击之势，而且也对叙述者的心理施加了戏剧化的影响。此诗描述了秋日的一场风雨如何在叙述者内心深处激起惊天波澜，然后被抚平并得到审美升华的内在过程；诗的叙述者以风雨秋夕为契机令自我精神状态得以焕然重生。首先，扰动梧叶的夜夕之声传统上本是令人"惊""愁"的潜在诱因，但这里被转变成了令人

"满意"的力量之源（"满意作秋声"，4句）。诗后半段的关注焦点由外转内，从物质世界转向人世。后半段里发生在诗叙述者身上的变化，亦即其对外界风雨声对他造成的巨大内心冲击的反应，可以说是前半段发生在自然界那个反应的镜像；他起初是在梦境空间中屈从于梦魇风雨的魔力，但随后当他醒来时，他又透过双眸的视觉能量重置秩序。

类同于他的其他早期诗作，蕴含在这首五古小诗意脉流畅的表面之下的，是作为诗人和观察者的他所惯有的那种对其叙事权威镇静而坚决的肯定。诗行过半时叙述者之自言"无定力"（5句）不过是一种精巧的修辞之语，为诗尾收结时视觉和心理的"定力"的成功实现埋下伏笔。这种源于自然界之于诗人内心的惊扰之力在前引诗中已有出现——例子有"秋风卷岸沙""断蓬随天风"等；我们发现，在这些情境当中，人类主角所面对的外力，并非总是或必得与他/她的希望和欲望同步联动，有时甚至还会对其生存构成威胁。在早期前作《蜡梅》（#15/50）诗中，梅花的馥郁芬芳仿佛化身为进犯人之虚体弱态的凶器："只愁繁香欺定力，薰我欲醉须人扶"（9—10句）。[61] 上句置于关键的第五字位置上的"欺"字，是我们熟悉的"句眼"，它的使用一下子使得整个诗句变得灵动起来，不无戏谑地构建出物质客体和人类心灵之间拉锯博弈的剧烈无情；这个字的使用也彰显出早

30

期简斋诗对世界的普遍认知和通用表征。

借自梵文 samādhibala 的"定力"一词，在《蜡梅》和《风雨》二诗中均有出现，其字面直译意即"伏除烦恼妄想的禅定之力"；在陈与义的时代，该词在宗教信仰和哲学思辨上都名声赫赫，其所指的是一种凝神静气和冥思入定的专注状态和"外物于我何加焉"的绝对心态。[62] 六朝文学理论批评家刘勰（约 465—约 522）在刻画心灵与自然之间传统想象式的交互感应和自然兴会时说，"情以物迁，辞以情发"，把这一感应模式借来形容人伦关系则曰，"情往似赠，兴来如答"。[63] 到陈与义的时代，这一自然感发的模式已经不再被认为是理所当然。在一种新的理解之下，自然并非无动于衷的中立存在，它可能成为威胁性的力量，而在与人的关系中占据上风；天行也许并非总是有常，可为尧存，可为桀亡。与此相应，人类一方则须常持忧患意识，竭尽所能地来提升完善自我，修炼"定力"来适从、减缓或对抗这种咄咄逼人、甚至是会"欺"人的外力。

蕴含在《风雨》诗中、外部世界的寻衅逞凶和人类心灵与之相抗并最终取得胜利这一剑拔弩张的角力竞争，将会成为陈与义生命历程中，尤其是靖康之难后的主要战斗之一。在这里，这种对抗是抽象化、戏谑性地在梦境的转换空间中悄然进行的。诗一破题就描述了风雨如何"破"（1 句）秋夕、"惊"（2 句）梧叶，但这一扰动很快就消失不见，"满意"（4 句）的正面情感取代了传统"愁"绪（3 句）。然而，这一秩序的重建却是岌岌可危、一时之权的，它迅即被置于梦境中加以考验，"梦中波撼城"（6 句），秋风扫叶的呼啸怒号幻化成令城垣雉堞地动山摇的声响。直到大梦初醒，叙述者重回现世，面对风雨过后、乍醒之时的月夜清景 *31* 之时，情形才终得明朗——"微月照残更"（8 句）。

三个文本的比较

《风雨》诗中诗人与世界之间的关系变化，我们可以借助更早的、横跨千年的三个文学文本来做进一步的说明，即宋玉的《九辩》，欧阳修（1007—1072）的《秋声赋》，以及黄庭坚的一首对陈与义创作有着直接影响的诗作。[64]

宋玉《九辩》开篇即云："悲哉秋之为气也！萧瑟兮草木摇落而变衰"，用萧煞秋景以表达叙述者对其在政治生涯和社会生活中未竟之志的沮丧挫败之感。[65] 这篇作品对后世同类题材的书写影响深远，英译者霍克思（David Hawkes，1923—2009）认为其为后世作品不仅奠定了语体基调和语词选择，而且确立了"哀婉凄怨"（pathos）的悲秋主题。[66]

文学史上并没有留下多少背景资料让我们来确切推测这位焦灼苦闷的叙述者究竟身处何时何地，或者让我们将此诗与系其名下的作者宋玉之生活经历来比附联系；诗中呈现出来的只是一位样貌模糊、笼统抽象的概念化角色："贫士失职而志不平""羁旅而无友生"。[67] 诗中鸟兽虫鱼的生存状况更进一步折射出叙事者所代表的人类生活处境的凄凉惨淡："燕翩翩其辞归兮，蝉寂漠而无声；雁廱廱而南游兮，鹍鸡啁哳而悲鸣。独申旦而不寐兮，哀蟋蟀之宵征。"[68] 如同下一个时代接踵而至的伟大辞赋家们所撰写的汉赋一样，宋玉名下这篇赋文对秋景的描述也是饾饤辞藻，满篇堆砌着近义词、同音词、拟声词以及其他生僻字词，造就了该赋摛藻雕章的文本景观。

与宋玉的《九辩》不同，欧阳修的《秋声赋》着意于赞颂秋爽明媚、秋声多样及其对叙述者情感的影响。维持着这一积极正面的情感，欧阳修把秋日"色变叶脱"视为季节更替惯常周期的构成部分，认为它们在传统上引发的肃杀悲伤是随意无心的，这一认知令叙述者发出振聋发聩之一问来收束全篇："亦何'恨'乎秋声？"[69]

欧阳修赋文中弥漫的乐观主义与修正主义心态，正是陈与义《风雨》诗中平静地接受自然界发生的一切这一心态的宝贵思想基础之一，在后者中出现的秋风，与其说是一个自然现象，倒不如说是叙述者用来实现精神升华的源泉和途径，是一种完全呈现在眼前和当下的积极现象。

第三个用以比较的文本来自黄庭坚的一首题曰《六月十七日昼寝》的绝句："红尘席帽乌靴里，想见沧洲白鸟双。马龁枯萁喧午枕，梦成风雨浪翻江。"[70] 宇文所安认为这首诗乃"想象力对日常生活的改头换面"的范例，以此使得一件平凡无奇的日常琐事"获得了一种近乎神奇的庄重典雅"。[71] 黄庭坚巧妙借由绝句的诗体形式，去捕捉稍纵即逝的日常经验片段及其审美改造之间的生机活力，充分展示出其"夺胎换骨""点铁成金"的高超诗技。[72]

如果说陈与义的诗是借用并点化了黄庭坚之诗的立意，关于黄诗本身，也有一个"化用"的传说。据叶梦得（1077—1148）《石林诗话》所载，黄庭坚之诗是受叶梦得外祖父晁端友（1053 年进士）的一首前作的启发而成。晁端友《宿济州西门外旅馆》也是一首七绝，诗云："寒林残日欲栖乌，壁里青灯乍有无。小雨愔愔人假寐，卧听疲马啮残刍。"[73]

叶梦得讲述这则轶事是以一个知情读者的身份试图去理解黄庭坚诗的创作本事：他的外祖父如何享有诗名（"诚善诗"），黄庭坚少时如何对晁端友之诗的后二句"爱赏不已"以至于将其翻化成自己的诗句，黄庭坚如何向自己好友晁补之（1053—1110）（也是叶梦得之舅、晁端友之子）转述这一成诗经过，以及叶梦得本人又是如何在某日"适相遇而得之"、见到黄庭坚诗中同一场景后豁然顿悟其诗意的："一日，憩于逆旅，闻旁舍有澎湃鞺鞳之声，如风浪之历船者，起视之，乃马食于槽，水与草齟齰于槽间，而为此声。"[74]

34

"目见耳闻"

叶梦得讲述的轶事是一则反映艺术经验和生活经历之间错综关系的绝妙佳例，对这种关系的重新理解是宋诗成就与成功的核心所在。齐皎瀚认为，界定宋代诗人如何应对取材于"实体世界"及"经历体验"和"熔铸前人诗材的应时风尚"的双重挑战，对现代宋诗研究者而言是一个重要的问题。[75] 宇文所安在比较了晁端友和黄庭坚的二诗后评道："宋朝时期较之前代更甚一筹，诗歌写作与经验经历之间的关系越发交互共生：诗作来源于经验，诗作的经验又反过来形塑诗外世界的经验。"[76] 赵宋诗人主性求真，宋诗往往深植于日常生活经验，呈现出经由直接细致的观察、深刻真切的思考和精确得体的语言塑形后的独特样貌。叶梦得对黄庭坚过分强调"意索"在写诗过程中的作用颇有微词，这一批评也许很有道理；但宋代诗人普遍认为，细致的观察与精深的诗技并非互斥，而是可以兼容互补、相辅相成，可以合力实现从经验到艺术这一审美转化的蝶变之旅。而从更宏观的角度去看，这也反映出宋代文人学者主张通过研究物质实体世界来获取知识的努力，宋代理学家常挂在口头的"格物致知"即是这一总体时代精神的凝练表达。

想要推究验证诗歌的经验根基的愿望在北宋愈发明显，例如，苏轼《石钟山记》的写作即源于其欲彻底弄清石钟山"水石相搏，声如洪钟"的真正原因。他亲临现场、实地考证石钟山非同寻常的声响机制，最终释疑了这一难题，并由此加深了对前代神话典故的理解。故事寓意之所在，正如苏轼在文末所言，"目见耳闻"应被奉为我们认知世界的基本法则。[77]

务求确凿证据和身经眼见的欲望是超越特定的媒介和具体的艺术形式的普遍诉求。韩文彬（Robert E. Harrist Jr.）讨论苏轼与黄庭坚的共同好友李公麟的一幅山水名画《龙眠山庄图》时指出说，"李公麟一方面在画中保留着王维、卢鸿的记忆留痕，同时也把本人绘入自己的山庄别业里，让自己置身于明确具体、有名可考的当地场域空间中，置身于那些悬崖峭壁、这些流泉飞瀑之间，其画中对龙眠山地理环境的渲染如此真实可信，具有如此强烈的现实感，当时评说过此画的人都相信，他们在亲睹《山庄图》后，将来穿行于龙

35

眠山的真山实水时，会觉得轻车熟路"。[78]

这种与自然外界及个人周遭环境之间亲密直接的关系，使得诗人或艺术家能够深深扎根于其生活经验和物质实境之中。李公麟的《山庄图》描摹了自己作为龙眠山实际栖身者的特定视角，而陈与义的《风雨》是透过"我"（*me*）"这位（*this*）客居者"、"这位（*this*）观察者"具体而微、由内及外的体验来叙事的；尽管表面上看似关注的是外物推进过程，但整首诗的叙事动力却是倚赖于内部这个特定"我"（*me*）的定力去安稳情境。诗尾对静谧月光景象观察的细致入微，取决于观察者在风雨初定和梦境乍醒后的绝对在场（full presence）。正是叙述者在夜景中的重获安定方使这最后一刹那的"觉"和"见"的认知成为可能（7 句），也让其心灵能够记录诸如"微月""残更"等微妙感知（8 句）。"照"既出现在自然景观里，也发生在诗人意识中；这种澄澈明净状态既源出于叙述者在夜间景色中的重置位置，也受益于他理智自信地去感悟意识表征的思维能力。从梦中醒来所见诸景中，象征着自然界永恒静谧的月光，充塞盈溢在叙述者的眼中和心中。一如陈与义接下来要展开的人生历程里，精奥微妙的自然之美始终是其应对世上不可测的未知时最可依靠的力量源泉之一。

客居诗人与行旅路人

如果说在《风雨》诗中诗人观察者在场的现实基础性还只是间接暗示的话，陈与义在客居汴京期间所撰他作对此主题的表达则更为直接明确。诗人常常徘徊在汴京开封沙尘弥漫的通衢广道上，穿行于"黄尘""黄土"漫卷的街巷阡陌中。

"卷地风抛市井声"。[79] 在一年一度的清明节，尘世喧嚣扰攘充盈于诗人耳间，这样生动鲜活的描述立刻把读者带回到 12 世纪初开封城市街巷熙来攘往的市井气息中。"北风掠野悲岁暮，黄尘涨街人不度"；[80] "黄尘满面人犹去"；[81] "十月北风催岁阑，九衢黄土污儒冠"[82]——这里的黄尘飞土、卷地北风，都是一个身处街衢、亲身经历各种情形的行旅者所见所感的，他是风沙肆虐景象的参与者，而不是超然物外、作壁上观的局外人。正如吉川幸次郎在评论王安石（1021—1086）的一首诗时指出，汴京开封"以其路况市貌之差而恶名远扬，天晴尘满天，下雨变泥田"，他认为王安石描写 11 世纪中叶下朝骑马归舍的情形，"似乎跟 20 世纪政府职员傍晚乘有轨电车下班回家并无二致"。[83]

显然，我们不必从字面意义上去理解陈与义"黄尘"的 *37*

意指，这里所要强调的是，他的观察体验都来自亲身深入街头巷尾的行旅者的"在地"视角。我们也许可以借用另一颇负盛名、但体裁迥异的作品来帮助我们更好地理解陈与义客居汴京时期诗作中的这种浓厚市井风尘，此即出自其同代的开封本地文人孟元老（约1090—1150）之手的《东京梦华录》。这本回忆录性质的传世名作追述了汴京在靖康之难沦落敌手之前的十数年繁华城市风俗人情生活。[84] 孟元老流落南方后，以眷恋怀旧的立场对北宋东京的辇毂繁华、汴都城市熙熙攘攘的市井生活及物色场景进行全方位回顾。奚如谷（Stephen West）曾精辟地写道："孟元老笔下的汴京重现了久居帝都皇城的一类特殊人群的集体记忆，他们是家境宽裕的年轻美食者，在纸醉金迷的花花世界里过着悠闲自得、游刃有余的生活，他们与商业和经贸利益的紧密联系为我们描画出一个新生的社会阶层，这一阶层尚未被纳入正统历史书写的固有领域之中。"[85] 笔者认为，《东京梦华录》中的市井之民和陈与义笔下的客居诗人与行旅路人的观察世界的方式与生活方式，其界限已然模糊。

水墨梅绝句

本章若不谈及陈与义下面这组广受褒赞的诗作，如果不亲自见证其在这组诗作中展现出来的高超诗技及其对艺术和现实之间另一边界的敏锐感知和精妙掌控，我们对简斋早期诗的分析恐怕算不上完整了。这就是著名的《和张规臣水墨梅五绝》（#45—49/99—107）。这五首绝句令诗人在朝野上下初露锋芒，为其赢得天才诗人的早期声誉，而且自南宋以降得到了众多诗评家和文人学士的交口称赞。例如，胡仔（活跃于1147—1167）载曰："徽庙召对，称赏此句，自此知名，仕宦亦寖显"，说的就是该组诗第四首的起联，胡氏并称简斋因此而于1122年得以擢为太学博士；[87] 朱熹则表示自己最爱第三首的尾联。[88]

诗题中所指的水墨梅画据知是出自仲仁之手，这位比陈与义早一代的名僧一生爱梅画梅，以水墨晕写梅姿，遂成一种广为流传的新画技门类。[89] 黄庭坚等文人墨客尤爱仲仁墨梅，山谷谓之"超凡入圣"[90]，曾在一首仲仁为己所绘之画题诗中写道："我向湖南更岭南，系舡来近花光老"（11—12句）。[91] "花光"是仲仁之名号，黄庭坚造访之时其正值花光寺方丈之任。"写尽南枝与北枝，更作千峰倚晴昊"（15—16句），黄庭坚继续写道。[92] 楼钥（1137—1213）曾如此评说一位花光之后的晚辈画家的墨梅绘作："窗前惊见一枝斜，照眼英英十数花。千载简斋仙去后，何人更着好诗夸？"[93] 胡祇遹（1227—1293）则感叹在黄庭坚和陈与义之后无人能再如此精雅神妙地捕捉再现梅韵："涪翁歌罢简斋诗，肯放来人更措辞。不见清姿见图画，依然清路月西时。"[94] 12 世纪末曾敏行（1118—1175）概而言之："（仲仁）画因（涪翁简斋）诗重，人遂为此画。"[95]

39

陈与义对张规臣原诗的和答之作，创造出一个自适自足的自我世界，故而被后世读者几乎视为完全原创之作。陈的高妙之处在于其诗给了读者一种即时直视感，即无需指涉原画也能直接读出是对梅花风神的描写。然而，令人称奇的是，五首绝句自始至终也没有脱离墨梅的丹青性质，其水墨媒质总以前景或背景方式现身于诗歌叙述的中心。组诗创设出一个奇妙梦幻般的世界，其中既充溢着唯美浪漫的情爱和心醉神迷的探索，也弥漫着对天真永失和审美永恒的怀旧感伤。从诗艺技巧上来看，它们可谓达到了格律和形式上的至臻境界，在同题书写的佳作经典中亦不遑多让。它们是值得被反复激赏吟诵的理想范本，每次阅读都会给读者带来历久弥新的愉悦之感和不期而遇的再会之念，它们代表的是古典比兴传统下的讽喻咏物诗所能达到的最高境界（尽管它们并没有被如此赋名）。同时，这五首诗也从头到尾都表现出宋诗以精确描述、精粹立意、精巧诗技为特征的崭新风格。

将错而认真

让我们从组诗第三首开始，简斋用全诗编织出一张密不透风的隐喻之网：

和张规臣水墨梅五绝（其三）（#47）

粲粲江南万玉妃，[96] 别来几度见春归？

相逢京洛浑依旧，[97] 唯恨缁尘染素衣。

西晋诗人陆机（261—303）以染污素衣来表示帝京洛阳风尘俗世中的腐化力量："辞家远行游，悠悠三千里。京洛多风尘，素衣化为缁"（1—4句）。[98] 康达维（David Knechtges）对后两句提出了一个熟悉的疑问："陆机在这里说的是字面的意思呢，还是用素衣染污来暗喻京洛是一个让很多人丧失传统习俗纯洁性的染缸？"[99] 谢朓（464—499）显然也有与陆机类似的担忧，他写道："谁能久京洛，缁尘染素衣。"[100]

乍眼一看，简斋诗把画梅拟人化为佳人形象，通篇似乎是在讲述一个久别重逢的爱情故事，这一手法在中国传统中源远流长。[101] 然而我们旋即发现，他只是在巧妙地借助这

40

一手法去强调画作的主要技法——染，即以毛笔在纸上沾墨涂染——所产生的奇妙效果。情爱叙事如此自然地编织进墨梅画中，效果惊人，可谓神至之笔，读者不由自主、未加觉察地就被引入情爱故事的内在逻辑之中。然而，正当读者与叙述者一起感叹"唯恨缁尘染素衣"、共情于玉妃命运的一波三折之时，却被立即从这个精心构造的想象世界中跳脱出来，恍然意识到该诗其实一直是在歌咏墨梅图的核心技法特征和介质。

也许我们可以更大胆一点，来想象一下这一醍醐顿悟时刻是如何在诗写作者陈与义身上发生的。当他与墨梅图初次相见之时，他的目光凝聚于眼前白纸上的墨痕斑点，他与纸上黑点白底的关系渐趋沉浸之际，墨点开始淡去，无尽神思心绪浮现于他的脑海之中。渐渐地，他的思绪开始游离于眼前的花景画境之外，而化身为在他眼前渐次演绎的虚幻故事中的一个角色：模糊的梅花意象缓歌曼舞地幻化成佳人玉妃的如花笑靥，隐约像是那个曾在江南相遇的女子。这时，故事的推进变得越发真实起来，他忆起他俩的相聚、离别与重逢，且在再见之时顷刻注意到她素衣上的污尘——就在这些瑕玷即将进入隐喻轮回、开始威胁到佳人的道德贞洁之时，故事戛然而止。我们和他一起被带出想象空间，像我们一样，他望着墨梅姿影，眼光充满着无尽的讶异惊愕和痴醉

41

神迷。

钱锺书在谈及黄庭坚诗中常用的一个隐喻技法时这样描述说，"将错而遽认真，坐实以为凿空"，"就现成典故比喻字面上，更生新意"。[102]尽管钱氏眼中黄庭坚的隐喻诗法与我们这里讨论的陈与义墨梅诗的隐喻想象不尽相同，其所洞察到的黄氏用喻的曲折和起伏跌落与我们描述的简斋此诗的想象和意义建构有异曲同工的借鉴意义。

画梅与真梅

中国梅花多在隆冬时节含苞绽放，其凌霜早发为人激赏，不仅因其风姿绰约，而且缘其美德寓意。与斗霜晚放的菊花和耐寒长青的竹子一样，寒梅在冬雪中迎风傲放的超凡形象一直象征着坚韧纯正的君子品质，也映照着人类生命的短暂和宝贵。《和张规臣水墨梅五绝》组诗其三（上文已有详论）在开头前两首的铺垫下，把诗人对梅花超尘拔俗的美姿和岁寒不凋的高节的颂美推向高潮。

组诗其一（#45）在这一点上已有所表现："巧画无盐丑不除，此花风韵更清姝。从教变白能为黑，桃李依然是仆奴。"[103]梅花的天然风姿超越了任何的人工巧饰，一如无盐貌寝、桃李庸常，即使妙手丹青、笔底春风，也是心余力绌、回天无力。

组诗其二（#46）的关注点从梅花的内在美转向诗人与其偶然相知相与的私人体验；他的眼疾如何让其长期不能充分欣赏梅花之风韵，一次偶然邂逅给他带来怎样的欣喜、柔情、乍喜乍疑的混杂情绪：[104]"病见昏花已数年，只应梅蕊固依然。谁教也作陈玄面，眼乱初逢未敢怜。"[105]

由"应""固""也""未敢"等情态副词所暗示出的相爱相许和犹疑试探，到了组诗第三首开篇时便完全消解了。吐蕊花朵怒放的光彩驱散了迟疑踟蹰和自疑自咎的绵延之感，到第三句时初心未改的确定必然性更是得到了毫不犹豫的确认（"相逢京洛浑依旧"）。透过回溯式的倒叙视角，其三揭示出梅花无与伦比的芳容美姿以及诗人对梅花高风峻节的推重揄扬。他的信念只在目睹玉妃素衣染缁尘之时有过些许动摇，但他旋即意识到衣上污渍只是水墨画独特技法所产生的艺术效果而非反映佳人贞节的白圭之玷，这刹那的顾虑猜疑遂烟消云散了。

从组诗的总体结构上来看，第三首在组诗的整体谋篇布局中起到了关键作用，它将叙述焦点从梅花的姿貌品性转移到表现这些姿貌品性的艺术化过程，这是剩下两首诗的内容。凝望玉妃身上染污的素衣，诗人坚定了尽管一直曝于风霜缁尘之下，她却始终白璧无瑕的信念，决心不再让自己重

43

堕那个虚拟艺境；他从身临其境地参与想象唯美浪漫的重逢故事中抽离出来，转而化身为画作的观赏者和评论者。一旦如此，玉妃素衣上的染缯污尘就变回了画纸上浓墨点染的物质存在了。

在这一时刻，诗人作为绘画的积极品鉴者和诗歌的自觉雕铸者的务实功能再次成为主导性模式，其作为艺术批评家的身份得到再度重申。组诗最后两首是对这一角色的全面演绎，艺术与自然之间的关系被置于舞台前景：

和张规臣水墨梅五绝（其四）（#48）

含章檐下春风面，造化功成秋兔毫。

意足不求颜色似，前身相马九方皋。

南朝某年正月初七，宋武帝（420—422 年在位）之女寿阳公主卧于含章殿檐下，梅花瓣落公主额上，成五出花，拂之不去。[106] 这是风行于唐宋时期的所谓"梅花妆"的由来。[107]

这则动人故事本身突出的是大自然神奇的"造""化"功能，如何不知不觉之间就在塑造着我们的审美体验。然而，陈与义在诗中引述这一故事的目的并不是否定人工或艺术造物的重要性，他反而是在强调，只有通过人工干预、透

44

过画师挥翰濡毫，自然造物的天机巧妙才能最终得到实现。这的确是一个强有力的观点——只有自然的先天赋予并不够，灵感偶合和奇迹在宇宙天地的奇妙演绎与人类的美感体验中发挥着同等重要的作用。这种理解的神妙精髓集中体现在第二句的"秋兔毫"的意象上，其可谓集自然精华、人类品味和妙趣偶得三者于一身。

该诗后半段围绕此观点更进一步，颂扬了在丹青画韵上人工造物的另一介入方式。九方皋具有传奇色彩的相马术侧重于良驹的内在本质而非外观特征。[108] 通过声言花光和尚画技乃九方皋相马转世，陈与义显然表达了对"意足"优于"颜色似"（3句）这一广受赞誉、可追溯至中国画滥觞之始的传统看法的认同。他由此进而暗示，仅有黑白构色的水墨画缺少纷呈色彩并非缺陷，相反，脱去颜色的墨梅甚至可能比五彩斑斓的着色画更能彰显花卉的本质；陈与义为这一古老观念注入的机巧诠释实际上得到了后世论画评画者的共鸣。[109] 这也表达了一种对美及其艺术表征的新理解：诗歌与艺术技法不仅可以描摹自然之美，而且还能形塑乃至创造人们对美的体验。[110]

45　　　第五首收束组诗，再次阐明自然景物的艺术再现并不必然劣于其物理存在的主旨：

和张规臣水墨梅五绝（其五）（#49）

自读西湖处士诗，年年临水看幽姿。

晴窗画出横斜影，绝胜前村夜雪时。

末句指涉的是晚唐五代诗僧齐己（864—938）的《早梅》："万木冻欲折，孤根暖独回。前村深雪里，昨夜一枝开。"[111]

第一和第三句指涉的是北宋前期诗人林逋（967—1028）及其一首咏梅名作。林逋终生不仕不娶、独身隐居于杭州西湖一隅，其《山园小梅二首》其一的三四句描写梅香浮动、梅影照水的美姿："疏影横斜水清浅，暗香浮动月黄昏"。[112]

齐己诗中的自然世界万事万物，像酷寒、远村、夜雪等，无不是为了衬托诗尾处冬梅的傲霜斗雪、含苞早放；而陈与义诗则更富论辩思辨色彩，着重于表现梅花韵美在艺术欣赏接受和生活中有何不同。从风格上来说，组诗其五也摆脱了中间三首诗遣词造句上的浓重隐喻色彩，而重回第一首诗的直白论述风格。陈与义特别指出，"晴窗画出"之横斜梅影（多半是指涉花光之画），"绝胜"齐己诗中物理存在的天然状态的梅花。

46

艺术与现实的关系

对艺术与现实之间关系的积极重新定位，对诗技是对自然景物内在美的挖掘提升而并非必然对其构成妨碍的理解——这不是要否定天然之美的首要地位，而是为人工造物和艺术介入留下空间——构成了贯穿陈与义早期诗作的一条理论主线。古典模式把诗人视为世间万物和人世喜怒哀乐的敏锐观察者，吉光片羽、灵感偶得等宇宙奇妙的尽责记录者，就像齐己的《早梅》诗一样。登高能赋、具有洞察再现风光之妙的机敏睿智被认为是传统诗人的成功秘钥，但其不必是美的提升者、形塑者或创造者，或其艺术的品鉴者或评判者。通过结句对花光所绘黑白纯色的墨梅"绝胜"齐己诗中天然存在、色彩鲜明的真梅的判定，陈与义旗帜鲜明地扮演着品评鉴赏者的角色。

艺术与经历所构成的闭环和错综纠葛在最后一首墨梅诗还有另一层的展现。陈与义并未言明其读完林逋诗后"年年临水"仪式化地去看梅"幽姿"（2句）的具体动机。末句的"绝胜"之说似乎暗示着他可能对梅花的芳姿实体感到失望。但这并非我们这里要说的重点。正如本章论述所示，把读诗作为更好地欣赏景物的天然之美的起点或前提，或者如此诗所言，读诗之后亲临诗中所写景物的实际生成场域，对其加以对照验证，这一观念或做法在陈与义所处的北宋晚期越来越深入人心。在这样的理念构想之下写出来的诗不仅仅只代表一个意象，而且也是其所描写的对象在诗人心中留下的物质残痕，具有超越实体及文字所传之意的强大潜能。

从水墨梅绝句以及其客居汴京期间的其他诗作当中，我们能明显感受到陈与义对艺术和现实之界限有着敏锐的认知，与此相伴而来的是对这一界限并非一成不变或泾渭分明、而是可以彼此跨过或者超越的理解——对这两方面的不断确认把握一直贯穿于他后续时期的诗歌写作。

对陈与义来说，最根本的问题在于，作为一个诗人究竟意味着什么？作为一个诗人应如何在充满挑战的、未知未卜的世界中安身立命？在简斋的早期诗作中，他努力寻求平衡，不断寻找合适的视角，但常常却未能对其个人身份和人生之路有清晰的领悟或把握。开封客居生活为陈与义提供了一次集中思考和衡量这些问题的宝贵机会。他终将找到自己的答案，尽管要等到一次天崩地坼的剧变彻底粉碎他的所有预想之后。

注释：

［1］汴渠是经由淮河连通黄河和长江的大运河的一段。1 华里约为 0.31 英里，

本书以"league"词翻译"华里"。除了另作说明之外，本书中的地理距离依照的是王存（1023—1101）等所撰《元丰九域志》，该书是成书于宋神宗元丰年间（1078—1085）的一本北宋行政疆域的简明地志。

[2] 王黼于 1119 年被拔擢为少宰（右宰相）以代蔡京（1047—1126）。

[3] 陈与义 1106 年入太学时还是十几岁的少年，负笈至此七年后于 1113 年上舍及第授官。

[4] 田安（Anna M. Shields）研究过中唐几组知名文人间的友谊，包括白居易与元稹、韩愈与孟郊、柳宗元与刘禹锡等，见 Anna M. Shields, *One Who Knows Me: Friendship and Literary Culture in Mid-Tang China*, Cambridge, MA: Harvard University Asia Center, 2015；中译本见田安著、卞东波、刘杰、郑潇潇译：《知我者：中唐时期的友谊与文学》，上海：中西书局，2020。陈与义所属的北宋晚期士大夫文人网络与元白友谊的重要差别在于——北宋文人群体成员在思想体系、生活态度、教育背景、诗艺技巧方面更具同质性。促成士大夫同质性圈子形成的一个关键因素是他们都出身于中央和地方新推的、在王安石"一道德"思想指导下形成的"三舍"学校教育制度。关于作为北宋晚期政治变法思想基础的王安石的"一道德"论，参见 Peter K. Bol, *"This Culture of Ours": Intellectual Transitions in T'ang and Sung China*, Stanford, CA: Stanford University Press, 1992, pp. 212‑233；引进版见包弼德著，刘宁译：《斯文：唐宋思想的转型》，南京：江苏人民出版社，2017 年，第 269—298 页。

[5] 由于新科进士以及通过其他途径入仕的人数日趋庞大，已远逾文官体系所能接纳的能力，官僚体制内的晋升之路到北宋后期越发迟缓艰难。陈与义本人的经历是一个很好的例子。1113 年上舍 200 名太学生中，只有包括陈与义在内的 19 人登科释褐。而且即使能如陈与义般名列前茅，也未必都能立即注官授职。

[6] 职官英译参用的是 Charles O. Hucker, *A Dictionary of Official Titles in Imperial China*, Stanford, CA: Stanford University Press, 1985；引进本见贺凯：《中国古代官名辞典》，北京：北京大学出版社，2008 年。辟雍于1102 年建于汴京南郊，作为"太学三舍"中的外舍校址，其名源自西周时期教育贵族子弟的太学机构，1121 年随"三舍法"而废止。陈与义在开封等待改授他职的时间并非超出常例，蔡涵墨曾指出"时至 1058 年，闲居待授的时长已经要等两年了；而到了 1086 年，文官授职更是要等上

三年之久了"，见 Charles Hartman, "Sung Government and Politics," in *The Cambridge History of China*, vol. 5, pt. 2: *The Sung Dynasty and Its Precursors*, 907－1279, John W. Chaffee and Denis Twitchett, eds., Cambridge：Cambridge University Press, 2015, p. 70.

[7] 诗题后括号中的前一数字是指该诗在白敦仁《陈与义集校笺》（上海：上海古籍出版社，1990 年）的总位置，后一数字表示该诗在上引书中的具体页码。

[8] 胡穉和白敦仁已为我们详尽地找出简斋诗中绝大多数的用典。本书不再一一标注，只在有些人物的身份与文本分析相关涉的时候，才会特别加以注明。

[9] 除了特别标示的之外，本书中分析的简斋诗英译文皆出笔者拙译。从已有译本中直接借用或稍事修改的会予以特别注明。拙译所间接受惠于前译的地方很多，兹不一一标出。

[10] 这里笔者泛用"诗节"（stanza）一词来指诗中本无标记、但具有一定主题连贯性的一组四行诗句。

[11] 为了更好地理解此诗的用典广度和密度，这里列出诗中其余 28 句的典故出处（依照的是胡穉和白敦仁的笺注）：杜甫/韩愈（5—6 句）、《晋书》/《北史》（7—8 句）、《晋书》/杜甫（9—10 句）、《世说新语》/嵇康/《列子》（11—12 句）、扬雄/孟子（13—14 句）、《后汉书》/《世说新语》/《孔子家语》/《史记》（15—16 句）、《旧唐书》/韩愈/《国史补》/《唐摭言》/《左传》（17—18 句）、《论语》/黄庭坚（19—20 句）、《金刚经》/柳宗元/《晋书》/孟郊（21—22 句）、曹丕（25 句）、《汉书》/《晋书》（27—28 句）、《晋书》/《后汉书》（29—30 句）、《论语》（32 句）。这些典故绝大多数来自前世经典文学，唯一的例外是第 20 句典出于同时代诗人黄庭坚的诗作，这也表明了这位江西诗派的开山祖师对初入宦途时陈与义的深远影响。关于陈与义用典的概述，参见 David R. McCraw（麦大伟），"The Poetry of Chen Yuyi（1090－1139）," PhD dissertation, Stanford University, 1986, pp. 222－230.

[12] 曹植著，赵幼文注：《曹植集校注》，北京：人民文学出版社，1984 年，第 393—394 页。

[13] 杜甫著，萧涤非编：《杜甫全集校注》，北京：人民文学出版社，2014 年，第 1200 页；Stephen Owen（宇文所安）tr. and ed., *The Poetry of Du Fu*,

Berlin：De Gruyter, 2015, Vol. 2, p. 53. 本书所引杜诗英译皆从宇文所安此译，译文有修改或润饰之处将另作说明。

[14] 与北宋晚期同时代诗风相比，陈与义的文辞句法都更为直白、更少雕饰。麦大伟持论相近，参见 David R. McCraw,"The Poetry of Chen Yuyi," pp. 180‑197.

[15] 宋玉在《九辩》（本章稍后详论）中哀叹"悲哉秋之为气也，萧瑟兮草木摇落而变衰"。

[16] 陶潜《九日闲居》诗序曰："秋菊盈园，而持醪靡由，空服九华，寄怀于言。"无从饮酒，不如作诗欣赏满园秋菊盛放。

[17] 西晋名臣张华（232—300）"雅爱书籍"，"尝徙居，载书三十乘"。（见《晋书·张华传》）

[18] "召平者，故秦东陵侯。秦破，为布衣，贫，种瓜于长安城东"，世称"东陵瓜"。（见《史记·萧相国世家》）

[19] 据《宋史·选举志》载，崇宁元年（1102），"宰臣请天下州县并置学，州置教授二员"。参见脱脱：《宋史》，卷157，北京：中华书局，2004年，第3662页。

[20] 白敦仁：《陈与义年谱》，北京：中华书局，1983年，第38页。

[21] 郭庆藩著，王孝鱼校：《庄子集释》，北京：中华书局，2004年，第493页；英译参见 Burton Watson（华兹生）tr., *The Complete Works of Chuang Tzu*, New York, NY：Columbia University Press, 1968, p. 154. 译文为了与语体风格一致稍有微调。

[22] 这里并不是说陈与义"发明"了这种句法，正如一位匿名评审细心指出，在古代汉语中，两个动词并置时，通常前一动词是导致后一动作的原因。陈与义可能是无意间不自觉地将散文句法运用到诗中，这一趋势在当时渐成风尚。

[23] Jonathan Chaves（齐皎瀚），"'Not the Way of Poetry'：The Poetics of Experience in the Sung Dynasty," *Chinese Literature: Essays, Articles, Reviews* 4.2（1982）：199. 原文句中斜体强调是作者自注。

[24] "衮衮"一词也被杜甫用在《登高》一诗中用以描述长江流水奔腾不息："无边落木萧萧下，不尽长江滚滚来"，用字稍异，参见萧涤非编：《杜甫全集校注》，第5092页；Stephen Owen, *The Poetry of Du Fu*, Vol. 5, p. 273. 此处译文略有微调。陈与义也在自己的《秋雨》（#42/95）诗中

以此词来对比客居羁旅诗人的沮丧情绪："衮衮繁华地，西风吹客衣"（7—8 句）；另一首《次韵家叔》（#62/127）同样也用此词形容城中王侯贵族风尘碌碌："衮衮诸公车马尘，先生孤唱发阳春"（1—2 句）。

[25] 鲍照著，丁福林、丛玲玲注：《鲍照集校注》，北京：中华书局，2012 年，第 457—462 页。

[26] 市南子对鲁侯说："南越有邑焉，名为建德之国。其民愚而朴，少私而寡欲。"郭庆藩：《庄子集释》，第 671 页；英译参见 Burton Watson, *The Complete Works of Chuang Tzu*, p. 211. 译文语体风格稍有微调。

[27] "美人赠我貂襜褕，何以报之明月珠。"见逯钦立：《先秦汉魏晋南北朝诗》，北京：中华书局，1983 年，第 181 页。

[28] 石慢（Peter Sturman）用这一词语来讨论苏轼谪官黄州时期写于 1082 年的两首寒食诗的书法风格，见 Peter C. Sturman, *Mi Fu: Style and the Art of Calligraphy in Northern Song China*, New Haven, CT：Yale University Press, 1997, p. 45. 苏轼的《寒食雨二首》，见苏轼著，孔凡礼注：《苏轼诗集》，北京：中华书局，1982 年，第 1112—1113 页。

[29] 象征着物质上困窘的"青鞋"典出杜甫《奉先刘少府新画山水障歌》"青鞋布袜从此始"句。萧涤非编：《杜甫全集校注》，第 528 页；Stephen Owen, *The Poetry of Du Fu*, Vol. 1, p. 221.

[30] "俯仰"是描写曲体逢迎以希官长之意。

[31] "三岁"是官吏任职的一般期限。

[32] 至德二载（757）五月，杜甫涉险避开叛军，间道逃归凤翔，在行在所谒见肃宗，授职"拾遗"。杜甫生平系年依萧涤非《杜甫年谱简编》，见萧涤非编：《杜甫全集校注》，第 6511—6577 页。

[33] 尾联二句皆典出杜甫《奉赠韦左丞丈二十二韵》一诗。"儒冠"摘自杜诗首联："纨袴不饿死，儒冠多误身"（1—2 句）；"终南山"出现在杜诗文本后段，表达出杜甫对离开长安的犹疑："尚怜终南山，回首清渭滨"（39—40 句）。参见萧涤非编：《杜甫全集校注》，第 277 页；Stephen Owen, *The Poetry of Du Fu*, Vol. 1, pp. 51‑53，译文稍有微调。 *52*

[34] 《论语》7.15，参见朱熹：《四书章句集注》，北京：中华书局，1983 年，第 96 页；英译参见 D. C. Lau（刘殿爵）tr., *The Analects*, Harmondsworth & New York, NY：Penguin Books, 1979, p. 88. 司马迁在《史记·伯夷列传》中质疑孔子之说，重述伯夷叔齐之积仁洁行之"义"，揭示二人克

"怨"复礼之意，见司马迁：《史记》，卷 61，北京：中华书局，1982 年，第 2121—2129 页；英译参见 Stephen Owen ed. and tr., *An Anthology of Chinese Literature: Beginnings to 1911*, New York, NY：W. W. Norton, 1996, pp. 142–144.

[35] 黄庭坚评此联开篇乃"一篇立意也"，见范温：《潜溪诗眼》，收入郭绍虞辑：《宋诗话辑佚》，卷上，北京：哈佛燕京社，1937 年，第 399—400 页；北京：中华书局，1980 年，第 324 页。黄庭坚评论的主旨在于杜甫此诗的谨密"布置"；文章的精巧结构安排，乃江西诗派的诗学兴趣所在。

[36] 萧涤非编：《杜甫全集校注》，第 669 页；Stephen Owen, *The Poetry of Du Fu*, Vol. 1, p. 215.

[37] "观"是《易经》中的一卦。"观国宾"是举子资格的古早指称。①

[38] 扬雄（前 53—18）是西汉著名辞赋家。

[39] 曹植，字子建，汉末魏初（3 世纪初）著名诗人。

[40] 李邕（678—747）是杜甫稍早一辈知名的饱学之士及书法家。

[41] 王翰（687—726）是杜甫上一辈的知名诗人。

[42] 宇文所安在英译中采用了"十三载"的异文，但中文文本仍延其旧，作"三十载"。尽管"十三"可能更符合实际情况，但描写叙述的准确性显然并非杜甫此诗的着力所在。

[43] 终南山是位于京城长安以南的山脉，传统上多与居士隐居生活相关联，在这里借指长安。

[44] 渭水是一条由西至东、流经长安而汇入黄河的河流。

[45] 西汉名将韩信（前 231—前 196），相传早年"有一母见信饥，饭信，竟漂数十日。信喜，谓漂母曰：'吾必有以重报母'"；后来，"信至国，召所从食漂母，赐千金"。②

[46] 杜甫以长于五古长诗而知名。《北征》是他诗集中的第二长诗，全诗 70 联 140 句（本书第四章将有详论），《奉赠韦左丞丈二十二韵》之前，仅见一首长诗达到了 22 联 44 句③的体量，即《赠特进汝阳王二十二韵》，此

53

---

① 译注："观国宾"语出《周易·观卦·象辞》："观国之光，尚宾也"，见王弼、韩康伯注，孔颖达疏：《周易正义》，卷 3，收入阮元：《十三经注疏》，上海：上海古籍出版社，1997 年，第 36 页。
② 译注：司马迁：《史记》，卷 92，第 2609、2626 页。
③ 译注：原注误为"40 句"。

诗与韦济赠诗差不多作于同一时期，参见萧涤非编：《杜甫全集校注》，第126—135 页；Stephen Owen, *The Poetry of Du Fu*, Vol. 1, pp. 36‑41. 第一首到达 50 联、100 句、500 字的是前文提到"朱门酒肉臭、路有冻死骨"出处的《自京赴奉先县咏怀五百字》，作于 755 年安史之乱爆发前夕，参见萧涤非编：《杜甫全集校注》，第 669 页；Stephen Owen, *The Poetry of Du Fu*, Vol. 1, p. 215. 杜集中最长的一首诗是《秋日夔府咏怀奉寄郑监李宾客一百韵》，如诗题所示，该诗百韵百联，参见萧涤非编：《杜甫全集校注》，第 4834—4837 页；Stephen Owen, *The Poetry of Du Fu*, Vol. 5, pp. 192‑211. 在此我要特别感谢一位匿名评审者替我纠正了本书早先手稿中存在的一处数字错误。

[47]《自京赴奉先县咏怀五百字》是展现这些内在固有、无法消解的张力的最好例证，具体的讨论与分析，参见 Pauline Yu（余宝琳）, Peter Bol, Stephen Owen, Willard Peterson（裴德生）eds., *Ways with Words: Writing about Reading Texts from Early China*, Berkeley, CA：University of California Press, 2000, pp. 146‑172.

[48] 科举制度推行之前，官吏选拔主要通过察举制。①

[49] 嵇康：《与山巨源绝交书》，收入萧统编、李善注：《文选》，北京：中华书局，1977 年，第 600—603 页；上海：上海古籍出版社，1994 年，第 1923—1931 页。对此书的英译与分析，见 Thomas Jansen（杨森）, "The Art of Severing Relationships（*juejiao*）in Early Medieval China," *Journal of the American Oriental Society* 126. 3（2006）：347‑365. 对早期中古（魏晋）时期作为文类的书信的研究，参见 Antje Richter（李安琪）, *Letters and Epistolary Culture in Early Medieval China*, Seattle, WA：University of Seattle Press, 2013.

[50] 嵇康、山涛都是"竹林七贤"的成员。

[51] "王生者，善为黄老言，处士也。尝召居廷中，三公九卿尽会立，王生老人，曰'吾袜解'，顾谓张廷尉：'为我结袜！'释之跪而结之。……诸公闻之，贤王生而重张廷尉。"参见司马迁：《史记》，卷 102，第 2756 页。

[52] 这种微妙平衡亦见于《寄新息家叔》（#38/91）："竹林虽有约，门户要人

---

① 译注：引文见刘义庆著，余嘉锡注：《世说新语笺疏》，卷 18，上海：上海古籍出版社，1993 年，第 652 页。

兴"(7—8句)。新息属蔡州,地处淮河上游。

54 [53]董仲舒是西汉时官方尊列"五经"之一——《春秋》的研究大家。

[54]贾谊《新书》是一本谈论处理政府实务的政论文集。这里"开阖"一词
　　既可指贾谊政论文风,也可指《新书》的政治策略,传统中国政治经济
　　学主要关注朝廷谋利渠道的"开"与"阖"。

[55]韩愈著,钱仲联注:《韩昌黎诗系年集释》,上海:上海古籍出版社,1994
　　年,第560页。

[56]正因如此,这首诗历来被阐释为隐喻着人世的堕落和虚无,也有一些诗评
　　者把晚开之哀解读为预示唐王朝大厦将倾的政治寓言。

[57]孔凡礼注:《苏轼诗集》,第2159—2160页。

[58]关于北宋之于美的内在价值的论述,参见 Ronald C. Egan, *The Problem of
　　Beauty: Aesthetic Thought and Pursuits in Northern Song Dynasty China*,
　　Cambridge, MA：Harvard University Asia Center, 2006,中译本见艾朗诺
　　著,杜斐然、刘鹏、潘玉涛译:《美的焦虑:北宋士大夫的审美思想与追
　　求》,上海:上海古籍出版社,2013年。"用功"是通往成功的必经之途,
　　这里笔者强调这一概念在北宋晚期尤受推重,而不是说类似观点在北宋之
　　前并不存在。关于这一理念在北宋晚期的普遍文化语境中的突出位置及其
　　在文学和文化理论与实践中的广泛运用,参见 Yugen Wang, *Ten Thousand
　　Scrolls: Reading and Writing in the Poetics of Huang Tingjian and the Late
　　Northern Song*, Cambridge, MA：Harvard University Asia Center, 2011, pp. 40 -
　　43, 53 - 56;中译本见王宇根:《万卷:黄庭坚和北宋晚期诗学中的阅读与写
　　作》,北京:生活·读书·新知三联书店,2015年,第56—59、71—76页。

[59]此联对句典出《论语》:"子曰:'然。有是言也。不曰坚乎,磨而不磷;
　　不曰白乎,涅而不缁。'"参见朱熹:《四书章句集注》,第177页;英译
　　参见 D. C. Lau, *The Analects*, p. 144.

[60]陈与义间用稍异的类似词组,如"书怀""述怀""感怀"等。为了便宜
　　行事,本书英译一律用 expressing my feelings 来指代,这里的两组十四首
　　示友诗皆属此"书怀"文类。

[61]"欺"字此处的英译"takes advantage of"借鉴的是宇文所安对南宋词人
　　吴文英(约1212—1260)的名作《莺啼序》起句"残寒正欺病酒,掩沉
　　香绣户"同一"欺"字的译法,参见 Stephen Owen, *Remembrances: The
　　Experience of the Past in Classical Chinese Literature*, Cambridge, MA：

Harvard University Press, 1986, p. 115；中译本见宇文所安著，郑学勤译：《追忆：中国古典文学中的往事再现》，北京：生活·读书·新知三联书店，2004 年，第 130 页。对吴文英这首词作的翻译和研究，参见 Stephen Owen, *Remembrances*, pp. 114－130，中译本，第 130—150 页；Grace S. Fong（方秀洁），*Wu Wenying and the Art of Southern Song Ci Poetry*, Princeton, NJ：Princeton University Press, 1987, pp. 110－114；Shuen-fu Lin（林顺夫），"Space-Logic in the Longer Song Lyrics of the Southern Sung：Reading Wu Wen-ying's *Ying-t'i-hsü*," *Journal of Sung-Yuan Studies* 25 （1995）：169－192.

[62] 北宋理学家程颢阐释"定"曰："所谓定者，动亦定，静亦定，无将迎，无内外。" A. C. Graham（葛瑞汉）英译如下："One is stable in movement as well as in stillness；it is the state in which we do not follow things as they withdraw nor go to meet them as they come, and there is no distinction of internal and external." 参见 A. C. Graham, *Two Chinese Philosophers: The Metaphysics of the Brothers Ch'eng*, La Salle, CA：Open Court, 1992, p. 102.

[63] 语出《文心雕龙·物色》赞语，参见刘勰著，黄叔琳、李祥、杨明照注：《增订文心雕龙校注》，北京：中华书局，2000 年，第 567 页；Stephen Owen, *Readings in Chinese Literary Thought*, Cambridge, MA：Harvard University Press, 1992, p. 286；中译本见宇文所安著，王柏华、陶庆梅译：《中国文论：英译与评论》，上海：上海社会科学院出版社，2003 年，第 298 页；《中国文学思想读本：原典·英译·解说》，北京：生活·读书·新知三联书店，2018 年，第 348—349 页。

[64] 东汉楚辞学家王逸（89—158）将宋玉诗题中的"辩"字释为同音之"变"："辩者，变也，谓陈道德以变说君也。"洪兴祖著，白化文校：《楚辞补注》，北京：中华书局，1983 年，第 182 页。

[65] 洪兴祖：《楚辞补注》，第 182 页；David Hawkes（霍克思）tr., *The Songs of the South: An Ancient Chinese Anthology of Poems by Qu Yuan and Other Poets*, Harmondsworth & New York, NY：Penguin Books, 1985, p. 209. 这段英译采用的是霍克思的翻译。

[66] David Hawkes, *The Songs of the South*, p. 208.

[67] 洪兴祖：《楚辞补注》，第 183 页；David Hawkes, *The Songs of the South*, p. 209. 这段英译出自笔者自译。

[68] 洪兴祖：《楚辞补注》，第 183—184 页；David Hawkes, *The Songs of the South*, p. 209. 这段英译悉从霍克思。

[69] 欧阳修著，李逸安校：《欧阳修全集》，北京：中华书局，2001 年，第 256 页。原著英文中的斜体强调为引者所加。对该赋的英译和研究，参见 Ronald C. Egan, *The Literary Works of Ou-yang Hsiu（1007－72）*, Cambridge：Cambridge University Press, 1984, pp. 127－132；James T. C. Liu, *Ou-yang Hsiu: An Eleventh-Century Neo-Confucianist*, Stanford, CA：Stanford University Press, 1967, pp. 139－140, 中译本见刘子健著，刘云军、李思、王金焕译：《欧阳修：十一世纪的新儒家》，重庆：重庆出版社，2022 年。

[70] 黄庭坚著，任渊、史容、史季温注，刘尚荣校：《黄庭坚诗集注》，北京：中华书局，2003 年，第 403 页；Stephen Owen, *An Anthology of Chinese Literature*, p. 656. 英译采自宇文所安。南宋黄诗注笺者任渊从次句中读出诗人"以言江湖之念深"而有隐退之意。

[71] Stephen Owen, *An Anthology of Chinese Literature*, p. 656.

[72] 黄庭坚诗学核心理念的"夺胎换骨""点铁成金"，被包弼德视为其诗学的两大"基本戒律"（basic precepts），见 Peter K. Bol, "Culture and the Way in Eleventh-Century China," PhD dissertation, Princeton University, 1982, p. 522.

[73] Stephen Owen, *An Anthology of Chinese Literature*, p. 656；钱锺书：《宋诗选注》，北京：人民文学出版社，1994 年，第 60 页。

[74] 叶梦得：《石林诗话》，北京：中华书局，1991 年，第 5—6 页；叶梦得著，逯铭昕校：《石林诗话校注》，北京：人民文学出版社，2011 年，第 33—34 页。① 叶梦得本意是要批评黄庭坚的"好奇"之性与"意索"之习，在他看来，诗人和诗境"适相遇"而后"得之"诗，是不期而遇、天然纯发的结果，如他点评谢灵运《登池上楼》的名对"池塘生春草，园柳变鸣禽"，即称"此语之工，正在无所用意，猝然与景相遇，借以成章，不假绳削，故非常情所能到"，参见叶梦得：《石林诗话》，第 19 页；《石林诗话校注》，第 137 页。谢灵运诗见谢灵运著，顾绍柏校：《谢灵运集校注》（修订版），台北：里仁书局，2004 年，第 95 页。"绳削"是对诗技

---

① 译注：未经眼中华书局本，文字校对皆从《石林诗话校注》。

的惯用比喻。

[75] Jonathan Chaves, "Not the Way of Poetry," p. 199.

[76] Stephen Owen, *An Anthology of Chinese Literature*, p. 656.

[77] 苏轼著，孔凡礼校：《苏轼文集》，北京：中华书局，1986 年，第 370—371 页，该文英文全译参见 James M. Hargett（何瞻），"Some Preliminary Remarks on the Travel Records of the Song Dynasty（960－1279），" *Chinese Literature: Essays, Articles, Reviews* 7. 1/2（1985）：74－76.

[78] Robert E. Harrist Jr.（韩文彬），*Painting and Private Life in Eleventh-Century China: Mountain Villa by Li Gonglin*, Princeton, NJ：Princeton University Press, 1998, p. 89. 强调出于原引书自注。龙眠山近李公麟故里，在今安徽省桐城市。

[79]《清明二绝》其二（#145/278）首句。

[80]《北风》（#35/83）首联。

[81]《以事走郊外示友》（#53/113）第三句。

[82]《十月》（#54/117）首联。

[83] Kōjirō Yoshikawa, *An Introduction to Sung Poetry*, Burton Watson tr., Cambridge, MA：Harvard University Press, 1967, p. 18；中译本见吉川幸次郎著，郑清茂译：《宋诗概说》，台北：联经出版事业公司，2012 年。

[84] 孟元老的《东京梦华录》成书于 1147 年，晚于陈与义写上引京城"黄尘"句约三十年，该书描写了 1117—1125 年间的汴京世俗生活史。关于以故都怀旧作为南宋文化记忆和政治抵制的一种手段，参见 Ari Daniel Levine（李瑞），"Stages of Decline: Cultural Memory, Urban Nostalgia, and Political Indignation as Imaginaries of Resistance in Yue Ke's *Pillar Histories*," *The Medieval History Journal* 17. 2（2014）：337－378.

[85] Stephen West（奚如谷），"Recollections of the Northern Song Capital," in *Hawai'i Reader in Traditional Chinese Culture*, Victor H. Mair（梅维恒），Nancy S. Steinhardt（夏南悉），Paul R. Goldin（金鹏程）eds., Honolulu, HI：Hawai'i University Press, 2005, p. 405.

[86] 张规臣系张矩臣之兄、陈与义表兄。

[87] 胡仔：《苕溪渔隐丛话》，台北：世界书局，1961 年，第 360 页；北京：人民文学出版社，1962 年，第 361 页。

[88] 朱熹著，黎靖德编，王星贤校：《朱子语类》，北京：中华书局，1986 年，

第 3330—3331 页。对朱熹评语的简述，参见莫砺锋：《朱熹文学研究》，
南京：南京大学出版社，2000 年，第 172 页。

57

[89] 白敦仁：《陈与义集校笺》，第 101 页笺注。

[90] 同上引。感谢一位匿名审稿者特别指出，同时代还有诸如邹浩（1060—
1111）、许景衡（1072—1128）等诗人，也钟爱仲仁画作并乐于为之
题诗。

[91] 刘尚荣校：《黄庭坚诗集注》，第 679 页。是时黄庭坚被贬宜州（在今广西
省河池市)①，途中经停湖南衡州而前往拜谒名僧仲仁，此后再动身赴岭
南。仲仁因其时任衡州花光寺方丈而以"花光仁老"之名为时人所知。

[92] 这首诗对画作主要内容的描述在诗题中"花光为我作梅数枝及画烟外远
山"数十字中可得管窥。由于南岭山脉②南坡北坡气候差异明显，"大庾
岭上梅，南枝落，北枝开"。③

[93] 楼钥：《题赵晞远二画·墨梅》，④ 收入其《攻媿集》，卷 10，《四部丛刊》
影上海涵芬楼藏武英殿聚珍本；又见白敦仁：《陈与义集校笺》，第 101 页
笺注。陈与义 1127 于邓州首用"简斋"名号（详见本书第五章）。

[94] 胡祗遹：《写水仙》，收入其《紫山大全集》，卷 7，《四库全书》本；又见
白敦仁：《陈与义集校笺》，第 101 页笺注。"涪翁"是黄庭坚在涪州（今
重庆市涪陵区）时的自号。⑤

[95] 曾敏行：《独醒杂志》，卷 4，上海：上海古籍出版社，1986 年，第 30 页；
又见白敦仁：《陈与义集校笺》，第 101 页笺注。

[96] 韩愈以"玉妃"喻雪（《辛卯年雪》诗："白霓先启涂，从以万玉
妃。"）；苏轼用此咏梅（《花落复次前韵》："玉妃谪堕烟雨村，先生作
诗与招魂。"）。

[97] 东汉定都洛阳。

[98] 陆机：《为顾彦先赠妇二首》其一，收入陆机著，杨明校：《陆机集校笺》，
上海：上海古籍出版社，2016 年，第 295 页。次联英译参考 David R.

---

① 译注：原著误为属今贵州省。
② 译注：大庾岭即为南岭山脉"五岭"一支。
③ 译注：参见刘尚荣校：《黄庭坚诗集注》，第 679 页注。
④ 译注：原著题作《题赵晞远墨梅》。
⑤ 译注：校笺本作者误将此诗题作前作之题《梅图》，原著亦沿误。原著涪州
作"在今四川"。

Knechtges（康达维），"Sweet-peel Orange or Southern Gold? Regional Identity in Western Jin Literature," in *Studies in Early Medieval Chinese Literature and Cultural History: In Honor of Richard B. Mather and Donald Holzman*, Paul W. Kroll（柯睿），David R. Knechtges eds., Provo, UT：T'ang Studies Society, 2003, p. 57.

[99] David R. Knechtges, "Sweet-peel Orange or Southern Gold?," pp. 57 – 58.

[100] 谢朓：《酬王晋安》，收入谢朓著，曹融南注：《谢宣城集校注》，上海：上海古籍出版社，1991 年，第 203 页；Richard B. Mather（马瑞志）tr., *The Age of Eternal Brilliance: Three Lyric Poets of the Yung-ming Era (483 – 493)*, Leiden：Brill, 2003, p. 144. 这里的英译采用马瑞志，稍有微调。

[101] 晚唐诗人李商隐尤钟此法，其《牡丹》诗先写牡丹雍容华贵、优雅端庄的花姿，把含苞初绽的瞬间比作卫夫人卷帘露玉颜："锦帏初卷卫夫人"，① 参见李商隐著，刘学锴、余恕诚笺：《李商隐诗歌集解》（增订重排版），北京：中华书局，2004 年，第 1724 页。卫夫人南子貌甚美，为了避免"惑淫"指摘而于锦帏之后见人，据传"夫人在绵帷中，孔子入门，北面稽首；夫人自帷中再拜，环佩玉声璆然"。李商隐在这里的惊天诗才表现为大胆想象卷帘所见面庞何样，并以此来描摹牡丹初放的样子。 *58*

[102] 钱锺书：《谈艺录》（补订本），北京：中华书局，1984 年，第 22 页。

[103] 钟离春者，齐无盐邑之女，貌丑行高，因其品行端正高洁而为齐宣王之正后也。这里所用的是无盐貌陋的字面意思。末句的"李"是梅的一种，这里的英译差强人意。

[104] 陈与义此时深受眼疾困扰，参见《目疾》一诗（#52/111）。

[105] 陈玄是韩愈的寓言体谐文《毛颖传》中代表"墨"的虚构角色，参见韩愈著，刘真伦、岳珍注：《韩愈文集汇校笺注》，北京：中华书局，2010 年，第 2718 页。"病见"一本作"病眼"，参见白敦仁：《陈与义集校笺》，第 102 页。

[106] 白敦仁：《陈与义集校笺》，第 104 页注 1。Mei Hua（华梅），*Chinese Clothing*, Cambridge：Cambridge University Press, 2011, pp. 32 – 33；

---

① 译注：原著"帏"误为"纬"字。

Zong-qi Cai, ed., *How to Read Chinese Poetry: A Guided Anthology*, New York, NY: Columbia University Press, 2008, p. 295; 中译本见蔡宗齐编, 鲁竹译:《如何阅读中国诗歌:作品导读》, 北京:生活·读书·新知三联书店, 2023 年。

[107] Mei Hua, *Chinese Clothing*, p. 33.

[108] 相传伯乐年事已高, 为秦穆公举荐九方皋, "比其于马, 非臣之下也", 其相马重内在本质而非外表。(语出《列子·说符》)

[109] 关于此联在后世绘画批评中的理论价值, 参见 Susan Bush, *The Chinese Literati on Painting: Su Shih (1037 – 1101) to Tung Ch'i-ch'ang (1555 – 1636)*, Cambridge, MA: Harvard University Press, 1971, pp. 110 – 111; 中译本见卜寿珊著, 皮佳佳译:《心画:中国文人画五百年》, 北京:北京大学出版社, 2017 年, 第 184—186 页。

[110] 艾朗诺通过对宋代文人之于人工造物的态度变化分析来讨论过这一新的理解, 参见 Ronald C. Egan, *The Problem of Beauty*, pp. 109 – 161; 中译本《美的焦虑》, 第 81—119 页。

[111] 僧齐己著, 王秀林注:《齐己诗集校注》, 北京:中国社会科学出版社, 2011 年, 第 310 页。齐己友人郑谷 (约 851—约 910) 将此诗末句中齐己原用的"数枝"改为"一枝"以示早梅的孤绝之美, 正因如此, 齐己称之为"一字之师"。这一轶事说明了晚唐诗人非常理解炼字炼句在描述自然体验上的重要性。

[112] 林逋:《山园小梅二首》其一, 收入沈幼征校注:《林和靖集》, 杭州:浙江古籍出版社, 2012 年, 第 87 页。① 赤松英译了二首其一, 参见 Red Pine tr., *Poems of the Masters: China's Classic Anthology of T'ang and Sung Dynasty Verse*, Port Townsend, WA: Copper Canyon Press, 2003, p. 453. 笔者的译文对此多有借鉴。对该诗的文本详析参见赵齐平:《宋诗臆说》, 北京:北京大学出版社, 1993 年, 第 77—98 页。南宋词人姜夔 (约 1155—约 1221) 自度词二首, 词牌以林逋此联上下句首二字分别题为《疏影》《暗香》, 参见姜夔著, 夏承焘笺:《姜白石词编年笺校》, 上海:上海古籍出版社, 2007 年, 第 48 页。对《暗香》一词的英译和分析, 参见 Shuen-fu Lin, *The Transformation of the Chinese Lyrical Tradition:*

59

① 译注:原著作上海古籍出版社 1987 年版, 未经眼而参校他本。

Chiang K'uei and Southern Sung Tz'u Poetry, Princeton, NJ：Princeton University Press, 1978, pp. 137－141；中译本见林顺夫著，张宏生译：《中国抒情传统的转变：姜夔与南宋词》，上海：上海古籍出版社，2005年，第97—101页。

第二章
年　华

Life's Splendid Blossoms

　　较之开德府教授任满后客居汴京重待授职两年多
（1116—1118）的"闲岁"，在 1118 年除太学外舍辟雍录到
1124 年底贬谪陈留接下来的这六年时间里，陈与义的个人生
活与政治生涯都显得更为活跃积极。正因如此，他这一时期
的诗作也呈现出显而易见的情感丰富性和情绪多样性。在那
些散落在这六年里的快乐时光里，我们看到陈与义身上乐观
向上的进取精神得到完美显现，而在别的时刻，他仍然深陷
于政途上难有作为的颓丧消沉中。平衡自然与诗歌之间的关
系始终贯穿于简斋这一时期的写作之中，但客居汴京期间作
品中未曾得见的私人私密维度开始浮现。陈与义不仅逐渐发
掘出自我风格，而且诗歌也愈发成为其情感上的慰藉和智性
上满足的载体，借以对抗政治和物质世界中指不胜屈的未知

未卜力量。

何瞻把这段时期称为陈与义的"实验期",其中涌现出"一种更为私人化、私密化、反省性、静谧性的抒情类型"。[1] 通过关注其渐臻佳境的审美和诗技面向,本章目的 *62* 在于检视这种私密化个人风格的形成,继续遵循时间顺序和传记生平的基本结构去了解陈与义创作生涯最初五年中未曾显山露水的多面复杂力量和趋向。

棋局与灯花

诗人个体如何置身于变幻无常且不如人意的世界中,这始终是一个亘古弥新的迫切问题。对陈与义来说,这个世界似乎已与古典诗学交互感应和自然兴会的传统模式渐行渐远、龃龉难合。在下引系年于 1118 年秋任辟雍录前夕的这首诗中,陈与义对这一问题做出了一个可谓经典的表达。其所传递的主旨,即活在当下,不妄求命中所无,可以说广为人所熟知。其所选用的承载着厚重成规的七言律诗这一体裁也恰到好处地与诗的内容相辉映。这是七律诗体在简斋集中继上一章讨论过的《次韵周教授秋怀》之后第二次出现。

夜雨 （#50/108）

经岁柴门百事乖，[2] 此身只合卧苍苔。[3]

蝉声未足秋风起，木叶俱鸣夜雨来。

棋局可观浮世理，灯花应为好诗开。

独无宋玉悲歌念，但喜新凉入酒杯。

七言律诗在杜甫手上大量创作渐趋巅峰，其后在李商隐等诗人那里又进一步推至精深幽微。到了北宋时期七律变得极为流行，成为衡量诗坛新人引吭试啼或耆儒硕士确立诗坛名望地位的金标准。[4] 与五言律诗相比，诗行一句从五字扩至七字，全诗字数从四十拓至五十六，这意味着一首诗的体量激增了四成。这一扩容无论是在句的层面还是在诗的层面都大大影响了一首诗格律、句法、主题上的复杂性。而增量空间亦有益于诗人研精究微和静思冥想，有助于其以更加精微闲适的方式去体察自己内心的一般信念和应对个人生活的特定事件。这首《夜雨》之后诗集中又接连出现十四首七言律诗（#51—64），这或许不是纯属偶然，在这里，诗人的沉思凝想在扩容了的诗体空间里得到了从容的表达和慰藉的理想平台。较长的七言诗体也特别适合于麦大伟所说简斋诗中有丰富展现的"双重或三重视角"（double or triple perspective），这是一种对拓展时空的艺术构建，既关涉诗人的身边环境，也关注悠长历史和宏观的物质宇宙。[5]

让我们略为回顾简斋集中的第一首七律《次韵周教授秋怀》，重温一下诗人对外物感兴的典型情感反应模式。古典文人和文论家用"万途竞萌"这类术语来描摹诗人在这一时刻所面对的生机世界，[6] 而用"心游万仞"这样的表述来 *64* 说明诗人能够应对挑战，以其自由驰骋的想象去适从自然灵动的现象世界。[7] 周教授次韵诗中，叙述者通过一连串愈趋外在的实际或心理行为来处理他所经受的自然界纷至沓来的感兴和刺激，从对他眼前个人处境的思考，发散式转向到历史人物典故教训所衍生出的深广图景。

同样的感兴模式在《夜雨》中也有充分展现。颔联（3—4句）构成我们也许可以称之为全诗的"体验核心"（experiential core），其余三联中的思绪和事件及其指涉和意义皆是源出或依赖于颔联所建立的此一核心。也正是这一联与诗题的关联最为紧密；就其与诗中所描述的生活经验的关系而言，一首诗的题目往往也是诗中最能经得起经验验证的部分。在此联中，秋风秋雨无情夜袭的这一经验事实激活了诗中所有的思绪与情感，激活了诗人所有的行为和模式。颔联还暗中将场景从外部转移至内部，从自然现象和物理实事转换至诗人内心对其进行的情感认知处理。随着自然风雨的威胁被阻于门户之外，夜晚的内部居室环境开始成为诗人关注的焦点，周遭万物的阒寂无声，令其得以去认识和感知周围触手可及的室内景物（最为醒目的莫过于灯烛和棋盘，尽管后者出现在诗里并不必然表明它在此屋中是实际存在的）。诗人在开篇所流露出的"百事乖"的忧虑，在结尾时已被秋雨带来的赏心乐事（"好诗"，6句；"新凉"，8句）及由此生发的积极思考和乐观情感取而代之。《夜雨》诗中所描述的发生在诗的叙事者身上的内部转换，我们在第一章中已经见过。

诗第六句的"灯花"一词借用自杜甫《独酌成诗》："灯花何太喜，酒绿正相亲。醉里从为客，诗成觉有神。兵戈犹在眼，儒术岂谋身。苦被微官缚，低头愧野人。"[8]

尽管灯花与诗之间的基本关联是从杜甫那里借用来的，然而陈诗中的灯花意象不再是一个随机的物象。在杜诗中，它只是唤起其他思绪和情感，唤起烽火战事和诗人对自己状态的不满的随机起兴之物。陈与义则把这一意象整合进诗歌叙事中，将其作为晚夜屋况物质环境的有机构成部分。如果杜甫只是含糊其辞地暗示灯花催生"诗成"，陈与义则明确赋予二者以因果联系，"诗成"于是成为必然或"应"（6句）然的结果；这一紧密的因果关联他还在颈联出句中通过论说"棋局"所蕴含的"理"来加以巩固。通过此举，诗的前半部所刻画的挫败沮丧之感让位于对"新凉""好诗"

的怡悦企盼之意，以积极乐观之姿收束全诗。

清代纂评家纪昀（1724—1805）对灯花棋局一联颇持微词，认为其离题甚远："诗固不必句句抱题，然如此五、六，亦太脱。"[9] 纪昀此说未免有失偏颇，其既未能理解此联在促成诗心所在之积极情感转向上的关键作用，也没能认识到棋局和灯花的意象在对抗暂阻于外的自然风暴上的潜在力量。

66

年华

诗歌在陈与义那里被赋予同样的将诗人的经历经验锚系稳定于"浮世"（5 句）之中的功能，这应该并不令我们感到特别讶异。在陈与义的总体诗歌创作语境中，关注诗的写作行为和诗所具有的本体论上的意义是他一以贯之、不时溢于言表的基本主旨。麦大伟统计陈与义诗集中有大约四分之一、超过160 首的诗作"涉及诗的吟诵、诗的写作，以及诗章撰构和成篇过程中的悲喜交并"。[10] 陈与义为这一对诗之写作过程的兴趣注入了一种特别的迫急感，诗歌不仅是他思想支柱，而且也是他的本体存在。他曾写诗示友："平生诗作祟，肠肚困藿食。使我忘隐忧，亦自得诗力。绝知是余蔽，且复永今日"（1—6 句）。[11]

在《年华》（#39/92）这首五言律诗中，陈与义先是追忆其在开德的岁月，旋即从回想中转到眼前生意盎然的早春景色上：

> 去国频更岁，为官不救饥。
>
> 春生残雪外，酒尽落梅时。
>
> 白日山川映，青天草木宜。
>
> 年华不负客，一一入吾诗。

叙述者从沉思自己的宦途（1—2句）中抽身而出，发现自然界觉醒复苏的万事万物都各安其处、各得其序（3—6句），季节的更迭与诗心的脉动处于珠联璧合的同步状态（7—8句）。叙述者把自我显著地置于和谐绚烂的春物春景之中，表达出对诗之融景归序的能力的自信，对自己正在将此付诸实施、把眼前纷呈的早春景物各守其分地安放在诗歌意脉的适当位置上的自负。

这一时期陈与义的诗作呈现出一个很广阔的情感谱系，但其对诗歌的关切渐成一股安稳的力量，随着其重待授职的时间不断拉长，他经常倚赖这股力量来对抗由此产生的压抑的思想情绪。1118年除夕之夜，他哀叹"宦情吾与岁俱阑"（1句）。[12] 在另一诗中他又重树信念，坚信人类意志是对抗世事无常、盛衰兴废无时的终极力量；他引用五代名臣桑维翰（898—947）的名喻来问张矩臣："世事岂能磨铁砚？"（5句）[13] 史载桑维翰"初举进士，主司恶其姓，以'桑''丧'同音。人有劝其不必举进士，可以从佗求仕者，维翰慨然……又铸铁砚以示人曰：'砚弊则改而佗仕。'卒以进士及第"。① 对陈与义来说，立言不朽的诗歌与桑维翰的铁砚类属同一范畴，都是不与世浮沉的人间罕物："诗情不与岁情阑，春气犹兼水气寒"（1—2句）。[14] 同辈同僚的共情支持找到了诗这一最可依赖的同盟者，它像桑维翰的铁砚一样，在世俗庶务沉浮俯仰中如金石之坚、亘古不腐。

1120年初陈母辞世，陈与义的乐观情感遭遇了一次重挫。他辞去太学的官职，在汝州守制居丧三年。他在写给表兄张规臣及弟弟陈与能的诗中回顾了服孝汝州前的七年宦途情形："四岁冷官桑濮地，三年羸马帝王州"（1—2句）。[15] 除了"羸马"之外，他还运用系列衰颓喻象来描摹自己的精神状态："病鹤欲飞还踯躅，孤云将去更迟留"（5—6句）。② 又如一首寄赠叔父的诗中，他借用两个佛教譬喻来形容仕宦生涯的艰难阻滞感："浮生万事蚁旋磨，冷官十年鱼上竿"（3—4句）。[16]

---

① 译注：欧阳修：《新五代史》，卷29，北京：中华书局，1974年，第319页。
② 译注：原著误为3—6句。

1122 年守孝期满，陈与义经洛阳返汴京，被纷纭世变所捆缚禁锢及忽略遗弃的种种感受，显然并未被明媚春景纾缓抚慰。[17]

归洛道中 （#122/244）

洛阳城边风起沙，征衫岁岁负年华。

归途忽践杨柳影，春事已到芜菁花。

道路无穷几倾毂？牛羊既饱各知家。

人生扰扰成底事，马上哦诗日又斜。

陈与义此后还会写很多诗体有别、情形殊异的途旅诗。尽管他未必都会像此处一样在诗题中直接标示"道中"或"途中"字样，途旅诗将成为他最倾意于其中的母题和写作范式之一，为他提供接纳欣赏眼前景观、边体察各地路途的风貌边点检自我思绪的良机。事实上，他在 1126 年之后的全部作品可被当作是"一首"长篇巨制的"途旅诗"来阅读，它们如实记录着他靖康之难后所面临的巨大的政治上的和个人的挑战。在这里以及下章中，我们先考察他的几首早期的途旅诗，以为分析其靖康之后的同类作品提供基本的参照。

既带着传统印记又符合经验印象的一连串意象有助于我们将这首七律中所描述的思想、情感及事件和作为行旅者的诗人生活的亲身经历关联互证。触发诗中连锁运动和状态的是颔联里诗中人物不经意"忽践杨柳影"的那一刻，这构成了我们前面说过的、催生全部后续意象和情感的诗的"体验核心"。当行旅者被大自然中的绚烂"春事"深深触动之际，其时间意识也随之被唤醒。在他离开的这段时间里，宇宙天地已经改头换面；浑然不觉间，早春怒放的桃李已然让位于遍地盛开的芜菁花了（4句）。[18] 自然世界的生生不息并不以诗人个人生命经历为转移，道阻且长，崎岖险峻（5句）；牲畜归圈，无需驱遣（6句）。

符合于行旅文体的特点，这首诗中有不少的运动和变化，既有物理上的，也有心理上的。风卷黄沙的熟悉意象再次出现；我们看到行人践踩树影、车马面临颠覆，牛羊归家、马背吟诗、夕阳渐次西沉。此外，还有一些更为微妙的、无形的、幽隐的变化，诸如春光易逝、季节更替、道路尽延、牛羊饱腹，等等。与《夜雨》诗的室内场景不同，这首诗展现的是一个与羁旅诗人行迹联系紧密、露天开阔而又充满动感的外景。

这首诗充斥着很多"下行"（downward）修辞，比如凋萎、沉落、递降、阻绊等，其数量和重要性都远超为数不多的几个抬升、上扬的动作，例如风起、花开，包括赋诗等。整体而言，该诗表达的是一种人生徒劳和有负青春年华的愧疚感，以及对未能达成目标的反省。这种负面的坠落降沉感是我们前面看到的期许与现实之间、情与景之间完美契合的理想情形的反面参照，后者一如《年华》（"年华不负客，一一入吾诗"）和《夜雨》（"灯花应为好诗开"）诗中所见。《归洛道中》中的感觉则与上二诗结句中强劲明显的积极心态几乎背道而驰。就连被认为是人世与自然间最交洽无嫌的媒介——诗——也无济于事，不足以与晚春暮景在旅者心中所激起的情绪波澜相抗。当诗人在马背上赋诗试图改变这 似乎是宿命的结果时，夕阳落日在自顾自地渐趋西沉，完全对旅者心中的感触置之不闻、无动于衷。

在 1122 年季春的这一焦灼时刻，当陈与义结束汝州居丧，再度返归开封之际，他纵情地让自己浓烈的失败感和壮志未酬的命运浮沉感涌上心头、盘踞脑中。当他穿行于蜿蜒曲折的地形地貌之间，外在风景和内心世界都在朝他敞开，一如那个之前经历着黄沙漫天的汴京街头的城市旅者一样，不过现在的他，正行进在从汝州到故乡洛阳、遍植杨柳与芜菁的路途之中，看似繁荣灿烂，却充满着诸多不确定性和危险性。

物质世界的永恒

陈与义在抵达洛阳前写道："一官违壮节，百虑集征鞍"

（7—8 句）。[19] 他对为官的关注，在他仕宦生涯伊始就一直表现在其诗作之中，而在他结束居母丧，重返汴京路上的此时此刻尤为彰显。这里"违"字表达的是《归洛道中》呈现出的同样的落差感、功亏感和挫败感。这也是他《次韵周教授秋怀》一诗的主要关注点。在 1118 年重授辟雍录之前所作的另一诗中他亦明确地说："二十九年知已非，今年依旧壮心违。"[20]

陈与义在是年夏季赶赴汴京之前在洛阳勾留了数月。他服孝汝州期间所写诗作中那些表达自己沮丧消沉情绪的词句，诸如"病鹤""孤云""羸马""蚁旋磨""鱼上竿"等，在返洛道中的诗作中消失不见了。穿行于熟悉的地形地貌之间，全新的图景和温暖的回忆让他重新振作，助其走出心理上和情绪上的低谷。洛城南端地标性的、佛像林立的龙门绝壁，耸立于入洛大道的两侧，仿佛在夹道欢迎旅人进入这座千年古城，这对陈与义来说是心灵愈合的宝贵契机。在返洛之际写就的七言律诗《龙门》（#125/247）中，作为一种恒定不易之力来对抗人世无常之变的夕阳被赋予了非同寻常的意义："不到龙门十载强，断崖依旧挂斜阳"（1—2 句），他这样描述再涉此地时映入眼帘、熟谙于心的高悬之景。[21] 尽管诗中仍不乏一些颓丧消极的譬喻，如"羸马"（5 句）、"流莺"（6 句）——后者借自李商隐，流莺的"漂

72

荡参差""渡陌临流"被用来表达诗人从此处到彼地居无定所的生活及其所带来的无归宿和流离感——斜阳返照龙门断崖的温暖宁谧之美，既是自然世界亘久永恒的有力印证，也是对忧虑旅者在生命中此一张力时刻返乡归里的同情抚慰。[22]

友人赠石作礼的契机为陈与义打开了参与一场持久的文学和文化盛宴的另一种途径。北宋晚期如同其他时期一样，接收珍稀或独特的馈礼的受赠人理应确认馈赠的重要性并阐发馈赠物的象征意义。[23] 陈与义精熟于这些礼俗惯例，并匠心独妙地借此机会来表达他对物质真实与艺术表征之间的关系、奇石维系永恒不灭之感的个人见解。

陈与义在该诗题目中即交代了馈赠的场合以及奇石命名的缘由——《友人惠石，两峰巉然，取杜子美"玉山高并两峰寒"之句，名曰"小玉山"》（#127/250）。杜诗此句出自《九日蓝田崔氏庄》，诗的叙述者观察到玉山耸立于蜿蜒蓝水之间（这两处都是长安周边的地标）："蓝水远从千涧落，玉山高并两峰寒。"[24] "小玉山"之名不仅来自所赠奇石的缩微之形，而且也因其与杜诗中所描述的真山实水的玉山的外观有相似性。

简斋诗的中间二联着意于描述奇石及其附带的象征意蕴：它创造并提供了一个自给自足的自由世界和无拘无束的

快乐天地，它永恒存在、永供索取："从来作梦大槐国，此去藏身小玉山。暮蔼朝曦一生了，高天厚地两峰闲"（3—6句）。[25] 陈以关涉北宋两位前辈诗人苏轼、黄庭坚的同题诗作来收束全诗："九华诗句喧寰宇，细比真形伯仲间"（7—8句）。

距此约 30 年前的 1094 年（陈与义时年仅四岁），苏轼在南谪的路上途经长江中游的湖口（在今江西省鄱阳湖口）时见到一块奇石。欣觉此石极具承载自己未完成梦想的潜能，苏轼将其命之曰"壶中九华"。这一命名之意与后来激发陈与义诗作的理念款曲相通——在一切尽可掌握的微缩世界里发现并珍视自在自由和自我自足。由于"南迁未暇"无法携石同行，苏轼将其留在湖口，并"以诗纪之"。八年后，即 1101 年，苏轼自岭外遇赦放还，"复过湖口，则石已为好事者取去"，遂再赋诗，既因失却宝物而怅然若失，又为画图中保存其"真形"略感欣慰：[26]"尤物已随清梦断，真形犹在画图中。"[27] 次年（1102），苏轼的后学兼旧交黄庭坚在南谪贵州①时亦途经湖口。听闻这一轶事并亲见苏轼的诗迹墨痕，黄亦提笔作诗，哀叹其石其友二者茫茫皆不见（苏轼于一年前在赴任新职的路上时已经去世）。黄庭坚得知石

① 译注：如前所注，黄的贬所宜州在今广西壮族自治区，原著这里及上章误作贵州省。

头已被当地一富贾藏家购走和苏轼长逝的消息时，不禁双关地发问道："试问安排华屋处，何如零落乱云中？"[28]

苏轼从翰墨丹青保全失落奇石"真形"之中聊获慰藉，黄庭坚则比较了奇石的两种不同命运——是于"华屋"深藏安处，还是在"乱云"中零落湮灭——但陈与义志不在此。在进行了一系列或显或隐的比较之后，他断言自己的"小玉山"堪与苏轼的"壶中九华"相"伯仲"：苏、黄的"壶中九华"与自己的"小玉山"之间；"壶中九华"的诗意表征与奇石的"真形"之间；真形已然失却仅存诗意表征的"壶中九华"与眼前真实存在的"小玉山"之间，更不用说还有他在一开始就在题中把自己受赠的这块奇石与杜甫诗中描述的玉山实景的对比了。

比较还存在于另一层面，尽管这更隐微。陈与义诗中自注曰："家有壶中九华石刻。"[29] 陈对奇石的命名和诗的写作都取决于一系列的前序事件和已成文本。正是通过这一持续推进的过程、经由与之相对应的意义及象征网络，陈与义手头现有的实物才被确认、被脱胎换骨。苏、黄那里的"壶中九华"诗意表征世界涅槃转世为"小玉山"所谓的真形之上，以其小小的身躯置于简斋眉睫之前，傲然宣示和展现着自己的实体存在。"小玉山"的物质实体在场和诗人安稳地将其纳入囊中之举为陈与义提供了一次良机，既借此缅怀纪念"壶中九华"的文坛佳话，又凭此己作与前辈大师们"喧寰宇"（7句）的传世佳构相争辉。

希望的烈焰

1122年夏，陈与义于太学重获新职并晋阶太学博士，这让希望的烈焰在他心中熊熊重燃。这是他十年仕宦生涯上的第一次真正意义的升迁。写于返京路上途次开封以西七十里中牟县的两首绝句《中牟道中二首》（#132—133/259—260）——他当时可能对新任职的敕命已有所耳闻——似可作为诗人意气昂扬、情绪激荡的晴雨表。[30] 钱锺书在他那本影响深远的《宋诗选注》（1958年版）中辑选陈与义诗11首，其中就包括这组中牟诗。[31] 这组诗极受关注还表现在吉川幸次郎的宋诗著作和何瞻的博士论文都选录了第一首，而麦大伟的博士论文则二诗尽收。[32] 其一开篇即写道："雨意欲成还未成，归云却作伴人行"（1—2句）。[33] 空气中弥漫着乐观的期待，万事万物，有的虽不免仍拖着残缺的躯体，却都似乎尽如行人之意："依然坏郭中牟县，千尺浮屠管送迎"（3—4句）。

诗人轻快充盈的心绪在对自然风光的描述中满溢而出，流布在极富纵深的视野之中：从高悬于天的云朵到占尽视野中部区间的佛塔，一路向下，来到组诗次首中描述的位于视野底部的场景，聚焦在跨立于马上的叙述者伸手可及的花木鱼虫上："杨柳招人不待媒，蜻蜓近马忽相猜"（其二，1—2句）。[34] 叙述者始终保持着镇定从容，无论是对外界的自然之景，还是风光中满满的撩逗之势，一切尽在掌控中。他有意识、多角度、全方位、广视野地扫视整个空间，仰观天空景象，俯视地上垂柳，从云朵的宏观游动，到蜻蜓的讶异飞行；此时此刻，他脑海中浮现出一个大胆的想法："如何得与凉风约，不共尘沙一并来？"（3—4句）在诗人努力掌控周遭所发生的一切的进程中，十年前开德城外被秋风无情卷起的"岸沙"，以及稍前洛阳城边征人春衫上"风起"之沙，都被传唤到眼前，作为诗人秘而不宣的"盟友"一起来见证、并协助掌控这一轻快的时刻。

一年之后，即1123年夏，陈与义从太学博士再擢秘书省著作佐郎，尽管官阶仍然不高，但这使得他向着政治权力中心又迈进了一步，虽然这一新职并不具实际影响力。从情感状态上来说，从1122年夏到1124年末，他在朝中度过的这两年半时光是其一生中最快乐的岁月之一，其间所作诗文的字里行间，他很少去刻意遏抑克制自己的情感。

七古《秋雨》（#134/260—261）诗中，在别处常触发悲愁的倾盆大雨在这里被用来传达出希望，雨景雨声激起了叙事者的惊叹并直接导向行动："病夫强起开户立，万个银竹惊森罗。人间伟观如此少，倚杖不觉泥及靴"（7—10句）。[35] 叙述者的情感反应之强烈是显而易见的，诗人原本典型的自矜自持消失了，他被迎面而来的壮阔景象震撼折服，映入眼帘的从天空骤然倾泻而下的雨柱雨丝，在其眼中被幻化成"万个银竹"（8句）的景象。观察者的感官在这一令森罗殿上的阎王也惊讶不已的视觉盛宴中变得迟钝麻木，而不再有别的感知，对泥溅及靴等皆无感无觉。全诗以叙述者展望预想好雨润物、"菜圃已添三万科"（14句）的繁盛未来景象作结。

这种奇观之感不止限于某个具体场合，超验的思想情感亦时见别处，一如那年的重阳佳节。他在《九日赏菊》（#136/265）诗中写道："黄花不负秋，与秋作光辉。夜霜犹作恶，朝日为解围。今晨岂重九，节意入幽菲"（1—6句）。这是又一个心意得洽而"不负"（1句）的如愿时刻，诗人在应季绽放的秋菊中找寻到了寄托其心情和节意的绝佳客体，秋景也识趣地与其心情相合，毫不犹豫地参与到诗人心中欢乐颂的合奏之中。

即使在一些真正懊丧哀顿的情形中，我们仍能发现这一乐观心态的存在，比如《中秋不见月》（#135/262）。[36]"去年中秋端正月，照我沾襟万条血"（1—2句），起首二句念及自己曾在汝州为母守制的年岁。诗接下来转到对今年的期待："姮娥留笑待今年，净洗金觥对银阙"（3—4 句）。[37]

78

然而，等待他的却不是一心期待的满月如盘、而是黯夜昏昧，这引发出他的猜想："却疑周生怀月去，待到三更黑如故"（9—10 句）。[38] 暗黑深重到就连曹操名篇《短歌行》中的乌鹊都被惊惶得不敢继续绕树飞行，不得不依南枝暂息，停在枝头连大气也不敢出：[39]"南枝乌鹊不敢哗，倚杖三叹风枝斜。"这里或由诗人嗟叹之息导致的、如风使然的"枝斜"是这一静夜时刻唯一可觉察的动作。

尽管气氛如此压抑憋闷，但诗人还是努力透过此时此景去放眼未来，以对明年的许诺收束全诗："明年强健更相约，会见林间金背蟆"（15—16 句）。[40] "明年"句典涉前文提及的催生陈与义"小玉山"诗的同一首杜诗，杜甫在其中问道："明年此会知谁健？醉把茱萸仔细看。"[41] 杜甫并未直接回答这一问题，而是转而端详手中象征着长寿与亲情的茱萸花，暗喻明日不可期、且把握当下的传统智慧。[42] 陈与义则另辟蹊径，改变了己诗的情感基调，把杜甫的疑问变成了陈述，强势表明与今年再次错过的明月之约来年再赴的愿望。从结构上看，这种前瞻性的心态也体现在推动着诗的叙事的整体时间架构上：该诗从追忆"去年"（1—2 句）开始，再详述"今年"（3—14 句）发生之事，最后以期待

"明年"（15—16句）收结。

葆真

在思致的呈现和叙述上的井然有序和求真务实，是令陈与义诗名鹊起的一个显著特征。我们在前面讨论过的数诗中已对其诗格布局上的简约性和明晰性有所了解，上一章的五古短章《风雨》是一个很好的例子。接下来要解读分析的也是一首五古诗，当是陈与义1122年末赴汴京南郊的重华葆真宫访古探迹时所作。尽管殿名的道教意味不言自明，但"葆真"理念在古代中国一直备受重视，从不同的宗教信仰到宗旨各异的思想流派，历朝各代，都广受追捧。该诗以叙事者抵达葆真宫开篇，俟其安顿下来后，在静谧宁静的池塘边度过了一整天，静静地望着鸭子戏水，观赏着岁暮晚景在眼前逐渐弥漫。

游葆真池上 （#137/266）

墙厚不盈咫，人间隔蓬莱。[43]

高柳唤客游，我辈御风来。[44]

坐久落日尽，澹澹池光开。

白云行水中，一笑三徘徊。

鸭儿轻岁月，不受急景催。

试作弄篙惊，徐去首不回。

80

无心与境接，偶遇信悠哉。

再来知何似，有句端难裁。

　　行文自由、较少格律要求的五言古诗可适用于范围广泛的主题、情感和风格，既可深度描述，也可高度思辨。陈与义是创作并革新这一诗体的好手，靖康之难后他对五古尤为倚重，用以记录行旅中的所见所闻以及颠沛时的所思所想。这有助于他逐渐重建其内心的秩序、重构其支离破碎的身份感。五言古诗较七言来说一句中字数相对较少，又往往可以直书其事、直尽其意，这使得长于此体的简斋既可保持叙事上的流畅，又不影响其诗情感上的亲和力，这后一点正是晚清文学批评家刘熙载（1813—1881）以"亲"字来概括五言诗与字数更多、句法更繁的七言诗相较所具独特风格的主要原因（刘氏说"五言亲、七言尊"）。[45] 在《风雨》诗中，秋风搅起的动荡借由诗人的"定力"和诗作的稳定内在叙事结构而得以宁静平息；在《杂书示陈国佐胡元茂四首》其一中，潜在的叙事结构也推动着诗人做出基于自身情景而非维系杜甫原诗观点的道义结论。

　　《游葆真池上》是五言古诗长于私密性的个人抒怀、其诗体形式与诗无心邂逅和闲暇自由的主题完美契合的另一范例。诗中所写之景与所述之情都有一种独特的淳朴真切之美，诗人匠心独运，随着诗的推进让各种景物、意象、事件逐次登场。全诗可均分为四节，每节四句，叙事舒缓平稳地顺势展开。第一节叙述进入葆真宫的过程，以常作为道教天庭静谧和隐秘象征的道观开始。第二节游者诗人延续着静谧宁静的恬淡心境，久坐细察风景中的细枝末节：落日耀于塘，白云映水中。第三节中诗人观察者迄此的静态观察被更主动积极的动作取而代之，以验证所观察现象的真确性；具体而言，就是去看水塘居客鸭子们所表现出的优雅淡定到底是真是假。经过竹篙的试探、确知鸭子从容戏水之情属实之后，诗人在最后一节跳出叙事之外来抒发对这一情境的解读和阐释。尽管诗人有意搅扰这一场景（比如为了验真去惊扰鸭子在水中的无心闲游），但结句中得出的无心偶遇的结论并不令人讶异；从起句开始，诗的叙事就是由这一信念所驱动推进的。

　　我们说陈与义的叙事是刻意控制的、节奏是精心排布的，似乎与他本人在诗中明确声言的自然天成、妙遇偶逢相反；然而，镇定、有条不紊的叙事和精于布局却是陈与义的招牌。他在一开始就搭设好了舞台，布好了景，令诗中那些似乎是偶遇的场景顺次展开。诗一开篇叙述了诗人在高柳召唤、御风助力下进入道观，此后叙事放缓，动作暂停，剧场

81

安静下来，所有目光都聚焦在舞台中央，在黯沉暮光中凝视池光。随着夕照渐灭，周遭景物逐渐隐去行迹，作为新光源的池塘被高亮凸显而成为瞩目关注的中心。

诗中此后的事件和行为皆以池塘为中心展开发生。倒映的云彩拟人般的三笑之后，鸭子们漫不经心地闯入眼帘。接着叙述者摈弃其幕后身份而直接走上前台，把自己从编剧化身为演员，在自己的新角色中去完成一系列的戏份。他首先像实验室技术员一样去验证一个心中早存的假设猜想："试作弄篙惊，徐去首不回"（11—12 句）；然后变身为哲学家思考情和景之间的关系："无心与境接，偶遇信悠哉"（13—14 句）；最后作为一位文学批评家去度量诗歌创作的难度："再来知何似，有句端难裁"（15—16 句）。

尽管叙述者对复现这种经验经历、对"葆真"的可能性抱持明显的怀疑态度，但陈与义还是故地重游，不仅跨年越岁，而且不止一次。[46] 他第二次到寺所写的五言古诗，也广获其同代友僚和后世评家的盛赞。这几首葆真池诗跟上一章讨论过的墨梅绝句一起，为树立陈与义在文学史上的声名地位献力尤多。[47]

其中写就于 1123 年夏天，陈与义擢任著作佐郎之后的葆真池诗别开生面，清晰地流露出他在不到一年的时间两度擢拔的愉悦心境。[48] 该诗的创作情形在题目中可谓一目了

82

然：《夏日集葆真池上以"绿阴生昼静"赋诗得"静"字》（#148/281）。① 从主题上来看，此诗与前诗一样，陈与义用拈得"静"韵为旨尽展排布之巧，[49] 用以拈韵的诗句出自唐代诗人韦应物（约 733—793）的一联："绿阴生昼静，孤花表春余。"[50]

陈与义此诗的成就除了得到比其稍后的同时代南宋文人的称颂之外，19 世纪末的陈衍亦高度称赞此诗，誉其为陈与义五古诗中的"压卷之作"。这并非随意的夸赞，身为晚清学宋诗风"同光体"诗人中颇受敬重的理论发言人，陈衍之说可谓言重九鼎。[51] 他还进一步评价陈与义在五言这一诗体上的总体建树："陈简斋五言古，在宋人几欲独步。"[52]

83

诗意难捕

上节的《游葆真池上》并非陈与义关于诗意稍纵即逝、难以捕捉的唯一例子。下面这首诗亦是一例：

春日二首（其一，#146/279）

朝来庭树有鸣禽，红绿扶春上远林。

---

① 译注：原著诗题佚"诗"字。

忽有好诗生眼底，安排句法已难寻。[53]

作于 1123 年春的这首七言绝句展现出陈与义作诗的精细观察和精准表述。[54] 从睡梦中醒来的诗人急切而清醒的头脑助成了诗中轻盈灵动的认知和审美感悟。陈与义在此诗中巧妙地使用准确的语词和句法，透过声音、色彩和运动，来传达他在春日清晨所见所感的美和春景中微妙的感触和骚动。陈与义对诗歌创作的实践和艺术的持久兴趣在这首具有高度自觉意识的诗篇中展露无遗。

诗人在诗的后半部分得出的结论，即诗意的产生与刻意的经营、炼字磨句的技法相龃龉，对于陈与义时代的北宋晚期读者而言并不陌生。"诗艺"耗时性和"诗意"即时性之间的冲突是一个亘古的话题，历代知名诗人都曾于此有所探索。比如，苏轼曾以一个翻出新见的类比来描述这种窘况："作诗火急追亡逋，清景一失后难摹"，[55] 而黄庭坚则用一个更熟套的时间流逝隐喻来表达类似看法："欲搜佳句恐春老，试遣七言赊一枝"。[56]

南宋一些评者将陈与义此说阐释为是对重视文字技巧、强调冥思苦索和呕心苦吟的江西诗派诗法的批评，魏庆之（卒于 1244 年后）曾问道："诗之为诗，岂可以作意为之耶？"[57] 然而，承认诗兴灵感的稍纵即逝的瞬态性和强调呕心苦吟和技巧技法的重要性，在江西诗派诗人或是陈与义本人那里却并未被看成是冰火不相容。他们的诗学理论认为诗是一种多阶段（multistage）、多层级（multifaceted）的锤炼，一首好诗既取决于自然天成的理念，也同样有赖于精雕细琢的技术处理和润色打磨的美饰过程。正如江西诗派的前辈们那样，陈与义对这两方面都深信不疑。《春日》诗完美地呈现出技法的出神入化是如何雕琢出一首让人读起来像是浑然天成、不费心思而成的佳构的。

飞花与不动云

《春日》从外部描述过渡到内部心绪的转变如此迅捷，在某种程度上来说，也是绝句诗体往往超越直接和具体而直达抽象与普遍的固有趋向所造成的。[58] 正是《春日》这样的七言绝句，使得文学史家把陈与义视为 12 世纪中叶杨万里一辈机智新巧的绝句的开先声者。为了更清楚地了解这一趋向，我们先来看陈与义稍早的一首七绝。该诗作于 1118年春，是时陈与义寓居汴京已一年有余。这是简斋集中收录的第一首七言绝句。

襄邑道中（#37/89）

飞花两岸照舡红，百里榆堤半日风。

卧看满天云不动，不知云与我俱东。

襄邑是开封府辖县，位于汴都东南 170 里的汴渠沿岸，这一地理特征在本诗首联有充分的指涉（"两岸""舡""榆堤""百里""半日"）。[59] 据白敦仁的考证，陈与义造访此地是为访友。末二句对云动和船动之间完美同步的顿悟，源自诗人乘舟于运河上的亲身经历，以及他对信息的精准控制，这些信息被逐步地释放出来以达到诗最后的顿悟效果。

正如现代摄影中的快照一样，《襄邑道中》捕捉到诗人访友途中一个春日曼妙、花飞绚红的稍纵即逝的灵光瞬间。[60] 诗人的经验和视角皆受制于运河乘舟的特定外界环境，但与此同时，这些限制又增强了他对此刻之美的洞悉感悟力。乘舟出行使他完全释放自我及其所有感官，彻底融入周遭又为周遭所容纳，这既规范着也增强了叙述者的视野，及其看周围世界的方式。整体而言，诗是对这一规范的效果以及船上限知视角所带来的敏锐体验的机智确认。诗最后对云之不动的错觉是由船的同步移动所致的领悟，不仅为诗人在船上深度沉浸的自我经历提供一个"盒子之外"或"它山"的视角，而且也凸显了行舟相对于堤岸和浮云的运动位移。诗中的所见、所感、所思、所悟，全都是通过安全容身于舟船庇佑空间中的诗人来亲自经历和表达的。诗人的感官感知对早春风光与生俱来的短暂性和生动性始终保持着开放的姿态，但在与之互动交流的微妙过程中又时刻保持着谨慎自持。外在客体和人的行动都是绝对在场的存在，就在他身边的"此刻"次第出现发生。然而，这一在场性的、"直播"式的视觉盛宴并没有分散或扰乱他的心神和关注焦点，这些都是由叙述者本人——该诗的物理、认知和审美中心——来制作导演的。

叙事者的存在感是逐步显形的。在绝句的上半段，他令自己沉浸于明媚春色及其象征意义的联翩期许中；直到后半段，当他的自我思考开始觉醒，成为推动读者理解当下事由的主动力之时，其作为经验的锚定者的决定性角色才得以揭示出来。最终的顿悟既取决于其镇定、杂念尽除的头脑，也仰仗于其卧舟望天的物质肉身。诗到头来被证明其所提供的不是一篇探讨物理运动基本原理的精致宏论，而是关于立场和角度对观察和理解重要性的速成教材。

力求精确的诗学

现在让我们回到《春日》。这首诗可谓是又一门讲授周密观察和细致描述的精确性诗学的简明教程，技术化地呈现出诗人是如何掌控诗境中的视听线索，以及这些视听信息是 [87]

如何——在清晨初现的。黎明破晓时分，树上鸣禽的齐唱共啼首先把叙事者的注意力带到了庭院中央，唤醒其身体和感官来感受外部缤纷春日天地的欢乐颂曲；当听觉感知让位于春日纷红骇绿的视觉景观时，他的目光也旋即从庭院中被引向远处的丛林上。

传统诗歌技法通常并不把春日繁盛驳杂之美作为一种认知现象来处理，而是视其为浑圆整一的审美体验，因此，对春景的描述有时会刻意晦涩模糊而非着意揭示，而这种晦涩模糊本身也就成为某种审美追求的目标。陈与义的写法则与此不同。我们在本章中已经读过他另外两首写春日景象的诗，《年华》和《归洛道中》，① 不过尽管二者都有显而易见的描写成分，但其对景色的刻画都不怎么着意于精确和清晰。

《春日》诗的次句，"红绿扶春上远林"，匠心独妙又不着痕迹地抓住春天与色彩之间在诗歌技术史上的深远长久联结，创造出一种涟漪层进式的运动感和一种从身旁庭院延展到天边丛林红绿相间的连续感。该句由在第三字位置上的动词"扶"字支撑全句，其与第五字的另一动词"上"字一起，在确立视野深远度和视觉渐进性上起到了关键的作用。

---

① 译注：原著误把《年华》放在了第一章。

选用"扶"字尤为彰显出陈与义在锤炼最精准的语义和最传神的诗眼来表述自己的所见所感上的出色诗艺。此处的"扶"字具有口语色彩，其字一如俗语所言"红花还须绿叶扶"中的"扶"，不过在陈与义诗里，不是通常说的绿叶衬红花，而是绿叶和红花一并扶衬着春天的脚步，将绚烂的春景延及远方。该句采用的兼语结构（transitive syntactic structure），即"扶"字的宾语又是后面动词"上"的主语，使得春的动力向前推进，并助使繁茂春色所激生的主观感受得以线性地、空间性地转化和实现。与此同时，禽鸟的鸣叫所带来的听觉上的骚动也已然静默并让位于视觉呈现。这首诗可以说是钱锺书认为后世杨万里因而知名的写景诗技法的一个先声范例，即以精确描述来记录那些稍纵即逝、转瞬即改的瞬间，"稍纵即逝而及其未逝，转瞬即改而当其未改"。[61]

《春日》两联之间突兀的转向和丰富的互动——上联刻画物质景观，下联沉思其抽象内涵——也体现在组诗两首之间的关联上。在《春日》其二（#147/281）中，陈与义把一个简要描述的瞬间时刻置于一个既包括过往的记忆，也涵及导向未来沉思的、更宏大的时间框架中。从当下转向过去，在诗中一开篇就被一个传统习语"忆"字所定性明示："忆看梅雪缟中庭，转眼桃梢无数青。万事一身双鬓发，竹

88

床欹卧数窗棂"（1—4句）。①

起句简略倒叙之后，诗歌的注意力在次句转回当下桃树结子的意象上。诗人在下一联中继续反转，创设出一个想象的未来时间轮廓构架，在其中，叙事者以一种仪式风格化的姿态欹卧于具有众所周知的文化意味的竹林旁数着窗棂。刹那之前曾充当其凝视目标的庭院中的竹林，现在成了叙述者投向窗棂的目光的新基站和发射台。然而，新视线只是停在窗口上，只是默数着窗棂的数目，并未进一步透过窗棂而进入内里。[62] 通过这一高度象征性的姿态，诗人重置了世间纷繁万事与身处其间孤独倦怠的自我存在之间的微妙平衡（3句），并重新确认了这一自我存在作为诗境的目击观察者和诗作的良工巧匠之双重身份和中心地位。

陈与义今后的作品中还将不断复现这种姿态，即通过找寻、体认、列举外在物体的方式来象征性地掌控某一场景，用这一方式清晰而可视地表达胶葛而深邃的悠思执念。这些物体除了这里的窗棂之外，还可以包括树木、栖鸦等，它们都可以成为他历数的对象："茫然十年事，倚杖数栖鸦"；[63]"聊将忧世心，数遍桥西树"。[64]

---

① 译注：原著"竹床"误作"竹林"，英译亦误为 bamboo grove。查白敦仁版、吴书荫版、郑骞版皆作"竹牀"。

诗人的责任

我们已经看到，陈与义超越眼前实境的愿望是如何凭借未来或以抽象的方式来实现的，在这一过程中，思想情感、观察想象、物质现实都被整合成一个统一化的场域，孕育着审美生产和诗歌的写作。他对杜甫《雨过苏端》中"杖藜入春泥"一句的改写便是一例。[65] 在《次韵张迪功春日》（#56/120）一诗中，陈与义把杜甫对实际发生之情形（行于泥中）的描述变成了对今后可能顺势发生的事件的想象期许，同时也把时间框架从当下转移到未来。诗中他欢庆春日已至，故而写道："从此不忧风雪厄，杖藜时可过苏端" 90（7—8句）。①

另一例证见于《道山宿直》（#150/289—290）。诗人在诗中冷峻地建构并呈现了一个从夜值秘书省的当下情境转向至这一情境所包含的诗歌创作的抽象潜能的情形。该诗写于其任职于秘书省之后，按照当时的规定和仪制他须得于秘书省中轮宿夜值（即"宿直"）。"离离树子鹊惊飞，独倚枯笻无限时。千丈虚廊贮明月，十分奇事更新诗"（1—4句）：

①　译注：原著"可"译为 as I please，并用斜体强调。

在这样幽静（"惊飞""独倚"）而辽阔（"无限""千丈"）的诗兴时刻，在这一充满无限新奇和可能的静夜瞬间，只有"新诗"才能与这自然景观和物事之"奇"相称。

《雨晴》则代表着在这一方向上的又一蹊径另辟，在此诗人将搜寻"奇句"的工作提升为一种道义责任，认为这是回报大自然慷慨馈赠的不二之法。

雨晴 （#151/292）

天缺西南江面清，纤云不动小滩横。[66]

墙头语鹊衣犹湿，楼外残雷气未平。

尽取微凉供稳睡，急搜奇句报新晴。

今宵绝胜谁与共？卧看星河尽意明。[67]

陈与义在诗的后半段密集排布了一系列诸如"稳"（5句）、"新"（6句）、"胜"（7句）、"明"（8句）等充满活力的、积极面向的词，用以描述雨过天晴、万象更新之时叙述者所感受到的焕然一新的天地元气。这首诗生动地捕捉到并颂美了这种自然自净之后生机勃发的期许快意。

诗人在夏日暴雨之后自然界再生的新周期中找到了关注的焦点。一如前例所示，这里情境的清朗澄明和诗人的热烈回应同样取决于其安稳的身处位置和平和的精神状态，由此他遂对雨后风景进行穷尽但有节制的审视和反思，并进而对星河之夜加以想象性的探索。诗人全力以赴，"尽取"（5句）雨后微凉，"急搜"（6句）"奇句"来回馈大自然赋予的"新晴"。

当我们从诗上半部分情与境的完美融洽和大自然更新的生机来到下半部分关于诗的写作意念和举动的描写时，诗的时间框架也随之从现在延伸到了"今宵"（7句）；诗人举目望天，想象性地看到了一个星河满天、尽意而明亮的未来时刻（8句）。"卧看"把这一想望中的未来时刻延续拉长，是诗人无尽想象和积极心态的写照。

钱锺书曾指出第五句是陈与义"采用杜甫一个诗题里的字面"而做的转化。[68] 杜甫原诗的长题道出了自己作此诗的动因：《七月三日亭午已后，校热退，晚加小凉，稳睡有诗，因论壮年乐事，戏呈元二十一曹长》。[69] 简斋诗的不同之处不仅在于其乐观的情感基调上，而且体现在其诗的潜在意义结构上：他重新定位了杜诗的中心事件，将其嵌入到最终导向星河神游延伸时刻的更宏大的叙事之中。

诗歌作为重整心境和世界的方式

当代学者赵齐平的《宋诗臆说》是一本要言不烦却鞭辟

入里的力作，个中收录了讨论十四位宋代诗人的二十九篇文章。其中以陈与义最受关注；十四篇中有六篇专论简斋诗（相较而言，其中论苏轼的四篇，论陆游的三篇），第一篇讨论的即是《雨晴》。赵齐平从诗的第六句"急搜奇句报新晴"中读出了诗人急切心态的隐喻，认为这是陈与义在"政治上跃跃欲试的心态的自然流露"。[70]本书不倾向于将此诗与陈与义隐含的政治抱负直接关联起来做隐喻性的解读，但我们似乎可以将赵说作为探讨陈与义早期诗人生涯的完美终章。于陈与义而言，宦海浮沉所导致的情感纠结和纷扰，往往能够通过写诗之举而得到解决，并在此基础上达成新一层级的均衡协和。在处理和排解出现在他生命中的艰难困苦之时，诗歌作为重整心境之途的作用越发清晰可见以及自发自觉。

下面列出的例句充分展现出陈与义对这一主题的明确思考和思绪。它们都来自他早期的诗作。这些评论在角度和着眼点上都差异甚大。例句也不是按诗写成的时间顺序，而是按其所包含的关于诗的性质和功用的内在理路排列的。我们从最传统的表述开始（如首例中诗作为消磨时光之工具），一直到最新意或另类的表述（如末例中写诗被视为一种道义责任，被认作对大自然慷慨馈赠的回报）：

93

例1：病夫搜句了节序，小斋焚香无是非。[71]

例2：人生扰扰成底事，马上哦诗日又斜。[72]

例 3：今日天气佳，忽思赋新诗。春光挟晴色，并上桃花枝。[73]

例 4：年华不负客，一一入吾诗。[74]

例 5：投老诗成癖。[75]

例 6：灯花应为好诗开。[76]

例 7：忽有好诗生眼底。[77]

例 8：急搜奇句报新晴。[78]

在结束本章之前，我们还想指出，陈与义借由诗歌达成的平衡并非稳如磐石，而极易受到意外之事的侵扰。在下一章里，我们将要讨论的是在失去这一平衡之后，陈与义是如何将其重置重建，以及诗歌是如何继续维系其作为诗人内心力量终极源泉的地位的。陈与义个人生活和北宋政治舞台上的两大事件正在不动声色地等待着诗人，它们将以最戏剧化的方式和最惨痛的细节，见证诗歌的疗愈和复生力量是如何被推到极致的；它们也将把陈与义的生活和诗作推向其从未涉足的未知领域。一大事件是他在靖康之难以前贬谪陈留，另一大事件是靖康之难后他的漫长南奔之旅。

注释：

[1] James M. Hargett, "The Poetry of Chen Yu-yi, 1090 – 1139," PhD dissertation, Indiana University, 1982, p. 124.

[2] 柴门（亦作"柴扉""荆扉"）是贫居生活的传统象征。据麦大伟的统

计，柴门及其异文的意象在陈与义诗中出现了十几次之多，参见 David R. McCraw，"The Poetry of Chen Yuyi（1090－1139），" PhD dissertation，Stanford University，1986，pp. 248－249.

[3] "卧苍苔"意味着隐士生活。关于这一用法和中国式隐逸的其他传统指征的讨论，参见 Aat Vervoorn，*Men of the Cliffs and Caves: The Development of the Chinese Eremitic Tradition to the End of the Han Dynasty*，Hong Kong：Chinese University Press，1990；中译本见文青云著，徐克谦译：《岩穴之士：中国早期隐逸传统》，济南：山东画报出版社，2009 年。

[4] 关于杜甫在七律发展史上的贡献，参见叶嘉莹：《论杜甫七律之演进及其承先启后之成就——〈秋兴八首集说〉代序》，收入其《迦陵论诗丛稿》，北京：中华书局，1984 年，第 48—110 页；陈静：《唐宋律诗流变研究》，济南：齐鲁书社，2009 年，第 55—59 页。

[5] David McCraw，"The Poetry of Chen Yuyi，" pp. 148－157.

[6] 刘勰：《文心雕龙·神思》，收入黄叔琳、李详、杨明照注：《增订文心雕龙校注》，北京：中华书局，2000 年，第 369 页。

[7] 陆机：《文赋》，收入杨明校：《陆机集校笺》，上海：上海古籍出版社，2016 年，第 7 页。

[8] 杜甫著，萧涤非编：《杜甫全集校注》，北京：人民文学出版社，2014 年，第 922 页；Stephen Owen（宇文所安）tr. and ed.，*The Poetry of Du Fu*，Berlin：De Gruyter，2015，Vol. 1，pp. 321－323.

[9] 方回著，李庆甲校：《瀛奎律髓汇评》，上海：上海古籍出版社，2005 年，第 698 页转引。

[10] David McCraw，"The Poetry of Chen Yuyi，" pp. 273－274.

[11]《书怀示友十首》其三（#24/68）。

[12]《又和岁除感怀用前韵》（#57/121）。

[13]《张迪功携诗见过次韵谢之二首》其一（#58/123）。

[14]《即席重赋且约再游二首》其二（#61/126）。

[15]《若拙弟说汝州可居已约卜一丘用韵寄元东》（#72/142）。陈与能，字若拙；张规臣，字元东。汝州南距洛阳约 160 里。桑濮乃开德的旧称，陈与义执教此地自 1113 年至 1116 年，横跨四个年份，故曰"四岁冷官"；自 1116 年到 1118 年困守汴京重待任职又横跨三个年头，遂云"三年羸马"。

[16]《述怀呈十七家叔》（#115/227）。

95

[17] 唐宋时期规定为父母守制二十七个月。若曾有官任的则在二十五个月后被允许离开服丧之地，以待即将到来的起复。陈与义自 1120 年初春守孝始，1122 年晚春返汴。

[18] 芜菁在中国古诗中通常标志着从早春到晚春的过渡，如韩愈《感春三首》其二云："黄黄芜菁花，桃李事已退。"参见韩愈著，钱仲联注：《韩昌黎诗系年集释》，上海：上海古籍出版社，1994 年，第 980 页。

[19]《道中寒食二首》其一（#123/245）。

[20]《以事走郊外示友》（#53/113，1—2 句）。陈与义生于农历 1190 年六月，按照中国传统历法推算时年二十九；此诗当作于 1118 年秋。

[21] 陈与义最后一次造访该城是在太学上舍及第的 1113 年，故云"十年"。

[22] 李商隐《流莺》起句即云莺鸟飞动难以自控，以营造出诗句韵律和语义结构上的迷茫无依之感："流莺漂荡复参差，渡陌临流不自持"（1—2 句）。参见李商隐著，刘学锴、余恕诚注：《李商隐诗歌集解》（增订重排本），北京：中华书局，2004 年，第 979 页。

[23] 奇石诗历史悠久，至少可追溯至白居易及唐代诗人那里。如北宋前期诗人梅尧臣（1002—1060）就有一首奇石诗，其中思索了美丑概念的相对性，参见梅尧臣著、朱东润注：《梅尧臣集编年校注》，上海：上海古籍出版社，1980 年，第 1137 页；Jonathan Chaves, *Mei Yao-ch'en and the Development of Early Sung Poetry*, New York, NY: Columbia University Press, 1976, p. 195.

[24] 萧涤非编：《杜甫全集校注》，第 1174 页；Stephen Owen, *The Poetry of Du Fu*, Vol. 2, p. 51, 稍有微调。

[25]"大槐国"典出唐传奇《南柯太守传》，指的是一个存于槐树南枝下的蚁穴中的虚构政治体"槐安国"，英译参见 William H. Nienhauser, Jr. （倪豪士）ed., *Tang Dynasty Tales: A Guided Reader*, Singapore: World Scientific Publishing, 2016, Vol. 1, pp. 131–187.

[26] 按照现代的算法应该是七年后，中国传统历法计算年份是包括了起始和结束的年份在内的时间跨度。

[27] 苏轼著，孔凡礼注：《苏轼诗集》，北京：中华书局，1982 年，第 2454 页。英译参考宇文所安译本，Stephen Owen, *Traditional Chinese Poetry and Poetics: Omen of the World*, Madison, WI: The University of Wisconsin Press, 1985, p. 155.

96

［28］黄庭坚著，任渊、史容、史季温注，刘尚荣校：《黄庭坚诗集注》，中华书局，2003 年，第 596 页；英译见 Stephen Owen, *Traditional Chinese Poetry and Poetics*, p. 146. 对苏轼和黄庭坚的这三首诗的翻译和讨论亦见宇文所安上引书，pp. 143‒162，中译本见宇文所安著，陈小亮译：《中国传统诗歌与诗学：世界的征象》，北京：中国社会科学出版社，2013 年，第 91—103 页。

［29］白敦仁：《陈与义集校笺》，上海：上海古籍出版社，1990 年，第 250 页。

［30］据胡穉考证，陈与义在去洛赴汴之际应已知晓自己的新授职，参见白敦仁：《陈与义集校笺》，第 259 页笺注 1。

［31］除了中牟诗二首之外，本章稍后还将讨论钱锺书选本中的另二诗《襄邑道中》和《雨晴》。另有四首（#331、365、455、551）亦将在后续章节中陆续讨论或被引用。钱集中还收录一首外集中未系年作品《早行》（英译参见 David McCraw, "The Poetry of Chen Yuyi," p. 94）。钱锺书在《宋诗选注》中收录陈与义诗相对数量较多，这也显示出他对陈与义比较偏爱。相比而言，《宋诗选注》只收录黄庭坚诗 5 首，而高居本书之冠的入选作家作品是陆游的 27 首。由于此书编选时陆游正被官方推奉为"伟大的爱国诗人"，故而不足为奇。关于这一问题的有关讨论，参见 Yugen Wang, "Passing Handan without Dreaming: Passion and Restraint in the Poetry and Poetics of Qian Zhongshu," in *China's Literary Cosmopolitan*, Christopher Rea ed., Leiden: Brill, 2015, pp. 41‒64.

［32］Kōjirō Yoshikawa（吉川幸次郎），*An Introduction to Sung Poetry*, Burton Watson tr., Cambridge, MA: Harvard University Press, 1967, p. 140; James M. Hargett, "The Poetry of Chen Yuyi," p. 148; David McCraw, "The Poetry of Chen Yuyi," pp. 134, 273.

［33］这里要致谢一位匿名评审者对起句英译所提出的宝贵建议。

［34］中国传统诗中，细柔袅娜的柳枝常被形容为恋女爱侣调情撩拨的玉臂。

［35］森罗殿是佛教中冥帝阎王的寝宫朝殿。陈与义颇喜"倚杖"一词，据麦大伟统计，"拄杖"（含如筇杖、藜杖等异文）在简斋诗中出现了至少 66 次，参见 David McCraw, "The Poetry of Chen Yuyi," p. 247.

［36］农历八月十五的中秋节是中国的一个传统节日。

［37］"姮娥"是月神嫦娥的异名，"银阙"指月。

［38］道士周生曾在中秋夜向好事者们展现自己的非凡道术，"掣月至之怀袂"

而致"天地曛晦",参见李昉:《太平广记》,卷75,台南:粹文堂,1975年,第472页;北京:中华书局,1961年,第472页。

[39] 在曹操原诗中,乌鹊犹豫栖于何枝却难以决定:"月明星稀,乌鹊南飞。绕树三匝,何枝可依?"参见逯钦立:《先秦汉魏晋南北朝诗》,北京:中华书局,1983年,第349页;对此诗的英译和解读参见 Xiaofei Tian, *The Halberd at Red Cliff: Jian'an and the Three Kingdoms*, Cambridge, MA: Harvard University Asia Center, 2018, pp. 359–361, 338–343;中译本见田晓菲著,张元昕译:《赤壁之戟:建安与三国》,北京:生活·读书·新知三联书店,2022年,第303—309页。

[40] 金背蟆是传说中嫦娥的陪伴者。末句典出于段成式《酉阳杂俎》中的一则传奇故事:"长庆中,有人中秋夜见月光属于林中如定布,视之,一金背虾蟆,疑是月中者。"参见白敦仁:《陈与义集校笺》,第265页笺注1转引。

[41] 萧涤非编:《杜甫全集校注》,第1174页; Stephen Owen, *The Poetry of Du Fu*, Vol. 2, p. 51. 这里"茱萸"翻译成 Ailanthus,其有好几个不同的亚种。传统上在重阳节,亦即杜诗中的场景所用的,当为"吴茱萸"(*Tetradium ruticarpum*),其性热味辛,据称能驱散邪灵。

[42] 重阳节最喜闻乐见的活动是登高。身处高处能思及远方以及不在身边的亲人近友。

[43] 蓬莱是东海上的三仙岛之一,传说是道教神祇居住之地。

[44] 这里暗指的道教真人列子据称有御风神力。

[45] 刘熙载:《艺概》,古桐书屋六种版,扬州:江苏广陵古籍刻印社,卷2,第18b页。

[46] 陈与义有四首诗是其先后三次游览葆真池之后所写,除了1122年初临的那首和下段详论的1123年的再访,另有两首应是第三次出游所写,白敦仁系年于1124年。

[47] 白敦仁:《陈与义集校笺》,第290—291页笺注1。关于南宋时人对陈与义以诗擢升的记载,参见洪迈著、孔凡礼校:《容斋随笔》,北京:中华书局,2005年,第804—805页;陈振孙:《直斋书录解题》,《丛书集成初编》,北京:中华书局,1985年,第569页。

98

[48] 1122年夏,陈与义先擢太学博士。

[49] 与前一首未加文藻的诗风不同,第二首诗极合"分韵赋得"的诗学传统,

便于向同辈诗友彰显赋诗人的精熟诗艺，故而遍布文本征引和历史典故。

[50] 韦应物：《游开元精舍》，收入韦应物著，陶敏、王友胜校注：《韦应物集校注》，上海：上海古籍出版社，1998 年，第 456 页。韦应物此联在宋代颇受追捧，这在叶梦得的评论中可见一斑，叶氏以为此联"韦苏州集中最为警策"，参见叶梦得：《石林诗话》，北京：中华书局，1991 年，第 14—15 页；叶梦得著，逯铭昕校：《石林诗话校注》，北京：人民文学出版社，2011 年，第 106 页。

[51] Jon Eugene von Kowallis, *The Subtle Revolution: Poets of the "Old Schools" during Late Qing and Early Republican China*, Berkeley, CA：University of California Press, 2006, pp. 153‑231；中译本见寇志明著，黄乔生译：《微妙的革命：清末民初的"旧派"诗人》，北京：生活·读书·新知三联书店，2019 年；Shengqing Wu（吴盛青），*Modern Archaics: Continuity and Innovation in the Chinese Lyric Tradition*，1900‑1937, Cambridge, MA：Harvard University Asia Center, 2013, pp. 14‑24.

[52] 陈衍：《石遗室诗话续编》，收入钱仲联辑：《陈衍诗论合集》，福州：福建人民出版社，1999 年，第 560 页。

[53] 这里英译参考并微调自傅君劢译本，参见 Michael A. Fuller, *Drifting among Rivers and Lakes: Southern Song Dynasty Poetry and the Problem of Literary History*, Cambridge, MA：Harvard University Asia Center, 2013, p. 172，亦见 James M. Hargett, "The Poetry of Chen Yuyi," p. 147.

[54] 据何瞻研究，陈与义在这一时期表现出对七言绝句"无比的偏爱"，从 1122 到 1125 年间，陈与义创作的 19 首绝句中只有 3 首五绝。James M. Hargett, "The Poetry of Chen Yuyi," p. 147.

[55] 苏轼：《腊日游孤山访惠勤惠思二僧》，收入孔凡礼注：《苏轼诗集》，第 318—319 页。

[56] 黄庭坚：《王才元舍人许牡丹求诗》，收入刘尚荣校：《黄庭坚诗集注》，第 334 页。

[57] 魏庆之：《诗人玉屑》，卷 5，转引自白敦仁：《陈与义集校笺》，第 280 页；王仲闻校：《诗人玉屑》，北京：中华书局，2007 年，第 160 页。①

[58] 周啸天提出相关论点，认为绝句作为诗体的流行，是因其内容表达经济及

---

① 译注：白笺本误作"卷 3"。

其高度的艺术概括能力，参见周啸天：《唐绝句史》，合肥：安徽大学出版社，1999 年，第 1—8 页。

[59] 胡穉没有考虑襄邑的地理方位和诗中水景，故而将其错系于 1122 后半年陈与义结束为母守制自洛返汴的途中；当代学者郑骞在其 1975 年版的简斋年谱中仍袭胡穉旧说。白敦仁从南宋刘辰翁之说，充分论证了该诗应系于 1118 年初。

[60] 笔者这里借用的是钱锺书描述杨万里绝句捕捉大自然中转瞬即逝的灵动瞬间的非凡能力之术语："诚斋则如摄影之快镜，兔起鹘落，鸢飞鱼跃，稍纵即逝而及其未逝，转瞬即改而当其未改，眼明手捷，踪矢蹑风，此诚斋之所独也。"参见钱锺书：《谈艺录》（补订本），北京：中华书局，1984 年，第 118 页。杨万里号诚斋。对杨万里技法的研究近作参见 Li E（鄂丽），"Beyond the City Walls：Photographic Seeing and the Longing for Wilderness in Yang Wanli's Nature Poems," *Journal of Chinese Literature and Culture* 7. 2（2020）：313‑338.

[61] 参见前注。

[62] 中国传统窗格多是木雕木刻，具有浓厚的装饰美术性和艺术吸引力，自五代起广为流传使用。据戴谦和考证，宋代的实验精神在窗棂设计中有充分的展现，参见 Daniel Sheets Dye, *Chinese Lattice Designs*, New York, NY：Dover Publications, 1974, pp. 30‑39.

[63]《试院书怀》（#166/314），7—8 句。

[64]《夜步堤上三首》其二（#208/382），9—10 句。

[65] 萧涤非编：《杜甫全集校注》，第 809 页；Stephen Owen, *The Poetry of Du Fu*, Vol. 1, p. 275.

[66] 钱锺书疏读此句云："天空一小块云像江面一个小滩。"参见钱锺书：《宋诗选注》，北京：人民文学出版社，1994 年，第 134 页。

[67] James M. Hargett, "The Poetry of Chen Yuyi," p. 142; Michael A. Fuller, *Drifting among Rivers and Lakes*, p. 173. 本书英译基于傅君劢译本。

[68] 钱锺书：《宋诗选注》，第 134 页。

[69] 萧涤非编：《杜甫全集校注》，第 3633—3634 页；Stephen Owen, *The Poetry of Du Fu*, Vol. 4, pp. 181‑185. 此诗作于杜甫刚到长江沿岸小城夔州时的 766 年。

[70] 赵齐平：《宋诗臆说》，北京：北京大学出版社，1993 年，第 251 页。

［71］《十月》（#152/293），5—6 句。此诗与第一章出现过的同题之作（#54/
117）不是同一首。

［72］《归洛道中》（#122/244），7—8 句。

100　［73］《试院春晴》（#165/313），1—4 句。

［74］《华华》（#39/92），7—8 句。

［75］《试院书怀》（#166/314），3 句。

［76］《夜雨》（#50/108），6 句。

［77］《春日二首》其一（#146/279），3 句。

［78］《雨晴》（#151/292），6 句。

第三章
贬　谪
Exile

　　当陈与义于宦海与凡尘中跌宕浮沉之时，他内心诗意自
我的觉醒助其重建与世界的均衡与和谐关系。诚然，从政仕
途上逡巡难进，丁忧守制而致戛然中断，以及复职擢升的情
绪微扬，都是当时士大夫仕宦之旅中再正常不过的波澜起
伏。一直以来，陈与义的诗作中几乎很少或只是断续间接地
描写宏大的政治图景，直到 1124 年底他自秘书省解职、谪
贬至陈留任监酒税，这种情况遂生变数。

　　几乎所有的官方传记在陈与义遭贬原因上众口一词，其
表侄张嵲（1096—1148）在简斋墓志中简述其因如下："始
公为学官，居馆下，辞章一出，名动京师，诸贵要人争客
之。时为宰相者横甚，强欲知公，不且得祸，公为其荐达。
宰相败，用是得罪。"[1]

这位未指名道姓的宰相即王黼，其于1119到1124年间接替蔡京为相。[2] 陈与义与王黼的被迫致仕只有间接的关联，而从历史的后见之明来看，他的谪黜贬逐或许只是蹈袭先例、循奉常规的正常操作而已，但这却是他人生历程中第一次真正的思想和情感危机。"旧岁有三日，全家无十人"，[3] 就在新年前三天，他对不得不重新安置家中老小而深感绝望。

在陈与义贬谪陈留一年期间所写的诗作中，存在于其早期作品中的、沉思自己在世间所处位置和走出沉思凝想而去实际介入其中的二者之间的张力依旧悬而未决。作为一名细心而自觉的内心生活忠实记录者，陈与义既接受了贬谪的现实，又默默质疑追问着贬黜何为这一传统的经典问题。[4] 他在这一年颓丧委顿的经历中产生了一种新的平衡感，一如陈与义以前的生活阶段一样，在这种平衡感中，一切重归正轨，使他终又能通过写诗来表现自己一如既往的冷静乐观。从某种程度上说，贬逐陈留的经历在情感和心态上都成为陈与义日后漫长行旅的预演。

梦阑

有所不同的是，陈与义早期诗作中的理性实用主义在这里被推向极致，使得他能够为其总体而言乃基于现实和实境的场景注入迄今为止基本缺失的大胆想象因素。

赴陈留二首（其一，#185/353）103

草草一梦阑，行止本难期。

岁晚陈留路，老马三振鬐。

自看鞭袖影，[5] 旷野日落迟。

柳林行不尽，想见春风时。

点点羊散村，阵阵鸿投陂。

城中那有此，触处皆新诗。

举手谢路人，醉语勿瑕疵。

我行有官事，去作三年痴。

遥闻辟谷仙，阅世河水湄。104

时从玩木影，政尔不忧饥。

诗人采用格律自由的五言古体来记录行旅和抒写失意，这一诗体于他的途旅书写独具优势。从此山到彼水的行旅过程中，诗人继续扮演着观察者和沉思者的熟悉角色，其个人处境中的震惊和哀伤也随之渐趋烟消雾散。与此同时，读者也可跟随着诗人的眼光和心绪去体验整个过程。《赴陈留二首》也彰显出五言古诗能够适从不同的话语模式的另一优势，就此诗而言，其不仅有叙述和描写，而且也有论说、独白，甚至还有虚构的对话。

诗人一开始就把自己从秘书省到陈留的贬谪比作南柯梦醒（1句）。接下来通过在更宏大的框架下对贬谪重加定位，迅即改变了起句中对梦醒的初始感知：贬逐和迁谪之旅被视为人生经历的常态化之事，其"难期"和不可预测性亦被认为是人生大前提而被坦然接受（2句）。接下来第三联的下句中，老马"三振鬃"（4句）此举是流露出对主人境遇的同情，还是漠视马上人痛苦的一种表现？我们不得而知。诗旋即转向至写马在落日风景中的惯常动作表现上，其无需鞭策即奋力前行（5—6句）。此后，动物世界和人类世界都悉数按照既定的轨迹向前推进，叙事的节奏与行旅的进程同气相应，自然地向前移动。诗近尾声，贬逐之旅已经被理性接纳，这不过是聊履"官事"而已（15—16句）。接受了因人生命运的风云突变而不得不于年关上路的事实后，诗人开始放飞自己，诗以从现实跃升到想象之旅作结。17句提到的"辟谷仙"乃指汉代大将张良（前250—186）（陈留有张良庙），其事迹被诗人征引并想象式投射到行旅者眼前的现实风景上来。[6]"阅世河水湄"（18句）和"时从玩木影"（19句）二句皆既可解读为诗人想象中张良的行动，亦可解读为诗人对自己未来行动的想象性预期。

陈与义在诗中以其典型的方式将目光超越现在的时间框架和现实物质风光的表层表象，通过召唤后者的点点滴滴来缓解贬谪旅途对他的影响。如果说他在诗的开端以哲学反思奠定了一种调和式基调，又在诗的结尾关联个人处境与历史过往，利用想象式预期来保持情绪乐观，那么在诗的主体中间部分（5—16句），诗人通过尽情探索途旅的多维度性和多可能性来整合自我的情感前景。在摆脱了伤感和抗拒之后（这里我们把第4句中老马"三振鬐"作为其同情主人、同样拒绝接受被贬的事实来解读）——老马旋即从沉抑中振作起来，无需鞭策自向前驱，而落日也予以其道义上的支持而不急着西沉（5—6句）。贬逐之悲被审美化地转化为对寒冽暮冬景致荒芜而静谧之美的赏鉴。天地万物，各行其道，这也为此时惶然失措的诗人提供了某种依凭，羁程苦旅的偶然或然与不情不愿已然消失在暮光晚景的次序井然中："点点羊散村，阵阵鸿投陂"（9—10句）。他早期作品中特征性的展望风格再度浮现：诗人想象着春天来临时尚未发芽的柳林会是什么情形（8句），仿佛已经感受到了清朗澄净的春日风景中触目皆是的"新诗"（12句）。

在《赴陈留》诗中诗人借以让自己走出颓态、发现自然界积极面向的内在力量，在他抵达陈留后的诗歌创作中继续展现出来。他在《至陈留》（#187/355）一诗中，以一个焦 *106*

虑的发问开篇："烟际亭亭塔，招人可得回？"（1—2句）诗
人站在安身新居的陌生土地上抬头仰望亭亭高塔，他的思绪
亦如塔势般笼罩于诸多不确定性中，受能否复归的悬念熬煎
折磨。这座塔不仅将他的视线引向天际，也将他的思绪带回
到过去，回到了古楚贵族诗人屈原被逐流放于南国远疆江滨
泽畔的那一时刻。在陈与义的想象中，自己也化身为屈原逐
臣楚客的角色，思考着自己的命运，是否会有被朝廷所召还
的那一天。

南宋遗民文学批评家刘辰翁（1232　1297）从陈与义的
凝望中看到了深挚情感，评之曰："甚未忘情！"此语也恰如
其分地概述了南宋灭亡后刘辰翁自己对故国的忠贞不贰之
情。[7] 陈与义没有想到的是，很快他就会流离奔逃至山长水
尽的远方，终生不复返归汴京旧都。此时此刻他初抵陈留，
未来历程尚遥不可见，贬逐陈留于他而言无异于一场"远
游"——诗中出现的又一个与屈子息息相关的概念。[8] 但在
又一次暗引屈原之时，陈与义的心态发生了一个微妙的变
化：他在诗一开始把目光转向高塔来寄托思远方之情，但诗
结束时却果断地将视线从塔顶移开，转而投注到此时脚下、
命运偶然把他带至的地面，来消解对相距虽不远但心理上已
若天涯的、刚离开的帝都的思念："平生远游意，随处一徘
徊"（7—8句）。[9]

客心忽动

陈与义以务实求真的现实姿态对传统"远游"话语进行想象重塑，这将伴随他踏上未来漫长的史诗般的南奔之旅，重新定义其诗人身份。通过"徘徊"这样高度仪式化的动作来直面新环境的陌生感以至最终接受其异质性，对他来说是个渐进的过程，他借此以疗愈内心的悲痛、修复内在的自我。麦大伟评论说，"陈与义之诗常传达出一个人痛苦尝试与广阔世界达成和谐过程中的酸楚悲戚之感"。[10] 这里的"徘徊"，连同上一章讨论过的"数窗棂"的专注之姿，都是麦氏所说的这种痛苦尝试的外化体现；一个用烂了的、老生常谈的传统修辞由此重新获得蚀肌入骨的新意义。靖康之难后，陈所面临的世界的边界地貌和环境状况都一直在发生着激剧的变化，其应对模式和适从方式亦随之而变。在陈留的一年时间奠定了陈与义今后这些应对模式的基本参考指数。

下引诗可谓陈与义迄今为止最具表演现场感的作品，表现出一种在面对不确定性及动荡骚乱时寻求内在秩序的强烈倾向。这一点在该诗的叙述和文本上都体现出来；移步换景的视觉意象被诗人内心的空间感和定位感所一一接纳和排

107

布。诗捕捉到了清晨出行的灵动美感，并确认了诗歌在强化和延续这一美感上的作用。诗所采用的七言句式在节奏上将这一切都放慢下来，给读者以更多时间去欣赏在行旅者逐渐苏醒的双眸之前次第呈现出来的、微细的色与光的转换和变化。

初至陈留南镇夙兴赴县 （#189/358）

五更风摇白竹扉，[11] 整冠上马不可迟。

三家陂口鸡喔喔，早于昨日朝天时。

108

行云弄月翳复吐，林间明灭光景奇。

川原四望郁高下，荡摇苍茫森陆离。

客心忽动群鸟起，[12]① 马影渐薄村墟移。

须臾东方云锦发，向来所见今难追。

两眼聊随万象转，一官已判三年痴。

只将乘除了吾事，[13] 推去木枕收此诗。[14]

写我新篇作画障，不须更觅丹青师。

---

① 译注：白笺本"群鸟"作"群鸟"。按吴书荫、金德厚校注《陈与义集》（北京：中华书局，2007年，第195—196页）作"鸟"，并有校记云："各本俱作'群雁'"；郑骞校注《陈简斋诗集合校汇注》（台北：联经出版事业公司，1975年，第124页）作"群雁"。若是吴书荫经眼诸本皆无"鸟"，且注释征引典故皆出《列子》鸥鸟故事的话，当以"鸟"为是。从诗律角度考虑，此联出句第六字应为仄声，"鸟"字是上平七虞部，亦不合平仄。

南镇是陈与义监酒税的官署所在，也是他在陈留接下来这一年的寓居之所。这首诗叙述他初到镇时破晓侵晨去县署报到点卯的情景。这一体验核心贯穿并驱动着诗的整个叙事；当诗人移步换景、其视线和心绪与外界万花筒般千态百状的光影景观相交接并对其随加处置之际，这一内核为其提供稳定的铆定力量。除了倒数第二联（15—16 句）中有两个稍晦涩的典故需要解说之外，整首诗用词朴实、立足当下，诗人凝望四周，黎明前的黯黑逐渐让位于清晨时的熹光。该诗属对优美端雅，长于描摹刻画外部世界形色的多端变化和随之而来的诗人内心的思想情感波动。

这里诗人脑海中隐喻的拂晓与自然天地中同步发生的晨曦破晓可谓并行联动，其程度超过了我们之前读过的他的其他途旅诗。诗中呈现出的强烈的晃漾莫测感既是诗人骑于马上行进这一状况的反映，也映射出平明清晓时客行者身体和心灵所经历的觉醒过程。诗入下半段，自然景物在晨光微明中的次第复苏也因而随之转向至叙述者思想上的憬悟与决断。

前八句的叙事是由诗人当下要完成的具体任务来推动的：准时赴县衙点卯报到。由于古代中国朝会和官署办公的时间都开始得很早，赴会的官员通常都得天亮前就起身出发；这在诗中有明确体现。[15] 诗的节奏韵动感在起句一开

109

145

始就随着竹扉风摇而得以设定（1句）。接下来的七句中，摇曳感弥漫洋溢在叙述者的所见、所闻和所感之中，为他周遭众物营造出一种漾动晃荡之感。混动初定，行者动身（2句），诗文也有条不紊进入自我节奏。第3和第4句中对具体地点（"三家陂口"）和具体时间（通过比较而得出，"早于昨日朝天时"）的确认令诗的场景更趋稳定，这为接下来连续四句（5—8句）对景物的集中着力描写做好了铺垫。

110 诗人追求澄明与秩序的尝试一开始以失败告终。他本想通过眺望远处的川原来廓清其视野，但所见甚微，无论哪个方向，他看到的都是无差别、无纵深的莽乱黑影："川原四望郁高下，荡摇苍茫森陆离"（7—8句）。无形难辨和地貌诡秘带来的混乱感令诗人讶异难已，故而在第7句的"郁"字之外，在第8句诗中又接连堆砌了四个形容词：荡摇、苍茫、森、陆离。

诗人眼前所见之景与内心所思之绪的澄明最终在诗的后十句中实现了。第九句中令"客心忽动"的惊飞群鸟启动了景与思双双走向澄明的过程；一切开始变得清晰起来，诗人心神与外部世界同步，明朗可辨。当黎明前的黑暗模糊逐渐为晨曦和即将破云锦而出的耀目光芒驱散之时，诗人从先早感官体验的接受者，转变为天地自然晨光启耀新天地的自觉参与者。马影之渐薄，路边村墟轮廓之隐约可见（10句），把行旅者的目光指向了东方天边的破晓，让他明白了造成形影之变的原因所在（11句）。随着晦暗的色调光影隐匿无踪，诗人重新获得了其思考者的角色，来对至此为止一直盘桓于其头脑和感官上的乱象加以反思。

此时此刻他暗下决心。在实景天然的曙光照耀下，诗人决意坦然接受被贬谪放逐的政治现实（13—16句）。这首诗可以一如前面一些作品那样以确认诗歌在巩固升华情感上的作用收篇，16句"推去木枕收此诗"即作结句，然而诗此后又多加了两句，构成简斋集中不多见的不均衡句数排布（18句，四句四节再加额外一联）。第16句中"推去""收"*111*等意味强烈的动词所传达出的决断感，在新增尾联中通过"写""作""不须""觅"四个连续动词而得以延宕："写我新篇作画障，不须更觅丹青师"（17—18句）。从经历到诗意到诗篇，再到画障，经由多次的外延拓展，诗作为表述媒介的物质性逐渐得到增强；将新写就的诗篇权作画障，这为坚定诗人的决心再添了一层安全保障。

让步妥协

对陈与义来说，与谪官贬逐达成妥协让步的关键一步是承认再偏小的贬谪之地，与所有别的地点一样，都具有内在的平等性，亦即在心理上接受"随处"为家的现实。在诗人努力与贬逐事实和解之际，他不断重申自己目前所处地位身份的合理性："少日争名翰墨场，只今扶杖送斜阳"；[16]"客子从今无可恨，窦家园里有莺声"。[17]"只今""从今"这样的前展前望型时间用语反映出他的积极心态，意味着他开始彻底接受及欣赏新居之地。

《对酒》（#192/363）① 诗云："陈留春色撩诗思，一日搜肠一百回。燕子初归风不定，桃花欲动雨频来"（1—4句）。燕子初归等风停以筑巢觅食，桃花欲蕊待雨催以争奇斗妍——这些早春风光中的不确定性不再令诗人恓惶无措，而成为一种新成长、新欣喜的体验之源。诗人"一日一百回"地耽溺于搜词觅句图写风景的形象中，这一姿态显示的不是绝望，而是一种主动投入、以诗干物的能动表现。

诗人心绪与自然风光之间的相亲相契甚至可以达成一种微妙精致的互动互惠关系，某一方微细的变化可以立即打破平衡，引起另一方随之而变的反应。《初夏游八关寺》（#203/375）的尾联即是一绝佳范例。访客正要打道回府，却突然为眼前池中正在发生的新事吸引驻足："扶鞍不得上，

---

① 译注：原著误为 263 页。

新月水中生"（11—12 句）。倒映池中的初升的新月让诗人的动作半途凝固下来，扶鞍伫立，尽情倾注于永久镌刻于诗人记忆里的这一诗意时刻。情与景、时与空，顷刻间统一于这一自然淳美与诗意创生完美合一的审美瞬间。

霜凋夏绿、时光荏苒，贬逐陈留的一年时间里，陈与义的不安定感与日俱增，他开始明确地重新审视身份、侨寓和故乡等概念和主题，与焦虑（如"忧""愁""虑""恨"等）和故国情思（如"故园"）有关的遣词用字毫不奇怪地开始在该年后半段的诗作中频频出现。[18]

在未来的某个时间点上，即使还乡归里的念想也将变得不切实际或难以实现；然而在当下此地，1125 年秋的陈留，陈与义的焦虑与希冀既合情合理，又触摸可见。谪居羁旅之人"千忧""百虑"之憾是如此刺心，他须得采取各种措施方法去减缓冲淡其影响。《夜步堤上》组诗三首写于是年深秋，入肤勾魄地刻画出这种千忧百虑的心境。其二首联云 *113* "人间睡声起，幽子方独步"（#208/382，1—2 句）；续曰"物生各扰扰，念此煎百虑"（7—8 句）。从这一煎熬中摆脱出来的解决方案，我们在上一章已经见过，源于诗人试图对世间乱象以体认列举眼前物质客体的方式进行象征性内在掌控的愿望："聊将忧世心，数遍桥西树"（9—10 句）。

步 出

下面这首《晚步》诗呈现出了诗人通过身体活动来恢复自我内心平静的、与上面数窗棂数树等异曲同工之法。与前述其他五言古体诗不同，这首诗的叙述并不是在终章时给出某种化解方式，而是在一开始就给出解决途径，让整个后面的叙述都围绕着它而展开。

晚步 （#211/385）

手把古人书，闲读下广庭。

荒村无车马，日落双桧青。

旷然神虑静，浊俗非所宁。

逍遥出荆扉，伫立瞻郊坰。

须臾暮色至，野水皆晶荧。

却步面空林，远意更杳冥。

停云甚可爱，重叠如沙汀。[19]

这首诗中突出呈现了不少传统品格，包括闲（2 句）、静（5 句）、宁（6 句）、逍遥（7 句）等，它们合力营造出该诗的主题和情感基调，也被叙述者借以祛除排遣萦绕于心

114

的"浊俗"（6 句）欲念。在首联二句直揭主旨，随后四句
（3—6 句）紧接着梳理诗人的内在思路之后，诗在余下的八
句（7—14 句）转而描述叙述者的行为动作，经由这一系列
的操作，乡村暮景得到了视觉上的纵览，并且被诗人象征性
地占为己有了。

《晚步》以刻画叙述者把书闲读的诗意形象来开篇，首
联一开章诗中人物就登台亮相，一人分饰着现场表演者、风
景观察者和诗人的三重角色。三位一体的该角色（*poet-
observer-actor*）在薄暮晚景中移步换形、目随脚动；诗的
字、句、联、节亦次第推进，仿佛也随其步移和景异而变
换。这种貌似随意自然实则精心规划的信步而行将该诗与前
面讨论的途旅诗区别开来。

乡村晚步的一系列行动开始于人物角色从未明言的室内
"下"到"广庭"（2 句）中来，这一"步下"的动作在后
四句中进一步接以"步出"（"出荆扉"，7 句）的动作，这 _115_
使叙述者从封闭的院内空间来到了开阔的外景。一旦身处于
门外的开阔旷野，叙述者接下来完成了三个相继连续的动
作：先是"伫立瞻郊坰"（8 句），接着"却步面空林"（11
句），最后向上仰望，发现"停云甚可爱"（13 句）。每一动
作完成之后，他都让自己有一段幽逸安闲的时间去凝视、去
观察、去沉思；伴随着每一动作，他的目光都会延伸到更远

的地方，直到最终与天上的停云融为一体。

综合起来看，这些"步出"（*stepping out*）、"步下"（*stepping down*）、"却步"（*stepping back*）、"仰视"（*looking up*）的动作提供了对薄暮乡村景色全方位、多角度的扫描。诗近结尾处的"却步"以及由地及天的视线转移，尤为彰显出作者看似不经意却有条不紊的深思熟虑，而这正是陈与义观察和写作的惯常模式和典型特点。把读者眼光从地表引向天际，同时还揭示出叙述者所处空间的立体维度和纵深。夜幕低垂，浮云阻滞，暮色与云影彼此交叠，与地上之荫翳和幽光混杂在一起、难以分辨，直至黯黑完全吞没二者之间的一切。

刘辰翁评《晚步》末句曰"看似偶然"。[20] 然而，正如我们一直强调的，尾联乃至全诗呈现出的语出天然之感与诗人对诗文的悉心掌控并不抵牾。此诗流畅连贯的叙事节奏和多元层积的观察、思考与审视行为，皆为作者历经锤炼、反复琢磨的产物，其代表的是诗人在自然山水中探索和绘制多重空间、尽意但也许不自觉的努力，可以视为其内心世界的镜像。

《晚步》中所描摹的诗人"浊俗"思想的澄净过程是简斋诗基本表述模式的写照；诗人的"千忧""百虑"都经由人物展演性的行为和自然安定性的力量而被消解殆尽。正如

本书前三章所见，随着陈与义受挫感和焦虑情绪的不断累积，这一反应模式的韧性便愈发显示其重要性。在上述几乎 116
所有的例子中，诗人都能通过与自然外界中鲜活的、具有再生功能的力量的互动，成功地释放沮丧想法，解决令人抑郁的处境。

《早起》（#214/389）提供了另一个例子（这与前文分析过的夙兴赴县诗不是同一首）。诗中的顿悟时刻——“尘心忽昭旷”（7 句）——同样是通过一系列清洁清理性的日常行为来实现的，包括“开柴扉”（3 句）以及立于清冽清晨的“空庭”仰望“乔木”（4 句）。在诗人完成这些任务的过程中，其周遭的世界逐渐苏醒过来，和他一起欣喜地迎接着崭新一天的到来：“蒙蒙井气上，澹澹天容肃”（5—6 句）。像前面讨论过的例子一样，使得诗人能够完成这些细微精致的观察的是其心神的专注，而这又取决于其大脑的心无旁骛，同时也取决于其与外物和其所立足的世界之间的关系。

陈与义的立足之基很快将会面临严峻挑战，既有实际上的，也有象征意义上的。而这一次，诗人的反射弧线以及从失衡感中缓过神来的时长，都会远逾于其在陈留的这一年所能为他预演和准备的。然而，陈与义在生活和写作上久经淬炼的方式、模式和惯习，将最终成为他个人生存和内心重建得以实现的根基和新的集结地。

（朱雪宁　参译）

注释：

[1] 张嵲：《陈公资政墓志铭》，收入其《紫微集》，卷35，《四库全书》本；
又见于白敦仁：《陈与义集校笺》，上海：上海古籍出版社，1990年，第
983页。

[2] 靖康之难后，王黼、蔡京被双双定罪并相继贬死，成为国耻邦难的第一批
替死鬼。

[3]《赴陈留二首》其二（#186/354），5—6句。

[4]“贬逐”在中国古代泛指因政治原因而遭贬黜出京，被迫赴荒僻之地任卑
微末职。

[5] 佛云：“如世间良马，见鞭影而行。”①

[6] 白敦仁：《陈与义集校笺》，第354页笺注6。汉室初立后，张良“愿弃人
间事，欲从赤松子游耳，乃学辟谷，道（导）引轻身”。参见司马迁：
《史记》，卷55，北京：中华书局，1982年，第2048页。②

[7] 白敦仁：《陈与义集校笺》，第356页笺评。刘辰翁对陈与义诗的评点诸论
十五卷收入《须溪先生评点简斋诗集》，仅存日本翻刻朝鲜古刻本。其论
辞简意赅，有益于管窥陈与义的情感纠葛，又多被白敦仁转引整合进自己
的笺注本中。本书直接转引白笺本。蒙古灭宋之后，身为南宋遗民的刘辰
翁自然而然从简斋诗中读出了诸多自己的感同身受，一如靖康之难后陈与
义读子美诗一样。关于刘辰翁作为南宋遗民的人生、文学、学问诸事，参
见 Anne Gerritsen（何安娜），"Liu Chenweng: Ways of Being a Local
Gentleman in Southern Song and Yuan China," in *The Human Tradition in
Premodern China*, Kenneth J. Hammond（韩慕肯）ed., Wilmington, DE:
Scholarly Resources, 2002, pp. 111 – 125.

---

① 译注：参见道原著、顾宏义注：《景德传灯录译注》，卷27，上海：上海书店
出版社，2010年，第2198页。

② 译注：白笺本引文稍异，依《史记》改。

［8］屈原的《离骚》细腻描写了通往想象奇幻世界的旅程。《楚辞》集中还收录一首系于屈原名下的作品《远游》，参见洪兴祖著，白化文校：《楚辞补注》，北京：中华书局，1983 年，第 163—175 页，英译参见 David Hawkes tr. , *The Songs of the South: An Ancient Chinese Anthology of Poems by Qu Yuan and Other Poets*, Harmondsworth & New York, NY：Penguin Books, 1985, pp. 191－203.

［9］此录全诗："烟际亭亭塔，招人可得回？等闲为梦了，闻健出关来。日落河冰壮，天长鸿雁哀。平生远游意，随处一徘徊。" *118*

［10］David R. McCraw, "The Poetry of Chen Yuyi（1090－1139），" PhD dissertation, Stanford University, 1986, p. 344.

［11］"白竹扉"象征着一种简朴的生活方式，其义或源自李商隐《梦令狐学士》中"山驿荒凉白竹扉"一句，参见李商隐著，刘学锴、余恕诚笺：《李商隐诗歌集解》（增订重排版），北京：中华书局，2004 年，第 897 页。

［12］客心与飞鸟之间的关联源于《列子》故事："海上之有人好沤（鸥）鸟者，每旦之海上，从沤鸟游，沤鸟之至者百住而不止。其父曰：吾闻沤鸟皆从汝游，汝取来吾玩之。明日之海上，沤鸟舞而不下也。"①

［13］"乘除"运算过程是这一时代代表生活盛衰兴废日常变化的流行隐喻。

［14］"木枕"是极简主义生活方式的一种象征。在这里，陈与义甚至要舍弃最基本的舒适物来全身心投入到诗作中。

［15］州县衙的办公时间安排与朝廷的相同，通常是早上五六点即开始。考虑到从南镇到陈留县署的旅行时间，陈与义显然需要更早动身。"五更"对应寅时，即凌晨三到五点。关于中国古代的办公时间和官衙日程安排，参见 Lien-sheng Yang（杨联陞），"Schedules of Work and Rest in Imperial China," *Harvard Journal of Asiatic Studies* 18. 3/4（1955）：301－325.

［16］《感怀》（#195/366），1—2 句。

［17］《窦园醉中前后五绝句》其一（#196/367），3—4 句。

［18］《初夏游八关寺》（#203/375）："草木随时好，客恨终难平"（7—8 句）。《秋夜咏月》（#205/379）："庭树日日疏，稍觉夜月添。推愁了此段，卷 *119*

---

① 译注：参见列御寇著，张湛注：《列子》，卷 2，上海：上海书店出版社，1986 年，第 21 页。

我三间帘"（1—4句）；"踏破千忧地，投老乃自嫌"（9—10句）。《夜步堤上三首》其二（#208/382）："物生各扰扰，念此煎百虑"（7—8句）；"聊将忧世心，数遍桥西树"（9—10句）。《入城》（#206/380）："思生长林内，故园归不存"（9—10句）。《寓居刘仓廨中晚步过郑仓台上》（#217/393）："草绕天西青不尽，故园归计入支颐"（7—8句）。"三间帘"典出西晋文英二陆之事，二人初入洛时曾暂居于三进陋室中。"长林"语出《与山巨源绝交书》，嵇康用以指代禽鹿"长而见羁""逾思长林而志在风草"。"支颐"是表示沉思的典型形象。

[19] 这里对云汀之间的关系描述与第二章讨论过的《雨晴》首联的类似描写可以相互呼应。《停云》是陶潜的一首诗题，陶潜借此意象来感叹与朋友思而不见之情，参见陶潜著，袁行霈笺：《陶渊明集笺注》，北京，中华书局，2003年，第1页；James Robert Hightower（海陶玮）tr., *The Poetry of T'ao Ch'ien*, Oxford：Oxford University Press, 1970, pp. 11 - 12.

[20] 白敦仁：《陈与义集校笺》，第386页笺评。

第二部分
行旅途中 （The Journey）

120~122

第四章

前路漫漫

The Path Forward

当女真铁骑南侵、围攻汴京的消息散播开来之时，陈与义谪贬陈留已约一年。陈留距开封仅 50 余华里，情势的危殆紧急对他而言是真实可感的。

从攻陷黄河北岸战略要地、亦即当时汴京的实际最后防线——相州（今河南省安阳市），到兵临北宋首都城下，金军不过耗时数日即告得手。尽管汴京之围在一个月之后即暂时解去，然而金军横扫华北平原广袤疆域、所向披靡与宋军防线兵败如山、一触即溃，暴露出北宋朝廷及其军事机构的软弱无能，引发中原乃至全国广泛而剧烈的震动。汴京围城开始的时候（1126 年正月初），徽宗已于去年十二月底匆忙传位于太子，即为钦宗；[1] 年号亦从"宣和"改为"靖康"。[2]

陈与义是何时何况下弃职出逃，我们不得而知，很可能是在已经退位作太上皇的徽宗于金军临城前数日黄夜开城门南逃亳州的前后。徽宗这一慌乱之举似乎开启了一个闸门，造成"侍从百官往往潜遁"之局面。[3] 而关于陈留当时的情况也无明确记载，从稍后的文献中推测当时境况一定极其糟糕。[4] 从一年后第二次汴京之围的情势也可推知大开封地区局势的严峻性，此战对京畿周遭乃至整个京东路、河北路的摧残和破坏之既深且广，一如李心传在 1127 年四月初一题下所记："初，敌纵兵四掠，东及沂密，西至曹濮兖郓，南至陈蔡汝颍，北至河朔，皆被其害。杀人如刈麻，臭闻数百里。淮泗之间，亦荡然矣。"[5]

我们所能得知的是，陈与义参与了这次与众官诸僚一起弃官去职、逃难避祸的人流。他先是南奔至邻近的陈州，再折向西南抵达汉江北岸、距陈留约 700 华里的邓州。[6] 邓州多山的地理环境为阻遏金军骑兵深入推进提供了一种天然防御屏障，这或许给陈与义带来了些许宽慰和安全感。

山水阔

陈与义没有在避难转徙之旅的前几处落脚地留下只言片语，而我们再次在他的诗集中见到他的身影时，他已经即将起身离开商水县城了。商水位于陈州西南 80 华里，而陈州

府治又北距汴京 245 华里。就像靖康之难后嘈乱杂沓的诸多
事件那样，陈与义是如何从陈留辗转流奔至商水的，又是在
何种境况下抵达的，都缺乏记载；而他下一段从商水到邓州
的旅程，终得始见于其诗文之中。

下引五言律诗是简斋集中靖康之难后的第一首作品。

发商水道中（#220/397）

商水西门路，东风动柳枝。

年华入危涕，[7] 世事本前期。

草草檀公策，[8] 茫茫杜老诗。[9]

山川马前阔，不敢计归时。

通读简斋诗的读者在其诗集至大概三分之一处的这个地
方读到这首诗时如果感到诧异，一点也不奇怪，该诗的出现
确实令人毫无准备，多少有点让人始料未及。较之陈留时期
的诗作，其在情景心境上的转变都非常突兀。在谪居陈留一
年所写的 35 首诗中，我们看到陈与义承袭展示了一系列的
姿态，比如夜行堤上、晚步乡间，或感叹"无时事"之闲
日，或招友观"空庭"之"残雪"。[10] 陈留诗的最后两首
里，诗人于冬夜在当地的八关僧房躲避一场骤雨，沉思突然
萦绕的深沉阒寂；调笑某黄家令郎肤白如玉，寄望其成材

"当门"来摆脱家居"茅屋"的贫境。[11] 而伴随着这首商水诗，一切都改变了，不仅在诗旨主题上，而且也在情思呈现上，仿佛诗人情感的原初性、措辞的直接性，连同他的使命目的感，都骤然间从沉睡中被唤醒。

《发商水道中》的叙事动力与我们熟悉的陈与义早期作品中的单一调性迥然有别。之前《晚步》之类诗作中的确凿无疑或闲庭漫步之感在此已难觅其踪，诗人没有给出任何的解决途径，也不期望借此以达到内心的平静。前期主动入诗的"年华"现在则是满目"危涕"（3 句）。[12] 自然景物作为诗人的忠实伙伴的意愿消失殆尽，取而代之的是途旅中步步紧逼的风云不测之感。第 4 句中"前期"一词所勉强存留的可预见性，迅即被个人境遇的无常所反指和否定。在他的生命历程中，诗人第一次为其诗作赋予了一种真正的忧患紧迫感。诗歌重新获得某种超出"诗言志"这一简约古典的抽象原则的物质实体性维度，开始对他产生切肤入骨的实质影响。其诗歌语言也亦开始随着政局板荡和国难创伤而波荡震动。《发商水道中》诗中内在的强烈情感，一个半世纪后为南宋遗民文论家刘辰翁所感同身受，令后者慨叹道："经历如新，不可更读。"[13]

诗人觉醒的紧迫感给予其周遭事物一种特殊魔力，让它们自我呈现出来并主宰着诗中的情感景观和言语表达。在诗人眼前扩伸延展的"山川"（7句）并未像前作中那样导向对未来春景的想象（如《赴陈留二首》其一）。风景被限定在此刻的瞬间，停在时空链条的某个任意点上而失去其通联将来时空点的功能。前路被笼罩在由"危"（3句）、"草草"（5句）、"茫茫"（6句）、"不敢"等所界定的愁云惨雾之中。"归时"不敢计（8句），他唯一能做的，是把握和理解当下的瞬间，这是此时唯一能为他提供一丝共时维度和连贯性的东西。

此时此刻诗人不知的是，在前面等待自己的将是一段多么漫长难捱的旅程，这五年半的奔波跋涉，将使他从一地到另一地流离辗转，身陷高山深谷，甚至走投无路。行役羁旅将会带着他的肉身行过万里之地，跨山涉河、穿原越野，直至天涯尽头的大海之边，远超于他在离开商水西门这一刻所能见、所能想的。

从更广阔的图景来说，陈与义正要加入的是即将在南方诸省逐步成型并扎根散枝的庞大北宋离散群体。然而，此时此刻，人在商水的陈与义被无边的孤独感所笼罩，这种孤独感将在他途旅开启的前段如影随形。重返故土的希望被接踵而来的政治颓势碾压得支离破碎，而他与他的避难僚友们对此却无计可施。创作于漫漫行旅之中的众多诗作不仅有助于我们理解这些历史大事件，而且对本书研究目的而言更重要的是，可以帮助我们理解作为具有行路者和诗人双重身份的陈与义所经历的细微、渐进的心理和情感转变。

从这时起到途程结束止，陈与义的道德罗盘总在矛盾冲突间摇摆，在难以接受的现实和无法预知的未来间挣扎；过去的记忆渐行渐远，而"马前"不断变换的风景渐次主导了他的思想情感。这一马背之上的观看视角承继于靖康之难前的途旅诗（比如《归洛道中》、《中牟二首》、《赴陈留二首》其一、《初至陈留南镇夙兴赴县》），其内含的不稳定感将会被接下来政治局势的风云变幻进一步恶化。

¹²⁸ 从时间轴来看，陈与义行旅几乎覆盖了高宗朝为岌岌可危的南宋新朝廷的生存而奔逃的整个初始时段，与从1126年初第一次东京保卫战到1129至1130年冬季最后一次金兵大举南犯的时间重合。然而从空间轴和地理轴而言，诗人的南奔路线与高宗的退守路线并不相同：他先是从陈留往西南奔至邓州，再往南入湖南，经过南岭和广东，再沿着福建海岸线朝北，最终抵达浙江；而高宗新立朝廷的南奔则走的是更为直接的东部路线，从汴京开封到南京应天，再到长江重镇扬州，最后渡江而至杭州，后者被随即更名为临安，并于数年后正式定为南宋首都。[14]

陈与义在重归朝廷的曲折漫长行旅中所写之诗，从第一首《发商水道中》，到最后一首写于五年半后浙江在望之时

的《泛舟入前仓》（#511/782），其重要意义可以通过比较靖康之难前后的诗作数量来一斑窥豹。[15] 简斋集存诗 565首，其中 219 首出自靖康前的 13 年（1113—1125），346 首写于靖康后的 13 年（1126—1138），分别占比 39% 和 61%，考虑到他抵达并寓居浙江直至 1139 年初弃世作古的 7 年时间里仅作 54 首诗传世，我们可以下结论说他五年半的途旅诗创作在形塑他作为诗人的认知上起了至关重要的作用。此间他所写的 292 首诗，占到简斋诗总数的 52%。[16]

　　显然，如果陈与义的诗风不受扰乱地保持着前靖康时代的发展脉络，沿袭着本书前三章讨论的惯习与趋势，他可能会成为一位很不一样的诗人。但历史不允许我们假设。从《发商水道中》开始的 292 首途旅之作不仅巨细靡遗地记录下他的肉身之旅，而且提供了他内心情感挣扎的丰富材料；此外，还在一定程度上涉及了队伍虽庞大却鲜为人知的北宋离散群体中其他人的心灵磨难，他们的故事基本上被湮灭在王朝覆灭重建和民族生死存亡的宏大历史叙事之中，不复被人讲述忆起。诗歌、政治、历史与宇宙天地被共同编织进一个相互交错缠结的关系迷网中，尤其是情感与自然之间的动力与张力这一传统的二元关系，将会以新的姿态展现出来，并在文学史上产生深远的影响。

有泪流

陈与义有据可考的下一站是舞阳，东距商水约百里，位处颖昌和蔡州之间。

次舞阳（#221/399）

客子寒亦行，正月固多阴。

马头东风起，绿色日夜深。

大道不敢驱，山径费推寻。

丈夫不逢此，何以知岖嵚。

行投舞阳县，薄暮森众林。

古城何年缺，跋马望日沉。

忧世力不逮，有泪盈衣襟。

嵯峨西北云，想像折寸心。

从"山川马前阔"到"马头东风起"（3句），马持续充当着诗人观察外在世界的视觉向导，框定他与风景的互动关系。同样由上一首诗中延续下来的还有显然的不确定感，这在此诗开头通过天气变化、东风乍起、春色渐浓得到进一步强化。而与此同时，从商水到舞阳的短短途程中，诗人的写作范式也在发生着一些微妙的变化，这些变化显示出简斋诗今后对世界的反应模式的新发展动向的一些关键性的早期征兆。

自然风景不再仅以陈与义思想情感的喻体存在而被赋予更多的现实性细节。拿上述二诗为例来加以对照，《发商水道中》叙述者对马前山川笼而统之的描述（"阔"），在《次舞阳》里被明确具体的物质性细节所充实丰富：比如叙述者所行"山径"（6句）之"岖嵌"（8句）。

我们可以断定，陈与义在《次舞阳》中所写与实际境况的凶险万状也许还相距甚远。[17] 诗虽只寥寥数语直接写到路途的凶险，其渐强渐盛的情感烈度，却在简洁生动的文字描述中表现得淋漓尽致，尤其是在诗的后半段。当一日行程渐近收束、目标在望之际，行者终得片刻闲暇以思考反省。这时，诗的表述方式也变得更为直截了当。叙述者通过"跋马望日沉"（12句）的系列微细动作——停步勒马、凝望夕阳——将诗从描述性叙述引向至沉思与想象。

在一天紧张忙乱的旅途结束的此刻，诗人旅行者得以暂歇下来环顾风景、整顿自身；此刻也是本诗的"诗性当下"（*poetic present*），前事与后事、真实或想象，都可从这一安定与沉思的此刻姿态中得到唤起或预期。诗人稍事歇息，凝注周遭薄暮渐黯的森林影廓和远处霞光渐隐的落日斜阳，温暖的夕阳余晖并没有像他此前无数次唤起和利用的自然景物那样，给他带来心灵的慰藉，而是给他的忧世之心添加了无力感和悲伤，衣襟亦为泪水盈透："忧世力不逮，有泪盈衣襟。嵯峨西北云，想像折寸心"（13—16 句）。

诗人自己作为行路者的视角一直主控着该诗的叙事，诗中几乎看不到任何历史掌故或过往征引——直到收束全诗的最后二联。这最后四句用语看似平淡直接，却显示出杜甫对陈与义绝对压倒性的影响。这里陈与义唤起杜甫的声音是如此彻底，以至于令刘辰翁啧啧称奇，仅以四字评语表达自己近乎无言的感叹："好，似夔后。"[18]

766 年，杜甫从成都迁居位于长江上游三峡入口处的夔州，迎来了他一生中创作极盛的时期之一。[19] 夔州诗确立了杜甫作为唐诗大家的文学遗产和中国最伟大诗人的文学史地位，在此日臻完善的诗艺技巧也被后世奉为最高典范。[20] 杜甫最坚定的崇拜者及摹仿者之一的黄庭坚曾简要地概括了夔州一地之于杜甫的意义："观杜子美到夔州后诗，韩退之自潮州还朝后文章，皆不烦绳削而自合矣。"[21] 陈与义《次舞阳》诗第 13 句的忧世关照和第 16 句的心折心碎都是从杜诗中直接化用。[22] 事实上，这首诗主题和情感的基本设置，以及诗人思考和表述的基本模式，都明显烙刻着杜甫的印记。陈与义似乎不仅仅只是借用杜诗的语言和意象，而且还试图内化杜甫的情感与视角，试图把自己变成另一个杜甫。

对于在北宋晚期这一杜甫崇拜达到巅峰时刻的文化影响下成长起来并一直精意学杜的陈与义来说，在他人生中的此时此刻心甘情愿、全心全意地让自己为杜诗的光环与极致所淹没，这不足为奇。如果说他前期的借鉴多为技术性的化用，亦即只是一般意义上的指代引用而缺乏真正的目的感的话，那么这里情况已发生了根本的变化。他在后靖康时代的诗作呈现出一种重新觉醒了的、与杜甫在安史之乱中的经历与创作血脉相通的目的感。[23]

回顾前靖康时代的简斋诗不难发现，尽管他经常广泛引征及檃括杜诗，但这些援引多是常规借用，往往开门见山又直截了当，主要是在词义和技法层面或是通过意象来实现；有的时候他还会调侃、挑战、颠覆杜甫的观点，甚至试图在技法层面上超越杜甫。例如前引"儒冠"诗（《杂书示陈国佐胡元茂四首》其一）中，他认可杜甫之叹，但并不完全赞同其特定观点和立场；他同情杜甫之恼，但并不彻底认同其具体的抉择，而是对其中某些取舍暗存怀疑甚至微含嘲讽。再如前引中秋诗（《中秋不见月》），他也化用一句杜诗来表达他相信明年月轮定会再现，将关注焦点从当下转移到更为乐观、定会发生的未来时间点上。在上述这些例子中，陈与义既借用杜甫来为自己诗中特定的、在地的宗旨服务，也

133

从他的偶像那里汲取灵感、截取诗材，但始终保持自己的独特视角和思想信念。

靖康之变后，这些戏谑的语气和批评的心态都消失了。在他行旅前期的诗作里，他不仅热衷借用杜甫的语词与主题，而且刻意使用杜诗思想情感的整体建构乃至杜甫其诗其人的特定身份。在《发商水道中》中他以"茫茫"一词，将饱受战乱的杜甫所带来的整套情感联想编织进己作的主题结构脉络中。在《次舞阳》中他在试图化身为杜甫的角色扮演上更进一步，把对杜诗主题和情感的借用推而广之，延伸到杜甫的特定姿态和凝望方式上。

当杜甫栖身安居于夔州，终能欣赏这座小城的静僻幽美之余，他经常习惯性地将视线回望长安，十年前离开的"京华"，如今却山阻云遮、远隔千里之外，"关塞极天惟鸟道"。真个是：魂梦归长安，微鸟道，何由得达？驱马走舞阳，虽沾襟，力亦不逮。《次舞阳》末四句虽字词和情感都直接借鉴自杜甫夔州时期的两首诗，但诗中叙述者的凝望姿态和方向也许更多地是受到杜甫《秋兴八首》的影响。这八首口碑载道的七律组诗不仅代表了杜甫诗艺上的登峰造极，而且也流露出他借由诗歌归返长安——他的"故园"、他的"故国"——这一努力的费心费神、痛楚和无望。[24]

134　　中国传统诗人喜欢在诗中用"西北"这一方位的习惯可

回溯至五言诗早期阶段，远在杜甫时代之前。《古诗十九首》其五开篇即云："西北有高楼，上与浮云齐。"[25] 高楼耸立于西北，在此诗作成之时可能纯属无心，但其后因不断重复却被确立为一种特别的"诗性方向"（poetic direction）。[26]比如曹丕（187—226）就曾在其《杂诗》组诗之一中沿袭并强化了这一用法："西北有浮云，亭亭如车盖。"[27] 杜甫《秋兴八首》中的"每依北斗望京华"，[28] 依赖北斗这一永指北方的天上星辰来引导视线回望长安，仍可看出这一传统诗性方向的影响。虽然不免仍具有强烈的传统象征意味，但不可否认的是，杜甫的"北望"也取决于长安与夔州的实际相对方位，故而也可说是经验可证的。

　　然而，对陈与义来说，他的回望对象，作为他的"京华"的宋都开封，既不位于其西北方向（开封实际地处舞阳东北，参见注 29《次南阳》的讨论），也未被关塞极天或万里风烟所障蔽阻隔。但这似乎无关紧要。他的目光还是毫不犹豫地、象征性地投向了杜甫北望长安的那个方向："嵯峨西北云，想像折寸心"（15—16 句）。他不仅采用了杜甫夔州时期诗的语词，采用了杜甫凝望长安的姿态，而且连杜甫凝望的方向也全然照搬。他流淌着杜甫的泪水，按照杜甫诗的脚本去想象，去和杜甫一起路迷心碎。[29]

　　尽管付出了如许的努力，但是陈与义行役羁旅的特定情形及其从小所接受的诗艺训练，其独特的观察和写作方式，最终在决定他成为什么样的诗人的过程中发挥了更大的作用。本书前三章及后面的章节都会证明，陈与义对现实世界的看法和融入是从比杜甫更为务实理性和更具物质基础的立场出发的，这一现实物质基础是他主动化身为杜甫角色的努力最终无法真正实现的根本原因。他始终是从一个现实的途旅行者的姿态和角度来写作和行动的，而杜甫在安史之乱后的诗中则始终认为这不过是暂时施加于身的情形，因而不断试图摆脱和超越这一状态。陈与义与杜甫原有关系的某些重要方面在靖康后悄然发生了变化；但更为重要的是，他观察世界和写作的基本方式、其独特的情感和立场这些核心构成并没有改变，后者终将成为推动他一路前行的主导力量。

"千里空携一影来"

陈与义从舞阳启程，继续向西南方向奔行，进入分隔中原地带和汉水流域的丘陵山谷腹地。他在南阳稍事停留后抵达汉水北岸的邓州。[30]

陈与义在邓州勾留了半年左右。到 1126 年夏天，由于开封周围的军情暂时有所缓和，他得以涉险北上、接回家人。此后数年，他的旅迹将远超邓州地界、跨越数个不同的地理和文化区域，我们因此亦可据此将他的整个旅程划分为与之相应的几个时期或阶段。作为漫长征旅的第一大站，距离开封750华里的邓州，既为筋疲力竭、心力交瘁的诗人提供了一处求之心切的喘息之地，也成为诗人在一路狂奔后得以整顿自身的集结之所。

邓州及南阳地区的跨地域、跨文化的边界地理属性，中国文学中多有表达。陈与义本人在一首写邓州城楼的诗中生动地描述了此地在区域交界和联结上的要冲意义："邓州城楼高百尺，楚岫秦云不相隔"（1—2句）。[31] 远处的岩岫和天上的白云，并不因秦楚的政治分立而不相往来；站在邓州高耸的城楼上，陈与义也许直觉地感知到了其突破空间阻隔的象征意义，及其所蕴含的安慰人心的力量。东汉开国皇帝刘秀生于斯、长于此，故后尊此地，定为"南都"。张衡在《南都赋》中颂美此地绾合地理区域、联结历史古国的意义，赋云"割周楚之丰壤，跨荆豫而为疆"。[32]

此地相对闭塞僻远的丘陵地形可能是陈与义淹留于此的原因之一。在历史上，这一地区多次见证其多山地貌给军事部署和行动造成的障碍；815到817年唐王朝中央政府平淮西收复邻近的蔡州（淮西首府）的战役的漫长和艰难，可以为证。[33] 暂时远隔汴京及中原地区的政局板荡，邓州也能作为一个心理缓冲区让陈与义在此反思过往、权衡时局和规划前程。此时此刻，邓州可能是陈与义认为的逃难所能至的最远目的地了。尽管汴京之围几近城破造成了兵荒马战的混乱，但在 1126 年初陈与义逃奔至邓州的这个时刻，也许无人能想到这个繁华富庶而经多次加固的北宋都城即将轻易迅速地沦陷，更别说是整个大宋王朝了。

尽管靖康元年二月的汴京之围因北宋朝廷答应割地而暂解，开封的总体局势明显转好，但畿辅地区权力崩塌而造成的混乱一直持续到春末夏初。是年三月二十六日的一封奏折简洁地描述了金兵来犯期间政府官司各部之间缺少领导和协调及其给当地百姓带来的深重灾难："民间汹汹，一日数惊。"[34] 而次月六日的一道诏令严厉批评了金兵北撤后朝廷和地方政府在遏制掳掠抢夺上的无能和官场的腐败："贪吏盗攘，苛吏掊克，种种如故。"[35] 这些对金兵退去后宏观时局持续混乱的描述，有利于我们理解陈与义的痛苦心情及其决定留在邓州观望的原因。他在这里度过的六个月，为其创造了宝贵的时间和机缘来进行深刻的思索和反省。

写于邓州的七言绝句组诗《邓州西轩书事十首》（#224—233/405—427）记录了陈与义在此期间的各种各样的思想感受。较之十年前在汴京写就的十四首自我表达性质的"书怀诗"，这组新诗一个明显不同的地方在于，尽管他仍在关注自我与世界的关系这一基本问题，然其焦点已从诗人自身转移到了朝廷和国家的命运。在现实境况和诗人的内心中都出现了一个巨大的、亟待应付处理的虚空。

开篇第一首（#224）刻画了一位被无力控制的大事件驱避于世界一隅的文弱无助书生的形象："小儒避贼南征日，皇帝行天第一春。[36] 走到邓州无脚力，桃花初动雨留人。"诗人力图保持欢快心境，诗以身心俱疲的行旅者在智竭力尽之时，为吐芬桃树和温润春雨所喜迎善接的动人场面收结。

其二（#225）继续表达诗人此刻的生存孤独与情感挣扎，诗境中的蝉鸣显示着季节更替，已经由春入夏："千里空携一影来，白头更着乱蝉催。书生身世今如此，倚遍周家十二槐。"[37] 通过遍数物象实体去掌控把握一个棘手局面，这在陈与义的早期诗作中并不少见，而在这里他更进一步，以自己的肉身参与其中，尽管仍是象征意味的。[38] 他没有采用"数遍周家十二槐"的惯常表述和程式，而改用了另一种更戏剧化、更物理性的姿态："倚遍周家十二槐"。

138

陈与义在其从仕初期开始就对个人在世界中的身份地位表现出敏锐的感知，如何置个体有限之"身"于变化难测之"世"，亦即这里所说的"身世"问题，是他前靖康诗作中一直关注的焦点（比如"一官只为口""此身只合卧苍苔"等）。他在邓州的痛楚孤独为他提供了契机，让他把注意力从个人感受转移到国势政局上来，这在《邓州西轩书事》组诗的余下八首表现得尤为清晰可辨。关注点的转向在诗题"书事"二字上即可见一斑：从早期"书怀"诗对自己主观怀抱感想的抽象表达，走向对具体外部政治事件的思考。

这一转向在组诗其一里已有征兆，起联即把仓皇奔逃的"小儒"置放在皇帝"行天"盛举的宏大政治背景之中来加以描写。这一小与大的对比并置以及首句中的"南征"一词都来自杜甫，后者以该词为题的原诗中通过叙述者"老病"之身与"君恩"之深的对比，表达出百年歌苦、知音未见而不得不万里南征、云帆远适的人世悲情。[39]

组诗其三（#226）诗人先是表达了对未与家人同行共退的遗憾，随后转向了政治事件的话题。其五（#228）提到的近来"变故"与东南"鬼火"，可能暗指数年前浙江的方腊之乱。[40] 其六专门针对战略要地太原围城之事，该城自1125年冬金兵南侵伊始被围，诗成之时尚未解；[41] 诗中表达了陈与义对当代缺少像廉颇、蔺相如这样的将相搭档[42]来力破重围的感叹："只今将相须廉蔺，五月并门未解围"（3—4句）。[43] 其八（#231）吐露诗人在听到朝廷颁发悯恤安民诏书时的喜悦之情："白发书生喜无寐"（3句）。[44]

末二诗从时事指涉转入历史思考，这从最后一首尾联中的"吊古"一词即可明显看出来。二诗分别援引古代与近世中的两位当地名人——三国时期的南阳人诸葛亮和11世纪中叶的北宋名臣范仲淹（989—1052）。范仲淹曾知邓州，他过世之后当地人为其建了一座祠庙，他所推动的庆历新政引领了北宋一代恒久深远，一直持续到王朝覆灭前的政治变革。其九（#232）陈与义将眼前所见实景与范仲淹助仁宗开创的繁荣昌盛局面作了对比："范公深忧天下日，仁祖爱民全盛年。[45] 遗庙只今香火冷，时时风叶一骚然。"[46]

最后一首（#233）围绕当地偶像诸葛亮展开："诸葛经行有夕风，千秋天地几英雄？吊古不须多感慨，人生半梦半醒中。"

在这一充满浓郁追忆感伤情绪的时刻，诗人的视野和参照框架仍然牢牢地立足于当下的现实环境，他对历史过往的思索不断被自然风景中的细微搅扰和骚动拉回到现实之中：其九的阵风不时搅弄枝叶，其十的晚风拂掠诸葛孔明经行过的道途。一方面，这些细腻的物性观察令诗人停在当下，且为二诗中"吊古"的脉动提供场景；另一方面，物理风景在最后一首诗的最后三句中被排除殆尽，诗以对天地人生的抽象玄思来收结，言有尽而意无穷。这种对当前政局的指涉确认与悲叹历史过往的双重意图也隐含在组诗的整体构架上，最后两首诗更是强势地点明历史永存、人生恒续的主题。

我们可以用《邓州西轩书事》组诗中出现的两个短语来概括其从个体身世到世事状态的这一聚焦点的转向——仿佛

140

是出自有意识的安排，组诗的主题从其二里的"书生身世"逐渐地过渡到其七里的"千秋天地"。这一转变也可用来标志陈与义诗在靖康前后的总体变化：本能情感越发直接而强烈地倾泻出来，情感强度与日俱增，语言表述也更趋沉郁顿挫。明代学者胡应麟（1551—1602）以"悲壮感慨"来归纳陈与义后靖康时代的诗作之风格转变和情感转向（《邓州西轩书事》组诗正是他的例子之一），认为其堪与杜甫同类作品比肩。[47] 当代宋诗研究者莫砺锋认为这组诗作称得上"南宋诗坛上最能体现时代脉搏的强音"。[48] 白敦仁也显然认同这一评价的主旨，他进一步把这组诗情感力量的深化归因于其对政治现实的直接关涉，告诫读者如果不去了解这一政治现实，则会错失简斋诗的深层意蕴："大抵读简斋此类诗者，心目中若无一靖康之乱总体印象，殆难于心知其意矣。"[49]

简斋居士

宇文所安在讨论杜甫善于建构恢宏的外部联结的非凡诗才时指出，"他的许多名诗佳作都把世俗世界跟宏大伦理价值与天地运转认知联系起来"。[50] 陈与义的后靖康诗作也开始浮现出类似倾向，像"天地""千年""千里""万里"

这类粗线条大笔画的语词和概念愈发频繁地出现在他的诗中。

以《纵步至董氏园亭三首》组诗为例。其一（#235/429）以对美妙暮春景色的常规描述开篇："池光修竹里，筇杖季春头"（1—2句）；随后对比浮生短暂和空间广袤，从而转向对人生的抽象思考："百年今日胜，万里此生浮"（5—6句）。这些强词健字所凝聚的精神胆识也同样体现在诗题中的"纵步"一词上——其同时包含着"前跃""跨过""放开"等意蕴。

然而，随着年岁的流逝，月复一月，年复一年，陈与义的个人光景和政局情状均每况愈下，将他推至越来越艰难的处境和越来越僻远的地域。在压抑的境况中苦力挣扎，重获诗歌在个人和政治表达上失去了的效力，这须得汇聚诗人每一分的力气。自然与诗歌，作为诗人灵感和精神支持最可依赖的双重来源，最终将会重新获得，并继续发挥在他为仕初期所发挥的作用。

这里至为关键的第一步，是恢复重树身体上和情感上被侵蚀消耗的"小儒"在与难以把控的世界挣扎力战中的主体位置。"百年今日胜"，对"今日"的绝对肯定，为复构诗人受到冲击的自我意识奠定了基础。而在邓州期间新取"简斋"为号，则可视为对此重建象征性和精神上的确认。[51]

　　张蕴爽在其研究宋代文人书斋的博士论文中曾经指出，在居所建造书斋用以读书冥想在两宋时期变得非常流行。[52]从以外部自然景观为号——比如苏轼之号"东坡"、黄庭坚之号"山谷"、陈师道之号"后山"——到以指示内部私人空间的"斋"为名的倾向（陈之"简斋"，稍后杨万里之"诚斋"是两个显著的早期例子；南宋后期及其后的例子更是举不胜举了），是否与思想史研究者所说的 12 世纪初南宋政治思想文化的普遍内在转向（inward turn）相关仍待稽考，但对其私人书斋通过命名加以主权式宣示和象征性占有，对于陈与义生命此刻而言无疑具有重大的实际意义。[53]在他写于靖康之前及之后的一些途旅诗中，我们看到外部的山水往往起着引导、框束诗人行者（poet-traveler）的思想情感的重要作用。前几章读过的诗有不少背景都设于室内，但诗中对此室内空间的指涉和描写往往含混而不明，缺乏细节。事实上，除了他贬官陈留任监酒税期间的少数作品之外，陈与义此前的诗作中很少出现关于其居宅内部空间的细部想象和互动。他在邓州以"简斋"命名书斋也并未让这一情形完全改观，但却有益于我们将其早期作品中的一些萌芽因素放在一起来集中考量。由于这种内在空间建构在陈与义人近晚年时会发挥更为重要的作用，这里不妨让我们来仔细看一下陈专门用来命名其邓州书斋的《题简斋》（#244/

435）一诗。

　　首先，"简"这一概念既可用来描述陈与义的生活方式， *143*
也可用来指称其写作风格，该词所内含的道德态度与陈与义
精练务实、力求简约的诗学风格之间可谓具有一种天然契合
的关系。如果把简斋诗与杜诗并置起来看，这一特点更为显
而易见——杜诗充满炽热情感和不避繁复的诗风几乎代表着
陈诗的反面。尽管这难以证明，"简斋"之获名对陈与义今
后诗风的发展或许还产生了微妙的影响，因为很难说他本人
没有潜意识地将自己的诗作向"简"这一价值主动靠齐。但
无论如何，"简"无疑是检视陈与义后靖康时期愈渐直白之
诗风的一面棱镜。

　　《题简斋》全诗 16 句是对"简"之理念的深入探索，
阐发的是无忧无虑、简单而内心富足的快乐，而非拥有物质
财富的快乐。陈与义把书斋的物质简朴媲美于他曾任职于其
中的秘书省之"巨丽"（3 句），说他更爱自己的现居陋室，
因为于此可听"风竹声"（4 句）。诗接着称赞书斋的天然去
雕饰，既无"散花女"（5 句）的饰画，也无"使鬼兄"（6
句）的造访，有且只有一张陋拙的"绳床"（8 句）而
已。[54] 他欣赏阮孚（约278—约326）痴迷于料理木屐的真
正乐趣（9—10 句），将其与贪积的邺下领军对比，讽刺后
者坐事伏法、籍其家产时"麻鞋一屋"的鄙陋（11—

12句）。[55]

对"简"之价值的明确赞美被置放于关注宅居周遭自然环境之美、新建书斋对于斋主的情感和智性之助的潜在叙述框架中。书斋主人为四壁所围却并不孤绝，在接受书斋提供的保护的同时通过墙上的窗子而与外界自由地沟通交流。而这窗户又完全独属于叙述者所有，在诗之开篇诗人就以"我窗"一词毫不犹豫地宣告了自己的所有权："我窗三尺余，可以阅晦明"（1—2句，"我窗"强调为笔者所加）。安适闲定的内部空间，加上主人与外景的无碍交流，使得诗人能够朝着所有的外物世事敞开心扉，欣赏上文提到的"风竹声"，以及诗后面写的"槐荫"（13句）、"新晴"（14句）等。诗最后一句"简斋真虚名"（16句）以退为进，但这一表面的让步并未否定诗的主旨，反而平添了几许自我反思与自觉意识。

对这些珍贵的基本价值的重申有助于诗人稳定心神，为其更有效地重新介入外在真实世界做好准备。自然与诗歌不断被证明是诗人在争取内心平静和为生存而战时最稳妥可靠的"盟友"。

自然与诗歌的使命在《春雨》（#246/439）一诗中合而为一。正如我们在分析陈与义行旅初始阶段的其他诗作时一样，杜甫也可以作为我们参照分析陈与义此诗的对比视镜。

但是我们在这首诗中运用此法对照的目的，并不是为了彰显陈与义对杜甫的借用，而是为了显示他日益增长的独立性趋势。表面上看，无论是从诗歌主旨，还是从影射时势，《春雨》似乎都是对杜甫《春望》的复刻翻版；然而，陈诗与杜甫的名作有着明显而具简斋鲜明特色的区别。

其主要区别在于二诗的情感框架和基调各异。杜甫《春望》写于自己被困于安禄山叛军盘踞的京城长安之际，诗人对收复的希望和强烈期盼不仅明确表现在诗题的"望"（凝望、希望）字之上，也饱含于诗中描写的生机浓郁的春景之中："国破山河在，城春草木深。感时花溅泪，恨别鸟惊心。烽火连三月，家书抵万金。白头搔更短，浑欲不胜簪。"[56] 风景中的所有要素，如"山河""草木""花鸟"，都与杜甫感同身受、共苦同悲，在与叙述者的对视性关系中尽情展现着各自的存在，仿佛在自觉主动地怜悯吊慰诗人。叙述者和情景构成了一个具有内在一致性的思想和审美统一体，一个混杂着悲怆与希望的浑成圆融的通盘体验。

而在陈与义《春雨》中，明显读不到杜甫对王朝中兴和家人团聚的那种浓郁的期盼之情，自然世界对叙述者潜在的怜悯吊慰，被潇潇春雨的凄寒、孤独、冷寂感取而代之，我们所见的是与春花绽放脱节的天气失序（"花尽春犹冷"，1句），旅客羁人的心悸心惊（"羁心只自惊"，2句），莺鸟的

145

孤独和终日啼鸣（"孤莺啼永昼"，3 句），淫雨霏霏使城墙
尽湿（"细雨湿高城"，4 句）。在这个凄风冷雨、高度审美
化、情感性和感知力过载的世界里，自然外物彼此之间或与
诗人之间都缺乏互动交流，只是孤立存在、自生自灭。感情
和情绪被封存于单个个体（孤莺、羁客、细雨、残花）的独
立畛域之内而互不越界。人的行为不是由与人内在契合的宇
宙秩序所激发驱使，而是受控于眼前世界的冰冷现状；诗人
可以感知、可以观察其间正在发生的事件，却无力影响、移
动或改变它。在杜甫的世界里，"感时花溅泪"，无知无感的
花木都会以溅泪来悲悯诗人的境遇；而陈与义的世界却与之
不同，自然外物虽在场却被剥夺了交流和移情的能力，只能
自我维系、自我物化、自我存在。

_146_

我们似可借助情感基调及物人关系都介于杜甫和陈与义
之间的、晚唐诗人李商隐的绝句《天涯》，来进一步解释上
述差异："春日在天涯，天涯日又斜。莺啼如有泪，为湿最
高花。"[57] 清初学者田兰芳（1628—1701）和杨守智（生卒
不详）都简明地概括了李商隐这首诗的特点，前者云其"一
气浑成"，后者评之曰"意极悲，语极艳"。[58] 这首诗篇幅
短小、词义简明，却浑然一气地创造出一个无与伦比的、摄
人心魄的情感和审美世界。

李商隐和杜甫的不同之处在于，杜甫的思想情感是源于

对家国情怀的关切，而李商隐表述的则是一个具有更普遍意义的哲思性的情景，政治隐喻，即使有的话，也被深藏于幕后。[59] 诗以悲情的语调写一个在天之尽头的行人悲叹日又将落的双重悲哀情景。这里李商隐用诗的语言刻画出来的日暮途穷的极端漂泊情景让人不免想到魏晋的狂狷名士阮籍（210—262），据说他驱车途穷、恸哭而返。玉谿生之悲蕴含着一种深层的存在困境，这使得他与杜子美及其基于身世而产生的深刻个人感受判然有别。[60] 就诗人与世界的关系而言，李商隐似乎并不满足于被动等待天地自然的参与融入，而是主动释放出、被吴调公称为"寂寞中燃烧"的炽热情感；他的无声抽泣是吁请莺鸟为其代劳："莺啼如有泪，为湿最高花"——为、"我"、湿。[61] 其中蕴含的长恨深悲、悲情而又大胆的浪漫情怀，实在是非李商隐不能写出。

子美诗预设人与自然之间存在一种笃定的内在联系，但义山诗对此却没有那么自信。李商隐用"如有"一词表明了他的怀疑态度，这跟简斋《春雨》诗里蕴含的凄美无情的自然世界如出一辙。他强烈地感知到他得孑然一身、孤自面对这个世界。他没有交代莺鸟对自己的恳请是否有回音，他也没有指望得到回应，他只是激情地陈述出自己的恳请。在简斋诗中，叙述者与自然界的隔绝更为彻底，《春雨》一诗中的天地自然甚至丝毫没有一丝想要跟他交流互动的兴趣，只

147

有孤莺与细雨，自在自生，继续着各擅胜场的啼鸣和润湿："孤莺啼永昼，细雨湿高城"（3—4句）。

陈与义与他的盛唐、晚唐前辈的差异的本质在于，杜甫和李商隐诗中的自然秩序的内在连贯流畅皆源于具有高度主体性的诗人本体，长安春色繁盛与天涯落日夕照都被赋予了一种并非景物自身固有的伦理意义；而陈与义诗中的世界脉动之源则另有所本。在简斋诗中，自然风光的内在逻辑并不是诗人自身伦理世界的直接投射，人类这一方只是作为天地万象和乾坤变化的见证者存在，与之保持着冷静客观的距离，并不让自己涉入自然的演进轮回，也不把个人的道德品性加诸其上。换言之，他不再扮演传统的萨满巫师的通灵角色，而是专注于对自然景物的观察和描述，而不试图去影响或改变它们。

面对自然世界的冷淡漠然，陈与义《春雨》诗中的叙述者没有表现出沮丧，而是得出决心与物周流、和世界同调这一可预期的结论："扰扰成何事，悠悠送此生"（5—6句）。为这一决心奠定基础，为纷乱杂陈而不与人合拍的世界提供秩序和宁静感的，不仅是自然之美本身的力量，而且也是其无时不在以及其所内在蕴含的诗兴诗意："蛛丝闪夕霁，随处有诗情"（7—8句）。

148

无尽陂

　　第一次汴京之围尘埃落定之后，陈与义设法在这年夏天从邓州返回京畿以与家人团聚。然而，时局很快又发生了变化，金兵的再次南侵只是时间问题，于是他又带着家人再次南下，这次经由的是汝州。他接到家人后在南回邓州的途中写下"南北东西俱我乡"这一看似豪迈的达观之语，但这同时也显示出他仍纠结于流离失所的自我身份。[62] 不过，这句诗所表明的接受现实的心态与贬逐陈留期间所用的"随处"一词一样，为达到和解妥协提供了新的可能。下面这首诗记录了他夏日北上开封之行伊始的情形：

北征（#257/451）

世故信有力，挽我复北驰。

独冲七月暑，行此无尽陂。

百卉共山泽，各自有四时。

华实相后先，盛过当同衰。

亦复观我生，白发忽及期。

夕云已不征，客子今何之。

愿传飞仙术，一洗局促悲。

149

被襟阆风观，[63] 濯发扶桑池。[64]

诗题袭用的是杜甫的同名诗作，后者乃 757 年杜甫自凤翔东北前往鄜州探视妻小途中所作。在这首长达七十联、一百四十句的鸿篇巨制中，杜甫详叙在归家途中的所见所想，生动刻画出安禄山之乱对乡村及百姓所造成的深重破坏。与杜甫的其他长篇叙事诗类似，该诗史诗般地呈现出一幅在国家和个人双重层面上同时发生的激烈斗争的宏大历史画卷。与诗的长篇体制和宏大布局相合，杜甫以两联娓娓交代其归途的具体时间和特定场合来缓慢开篇："皇帝二载秋，闰八月初吉。杜子将北征，苍茫问家室。"[65]

陈与义诗只有八联十六句，篇幅要短得多，可分为均等的四节。尽管他曾写过或将写下更长的诗作，但这里四节十六句五言古诗体式的篇幅长度和章句结构，他使用起来无疑最为得心应手，他也特别钟爱此体。[66] 前文曾讨论或提及过的诗作中，《游葆真池上》《次舞阳》《次南阳》等皆用此一体式。那些十四句或十八句长度的可以认为是此格或增或减一联的变体。

诗题《北征》也许会让读者得出陈与义此诗会一如杜甫的同名巨制那样着重于叙事的结论。然而在陈与义的诗中，叙述只充当着次要的角色。借用叶梦得论杜甫长篇叙事诗的成就时的用语，我们也许可以说陈与义此诗"不以序事倾尽为工"，亦无意"穷极笔力"；[67] 其诗意在描述作为旅行者的诗人把沿途所见的物象山水纳作诗材，并以此来化解旅途劳顿和忧虑的心理过程。与前文所讨论的诗作类似，该诗可分为条理分明、体量相等的四节，每一节都可视为下一节的论说前提或基础，由此有条不紊、按部就班地推动诗歌叙事直至终篇。

此诗的情感基点与杜诗也迥然有别。"乾坤含疮痍，忧虞何时毕"（19—20 句），杜甫对邦国殄瘁、生灵涂炭报以义愤填膺的悲叹；而陈与义诗中的叙述者控制着自我情感，其叙事是被一种平稳、机智、尽管难以遏止的力量所导引和推动的。

这股力量在诗一开篇即被叙述者提及："世故信有力，挽我复北驰"（1—2 句）。但诗接下来并没有对"世故"的内容做详细的解释。该诗意不在叙事，而是通过行旅者所见所感来展示"世故"是如何施力于诗人并影响其行旅及周遭物事的。第 4 句中的"无尽陂"，既没有停留在"陂"本身的描摹上，也未对"无尽"状况加以拓深描述，而是去思考居于此陂的"百卉"（5 句）的共同命运浮沉，告诉我们自然界的物种万千，但都各循其迹，各有自身的荣衰死生周期（6—8 句）。这些念头紧接下来聚焦到作为思考主体的叙述

151

者身上；头上的"白发"让叙述者认识到了自己的荣衰死生（9—10 句）。行旅者再次环顾四周，机巧地留意到了风景中的物候启示，并进而追问自己今晚的归宿："夕云已不征，客子今何之"（11—12 句）。

物质界和人世间的运转被一种合乎理性又非人力所控的元气力量所驱动。万事万物，自生自灭，对人类情感漠然置之，《北征》表达的是这一情形给人的挫败感。这种理性而冷漠的力量将世间万象预设在命定轨迹上，诗中的行旅者受制于这一力量及其物化形态而难以大展身手。诗性想象直到篇末才被插上翅膀，终得冲破重围，进入神话玄妙之境："愿传飞仙术，一洗局促悲。被襟阆风观，濯发扶桑池"（13—16 句）。

阆风观与扶桑池两个传说中的玄境，加上"披襟""濯发"两个疏狂的姿态，都有其文学传统之所本。末二联的诗歌语言和想象若是置于屈原恣肆的《离骚》或是杜甫的某些诗篇中的话，似乎并无多少新奇之处；然而在陈与义充满务实主义和现实精神的诗意世界中，这一节却标志着其玄幻性和想象力所能达到的一个新高度。第三章讨论过的《赴陈留二首》其一可以算是一个相对温和的尝试版，叙述者把自己的愿望投射到隐退汉将张良的身上，"想见"其"时从玩木影"。之后的诗作中还会出现更多的奇幻想象版本。而在这里，无论是就诗对现实风景的铺垫描写，还是从诗的内在逻辑来看，诗尾处四句这乍然迸发的诗意想象都让读者感到有些猝不及防，尽管从后见之明来说，我们还是能够感觉到其蓄势待发已久，其爆发力在开篇破题之处便已开始累积。

同样值得注意的是，诗人为这一激进想象之举做了某种内在限定，篇末的想象是被包装成一个良"愿"来呈现的："愿传飞仙术"。物质现况的理性认知与超越解脱的期盼之间的张力，也凸显在他的这次北归之行的其他诗作中，例如《秋日客思》（#258/453）："蓬莱可托无因至"（7句）。对"可托"和"无因"的双重认知，导向一种具有诗人典型特点的、务实的替代妥协："试觅人间千仞岗"（8句）。"千仞岗"典出西晋诗人左思（约250—305）的一首《咏史》诗："振衣千仞冈，濯足万里流。"[68] 从神话传说中的巍巍阆风观、茫茫扶桑池，再到"人间千仞岗"，这种经衡量斟酌、有分寸的"落差"（descent）体现的是陈与义的务实妥协，其对人的知识和行为受现实世界制约的清醒认识和接受。这里的"试觅"，与《北征》中的"愿传"① 相仿，体现出诗人对这一恒久张力的感悟和认知。行旅者即兴迸发的奇幻想象并未遮掩，反而烛照出他思想的内在连贯性和务实性。

---

① 译注：此处引文原书误作"愿得"。

近密诗学（The Poetics of Intimacy）

陈与义从邓州起身去接迎家人之时，尽管汴京地区的社会秩序逐渐恢复，然而黄河以北的很多地区仍然战火纷飞。前文提到的太原之围，自去岁冬季就一直处于对峙之中，而在 1126 年秋城陷失守，已为随后的系列事变敲响了丧钟，包括第二次汴京之围，开封的最终沦陷，乃至此后不久整个北宋王朝的覆灭。

陈与义的南返路线与年初不同，这次他改走汝州。这一决定应该是出自现实的考量，他曾于此为母守制三年，在当地定有一些亲属关系。离开汝州之后他继续朝南，越过邓州而至汉江对岸的战略要冲光化镇，过冬之后方于 1127 年初返回邓州。

行次于汝州到光化的山间小路上的经历，对陈与义的诗歌可以说产生了连绵持久的影响。他早期诗作中常见的骑马者形象从此销声匿迹，取代马的是当地流行的交通工具——陈与义称之为"竹舆"或"篮舆"的肩舆轿子。[69] 这可能是因为其所行之路是坎坷崎岖的羊肠小道，更可能是因为宋金交战后对马匹征用越发严急。[70] "临老伤行役，篮舆岁月奔"，他在《道中书事》（＃259/455—456，1—2 句）中写道。

　　与骑马相比，乘篮舆除了更沉稳安适外，也能让旅行者
以更悠闲怡然的方式与自然风光沟通交流。轿行之时，竹制 ¹⁵⁴
轿杆和篮子之间会因路的颠簸而一上一下发出嘎吱之声，陈
与义喜用拟声词"伊轧""伊鸦"来形容之；比如"荒野少
人去，竹舆伊轧声"；"竹舆声伊鸦"等。[71] 轿子发出的轻
柔声响更显山林的清幽静谧，有助于诗人近距离地感知观察
路边自然景物的细微变化。

　　《晓发叶城》（#262/459）的开头四句是展现这种感知
交流的近密模式（intimate mode）的很好的例子："竹舆开
两牖，秋色为横分。左送廉纤月，右揖离披云。"伴随着轿
子清耳悦心的咿呀之声缓慢前行，高居轿子之上的诗人向路
旁两侧眺望，就像安坐在简斋里向开着的窗外望去一样。就
着这样想象出的框设窗景，他与两侧映入眼帘的自然风光进
行着积极的互动。[72] 对出现于两侧镜框中的自然风景和秋
色云月，他左揖右送，忙个不停。他不是把自己当作偶经此
地的局外人，而是在扮演着好客主人的角色。

　　在接下来的数年里，随着他的行旅逐渐推进到南方山林
深处，这里出现的近密互动模式将在形塑其对天地自然的经
历体验和融入交流方面发挥着越发重要的作用。尽管他也会
不断熔铸新的题旨诗材，但是这种积极主动、身历其境的近

密沉浸式交流会一直存在，助其实现最终的诗学大成。

我们可以用他接到家人后南返途中写的另两首诗，来进一步说明陌生的当地风光是如何在其头脑和诗作中被归化和转变的。二诗皆是陈与义独钟的五古诗体，也恰好都是16句。

在第一首《美哉亭》（#264/461）诗中，陈与义描述自己在穿越逼窄高耸峡谷时突然发现前面远处山坡上出现的一座亭子，待其登临此亭后，视点和角度的转变又是如何为其打开新的视野和新的画面的。前六句为山亭乍现行人眼前做足了铺垫："西出城皋关，土谷仅容驼。天挂一匹练，双崖斗嵯峨。忽然五丈缺，亭构如危窠"（1—6句）。

当危亭与行者的关系发生变化时，其作用亦随之而变。行旅者攀越山头，抵达亭中，而这里也就成了他全新视觉奇遇的起点，全新风景在眼前豁然开启。诗接下来的四句从行者新至的视角高度和观赏点来描绘眼前的新景："青山丽中原，白日照大河。下视万里川，草木何其多"（7—10句）。

恢宏开阔的景色与行旅者刚走过峡谷底部的隘狭空间形成了鲜明对比，自然风光的恢廓坦荡使得行者豁目开襟，纾解长久压抑的情感；然而他的倾吐释放旋即碰到了一股更强大的力量："临高一吐气，却奈雄风何"（11—12句）。雄风的气势使叙述者由衷地赞颂造物之鬼斧神工，并由此肯定

"功成须经勤苦得"这一北宋的核心信念："辛苦生一快，造物巧揣摩"（13—14句）。诗人在抽身离去之前为此再加上一层关于险易难酬的论说："险易终不偿，翻身下残坡"（15—16句）。

第二首《山路晓行》记录的是又一次与当地风景亲密接触的经历：

山路晓行（#265/463）

两崖夹晓月，万壑分秋风。

今朝定何朝，孤赏莫与同。

石路抱壁转，云气青蒙蒙。

篮舆拂露枝，乱点惊仆童。

微泉不知处，玉佩鸣深丛。

平生慕李愿，[73] 得此行旅中。

居人轻佳境，过客意无穷。

山木好题诗，恨我行匆匆。

诗作开篇之时，景物疏朗澄净、层次分明，各得其所地呈现于目前。峡谷两岸的危崖峭壁，似乎稳固地将月轮支立其间（1句）；秋风匀匀，遍拂重峦叠嶂千岩万壑之间（2句）；"云气"（6句）蒙蒙而生，露出清晨林野丛莽间隐约

195

的青青之色。景色由这位心明眼亮、一片澄静的观察者那里得来，并为其独享"孤赏"（4句）；观察者通过对景色及其构成部分做精微描摹来树立自己的权威。他观察的细致程度也覆及万物运转上，"石路抱壁转"（5句），窄小的石路紧贴危崖悬壁而行，仿佛诗人的替身。较之致力于阐发"远近风光各不同"的《美哉亭》，《山路晓行》着意于描述诗人观察者感官的"复原"（recovery）过程，其在诗开篇时似乎为清晨之绝美所震慑而处于缄默失效或蒙蔽聋聩的状态，直到诗近尾声时才完全康复、重获新生。

转捩点出现在7—10句。此时诗人的感知处于高度绷紧的状态，当其屏气凝神地关注着眼前发生的事件时，事件的焦点也由视觉缓缓转移到了听觉之上，像电影里的慢动作一般："篮舆拂露枝，乱点惊仆童。微泉不知处，玉佩鸣深丛"（7—10句）。诗人深入到景观的诸多细节之中，与"露枝"及他物近身接触，不再是远距离地观察遥想或是事后追忆。这四句诗标志着迄今为止诗人沉浸接触自然山水最亲密、聚焦最显近的一次尝试。诗对坐在篮舆中的诗人拂拭含珠带露的树枝的描写，既非同寻常又令人称奇。树枝上跌落的露水、童仆少年错愕惊骇的反应，以及狭窄道路紧贴崖壁的拟人化表述，这些感官认知都被赋予一种有意为之的感觉，是诗人个体沉浸于景观的隐喻式引申。诗人不是山水风景的单

158

纯观察者和追随者，而是其深情探索者，主动融入并与其间的柔声细语及细枝末节积极互动。

拂露一联也代表着该诗在视觉感知方面的体验高潮和顶峰点。在此之前，拂晓活动主要是透过行旅者的眼睛来亲历，童仆的惊惶慌乱一开始也只是视觉呈现；而在接下来的一联里声音突然迸发而出，涌动于"深丛"下的"微泉"像是骤然苏醒过来汩汩作响，放大了童仆惊叫的声音效果。迈向这一体验高潮点的叙事历程是循序渐进，尽管是了无痕迹地推进的。在诗的开头，黎明破晓中景观万物各安其位，但都是视觉上的；即使秋风萧瑟凄冷，也被渲染成无声无息。视觉层面展现的动作行为是诗前半部分关注的焦点；硬峭路途的艰险，乘轿穿行于狭窄峡谷的勇气，露水乱坠的纷杂，是通过抱、转、拂、惊等一系列表现力十足的动词来表达的。

随着听觉感知的恢复加入，对清晨行旅的描写终告收官。心灵启迪已臻顶点，读者感官被完全调动起来，几乎可以和诗人一起听到童仆的惊叫之声。如梦方醒也把诗人从沉浸式观察中拉回到现实之旅中来，由此诗的时间架构从时下当前延伸至文化历史：诗人先对唐代书生李愿的退隐之选加以钦佩赞许（11—12 句），再对"居人"和"过客"的认知差异进行哲理思索（13—14 句），最后遗憾地表示说因为 *159*

赶路而无法在山路道旁树上题诗留记（15—16 句）。

我们这里见证的当地风景被诗人深入穿行、悉心观察、意义铭刻而由此获得身份的过程，对陈与义正在踏足于其上的诗歌新路至关重要。经历体验的物质性（physicality）及与之相连的现在性（presentism）与展演性（performativity），将随着他的行旅推进而日渐彰显其重要地位，最终将他的诗歌推向一种新高度。同时，这一嬗变的过程也与造成他不得不背井离乡，远离政治中心，一直忧惧着宋廷濒临灭亡的国势分不开。

这些带着强烈近密、孤寂特质的经历体验，将成为陈与义最终达成自我与世界、个人与风景之间完美统一的关键要素。他诗中的这些经历，也代表着对其早前经历的某种提升，助其平稳渡过在陈留的贬逐并重获精神平衡。他从商水出发时"马前阔"犹疑动荡的景观，至此已逐渐稳固清晰下来，或者说缩小了聚焦的范围；他在从汝州到光化间古老崎岖的山路中的穿行，仿佛为他的旅途辨明确定了一种前进方向。一条新的充满着"诗情"的路此刻似乎开始在陈与义眼前出现，[74] 这条路将会把他引向至更为紧缩、更具挑战的情境之中，直待最终豁然开朗，使其达臻自我发现和诗艺精湛的完美境界。

注释：

［1］官方正史如此描述这一传位过程的仓促和戏剧性：在前一年1125年农历十二月二十三日，"徽宗诏皇太子嗣位，自称曰'道君皇帝'，趣太子入禁中，被以御服。泣涕固辞，因得疾，又固辞，不许"。参见脱脱：《宋史》，卷23，北京：中华书局，2004年，第421页。钦宗于次日，即十二月二十四日，登基。

［2］靖康年号实则仅一年，即1126年。钦宗的统治在1126年末第二轮汴京之围开封城破降金之际实质上就结束了，尽管其年号直至次年（1127）二月才被金人正式废止。高宗于1127年农历五月初一在南京应天府（今河南省商丘市）即位，改元建炎（1127—1130），是为南宋肇始。本书涉及靖康年间的诸事皆以王智勇注《靖康要录笺注》（成都：四川大学出版社，2008年）为据，建炎及之后的绍兴（1131—1162）年间诸事则以李心传著《建炎以来系年要录》（上海：上海古籍出版社，1992年）为准；如有例外，另作说明。

［3］汪藻著，王智勇注：《靖康要录笺注》，成都：四川大学出版社，2008年，第95页。徽宗获悉金兵已过黄河的消息后，于1126年正月初三夜逃离汴京。陈留位于汴河上，在徽宗奔走亳州的路途中。徽宗经亳州继续南逃至镇江，金兵北返后钦宗于三月遣使迎其回宫。①

［4］《建炎以来系年要录》在次年（建炎元年，1127年）四月初八条目中提到陈留，这或可有助于重构想象陈与义在离开之时的混乱局势："陈留溃散，戍兵李忠率众人和州清水镇，濠州巡检及定远界土豪许氏、徐氏、金氏枪仗手遮境拒之，杀李忠。"参见李心传：《建炎以来系年要录》，上海：上海古籍出版社，1992年，卷4，23b页，第87页。

［5］李心传：《建炎以来系年要录》，卷4，1b—2a页，第76—77页。

［6］邓州距开封根据《元丰九域志》推算距离750华里，扣减开封至陈留的52里，陈留至邓州的实际距离应为698里。

［7］作为合成词的"危涕"首见于江淹（444—505）《恨赋》中"或有孤臣危涕，孽子坠心"一句；而以"危"形容孤臣孽子之操心虑患，见于《孟子·尽心上》："独孤臣孽子，其操心也危，其虑患也深，故达"。

161

---

① 译注：原书作"徽宗旋即为金兵所掳而以阶下囚身份带回汴京"，似与史实不合。

[8] 南朝晋宋名将檀道济以其"三十六策"而知名，他为后世人所嘲笑是缘于其作战时常望风而逃，"走是上计"，参见萧子显：《南齐书》，卷 26，北京：中华书局，1972 年，第 487 页。

[9] 杜甫喜用"茫茫"二字去描述战争场面及自己对兵戈的感受，如《惜别行送刘仆射判官》诗云"九州兵革浩茫茫"，《南池》诗云"干戈浩茫茫"，分见于杜甫著，萧涤非编：《杜甫全集校注》，北京：人民文学出版社，2014 年，第 5842、2926 页；Stephen Owen tr. and ed. , *The Poetry of Du Fu*, Berlin：De Gruyter, 2015, Vol. 6, p. 121；Vol. 3, p, 335.

[10]《招张仲宗》(#251/391)。张元幹 (约 1091—1170)，字仲宗，南宋知名的豪放词人。

[11]《八关僧房遇雨》(#218/395)、《赠黄家阿莘》(#219/396)。

[12]《年华》(#39/92)："年华不负客，一一入吾诗"(7—8 句)。

[13] 白敦仁：《陈与义集校笺》，上海：上海古籍出版社，1990 年，第 399 页引。

[14] 高宗于 1129 年二月驻跸杭州，是年七月，杭州由州升为府，更名"临安"(临安本是杭州下辖县名)，依照历史先例而被称为高宗的"行在"之所(天子巡行暂驻之地、临时都城)。这年冬天，高宗为金军进犯所迫逃离杭州而至海上避难，金人退兵之后，朝廷驻越州 (1131 年亦升格为府，更名"绍兴")一年又半，随后于 1132 年初移驾临安，六年后的 1138 年临安遂正式定为南宋都城。南宋皇廷朝政留此地约一个半世纪，直到 1276 年被南侵的蒙古人破城为止。定都杭州部分考虑了其相对安全的地理位置，比长江边的建康更有利于抵御金军的骑兵。按谢和耐 (Jacques Gernet) 的说法，要抵达这里须得"穿越迷宫般无数湖泽与泥泞稻田的区域，这种地形不利于部署骑兵"，参见 Jacques Gernet, *Daily Life in China on the Eve of the Mongol Invasion*, 1250 - 1276, H. M. Wright trans. , New York, NY：Macmillan, 1962, p. 23；谢和耐著、刘东译：《蒙元入侵前夜的中国日常生活》，北京：北京大学出版社，2008 年，第 8 页。关于定都背后的务实考量，亦参见 Heng Chye Kiang (王才强), *Cities of Aristocrats and Bureaucrats: The Development of Medieval Chinese Cityscapes*, Honolulu, HI：University of Hawai'i Press, 1999, pp. 139 - 142. 实用主义也在北宋定都开封中发挥了举足轻重的作用，柯睿格 (E. A. Kracke Jr.) 称开封为"实用型大都会"，参见 E. A. Kracke Jr. , "Sung K'ai-feng: Pragmatic

Metropolis and Formalistic Capital," in *Crisis and Prosperity in Sung China*, John W. Haeger（海格尔）ed., Tucson, AZ：University of Arizona Press, 1975, pp. 49 - 77.

[15] 前仓位于浙南温州下辖的平阳县。

[16] 本书中所有数据皆是笔者自行统计，如有例外，另作说明。

[17]《靖康要录》记 1126 年正月十八日："是日，统制官马忠以西京募兵至，遇金人于郑州南门外，乘势击之，杀获甚众。于是金人始惧，游骑不敢旁出，自京城以南，民始奠居。"参见汪藻著，王智勇注：《靖康要录笺注》，第 161 页。由于金兵已在开封安营扎寨，而郑州东距开封仅 140 里，因此这场遭遇战可能让金人有些猝不及防。叶梦得描述普通人挣扎于生死线而不得不施之极端之举的画面更悲惨凄苦："兵兴以来，盗贼夷狄，所及无噍类。有先期奔避，伏匿山谷林莽间者，或幸以免。忽褓负婴儿啼声闻于外，亦因得其处。于是避贼之人，凡婴儿未解事，不可戒语者，率弃之道旁以去，累累相望。"参见叶梦得：《避暑录话》，卷下，上海：上海书店出版社，1990 年，第 161 页；白敦仁：《陈与义集校笺》，第 400 页笺注 1 引。宋金交战的头几年，宋廷还面临着包括地方匪患和兵士哗变等内部冲突这样的严重问题。 ¹⁶³

[18] 白敦仁：《陈与义集校笺》，第 401 页。

[19] 夔州（今重庆市奉节县）的位置正在长江流出四川经由三峡进入中下游地区的峡口。据陈贻焮（1924—2000）考证，自 766 年到 768 年，杜甫在夔州寓居 21 个月存诗 467 首，占到杜诗总数 1 439 首中的三分之一强。参见陈贻焮：《杜甫评传》（第二版），北京：北京大学出版社，2011 年，第 940 页。

[20] 陈贻焮：《杜甫评传》，第 939—949 页。

[21] 黄庭坚：《与王观复第一书》，收入《豫章黄先生文集》，《四部丛刊》本，卷 19，第 18b 页；北京：中央编译出版社，2015 年，初编集部 236，第 802 页。

[22] 分见杜甫《西阁曝日》："胡为将暮年，忧世心力弱"；《冬至》："心折此时无一寸，路迷何处是三秦"，见萧涤非编：《杜甫全集校注》，第 4278、5325 页；Stephen Owen, *The Poetry of Du Fu*, Vol. 5, p. 27；Vol. 5, p. 343.

[23] 笔者认为陈与义在靖康之后开始更多采用杜甫的方式写诗，并不代表笔者

对其作品的认可。笔者基本同意傅君劢（Michael A. Fuller）对简斋诗极富洞见的评论，即他的美学体系比杜甫要更为复杂，但在审美和情感强度上则远逊杜甫，参见 Michael A. Fuller, *Drifting among Rivers and Lakes: Southern Song Dynasty Poetry and the Problem of Literary History*, Cambridge, MA：Harvard University Asia Center, 2013, pp. 174‑181.

［24］就《秋兴八首》为杜甫诗艺巅峰之作的讨论，参见叶嘉莹：《论杜甫七律之演进及其承先启后之成就——〈秋兴八首集说〉代序》，收入其《迦陵论诗丛稿》，北京：中华书局，1984 年，第48—110 页。"故园"出组诗其一："丛菊两开他日泪，孤舟一系故园心"，见萧涤非编：《杜甫全集校注》，第 3790 页；Stephen Owen, *The Poetry of Du Fu*, Vol. 4, p. 353；英译他本参见 David R. McCraw, *Du Fu's Laments from the South*, Honolulu, HI：The University of Hawai'i Press, 1992, p. 201. "故国"语出其四："鱼龙寂寞秋江冷，故国平居有所思"，见萧涤非编：《杜甫全集校注》，第 3808 页；Stephen Owen, *The Poetry of Du Fu*, Vol. 4, p. 355；英译他本参见 David R. McCraw, *Du Fu's Laments from the South*, p. 202.

164

［25］逯钦立：《先秦汉魏晋南北朝诗》，北京：中华书局，1983 年，第330 页。余冠英曾指出说，中国诗中的方位复合词常可作为偏义复词来理解，如"西北"实指"北"，"西"字无义，参见余冠英：《汉魏六朝诗论丛》，上海：古典文学出版社，1956 年，第45 页。这里要致谢一位匿名评审者为笔者指出余氏此说。

［26］宇文所安把早期五言诗中鸟所飞往的"东南"方向（以乐府诗《孔雀东南飞》最为知名）看作是其"预期诗性方向"（expected poetic direction），因其更多考虑的是诗律或惯习而非实指，参见 Stephen Owen, *The Making of Early Chinese Classical Poetry*, Cambridge, MA：Harvard University Asia Center, 2006, p. 82；中译本见宇文所安著，胡秋蕾、王宇根、田晓菲译：《中国早期古典诗歌的生成》，北京：生活·读书·新知三联书店，2012 年，第90 页。对《孔雀东南飞》的英译和详解参见 Hans. H. Frankel（傅汉思），"The Chinese Ballad 'Southeast Fly the Peacocks,'" *Harvard Journal of Asiatic Studies* 34（1974）：248‑271.

［27］逯钦立：《先秦汉魏晋南北朝诗》，第401 页。

［28］《秋兴八首》其二。见萧涤非编：《杜甫全集校注》，第3796 页；Stephen Owen, *The Poetry of Du Fu*, Vol. 4, p. 353, 略有微调。英译他本参见

David R. McCraw, *Du Fu's Laments from the South*, p. 201.

［29］在接下来的《次南阳》（#222/401）诗中，云的方向似乎褪去了传统的象征而变成了实指："今日东北云，景气何佳哉。我马且勿驱，当有吉语来。"楷体强调为笔者所加。

［30］陈与义抵达邓州的确切时间尚待考证，很可能是在 1126 年正月底。邓州城亦是作为行政区划的邓州的州治所在，北宋时期，邓州与邻近唐州的行政管辖权属武胜军。南阳是邓州下辖五县之一。

［31］《邓州城楼》（#256/449）。

［32］萧统编、李善注：《文选》，卷 4，北京：中华书局，1977 年，第 68 页；上海：上海古籍出版社，1994 年，第 149 页；David R. Knechtges, trans., *Wen Xuan, or Selections of Refined Literature, vol. 1: Rhapsodies on Metropolises and Capitals*, Princeton, NJ: Princeton University Press, 1982, p. 311. 此处英译参考了康达维译本。

［33］关于唐中央政府平定淮西的困难程度，参见 Charles A. Peterson（毕德森），"Regional Defense against Central Power: The Huai-hsi Campaign of 815 – 817," in *Chinese Ways in Warfare*, F. A. Kierman, Jr. and John K. Fairbank eds., Cambridge, MA: Harvard University Press, 1974, pp. 123 – 150；中译本见费正清、基尔曼编，陈少卿译：《古代中国的战争之道》，北京：民主与建设出版社，2019 年。相对于华北地区黄河流域的开阔平原，此地丘陵遍布，正如随后几年金兵入侵的情况所示，这一地区显然不太适合重装的女真骑兵作战。

［34］汪藻著，王智勇注：《靖康要录笺注》，第 556 页。

［35］上引书，第 608 页。

［36］徽宗之子、禅让继位的钦宗于前一年最后几天里登基（参见注 1）。 *165*

［37］诗中所指"周家"身份有待辨明，但似乎并不影响理解诗意，参见白敦仁：《陈与义集校笺》，第 440—441 页笺注 1。

［38］例如《夜步堤上三首》其二（#208/382）："聊将忧世心，数遍桥西树"（9—10 句）。

［39］作于杜甫暮岁 769 年的这首《南征》诗要旨在于人生苦短、知音难觅："春岸桃花水，云帆枫树林。偷生长避地，适远更沾襟。老病南征日，君恩北望心。百年歌自苦，未见有知音。"见萧涤非编：《杜甫全集校注》，第 5684 页；Stephen Owen, *The Poetry of Du Fu*, Vol. 6, p. 45.

[40] 1120—1121 年的方腊之乱严重干扰了北宋当时对辽作战的精力武备，并预示着北宋朝廷即将面临严峻的内忧祸乱。对此的英文研究参见 Yu-kung Kao（高友工），"A Study of the Fang La Rebellion," *Harvard Journal of Asiatic Studies* 24（1962 - 1963）：17 - 63.

[41] 太原城最终于 1126 年九月陷落，漫长艰苦的太原之围是对宋金双方的军事实力和战斗意志的第一次真正考验，该城失陷极大地削弱了北宋在整个黄河地区的防御体系，使得开封和洛阳几乎无险可凭。

[42] 廉颇和蔺相如皆是战国时期赵国大臣，前者良将，后者智囊，二人克服了早前的一些恩怨而成为中国历史上最出色的"将相"搭档之一。

[43] "并门"指并州，太原旧称。

[44] 诏书全文见汪藻著，王智勇注：《靖康要录笺注》，第 772—775 页。

[45] 此联句法化袭杜甫《忆昔二首》其二首联："忆昔开元全盛日，小邑犹藏万家室"，见萧涤非编：《杜甫全集校注》，第 3240 页；Stephen Owen, *The Poetry of Du Fu*, Vol. 3, p. 409.

[46] "遗庙"指邓州的范文正公祠。黄庭坚于元丰元年即见该祠已荒废。参见白敦仁：《陈与义集校笺》，第 426 页笺注 2。

[47] 胡应麟：《诗薮》，外编卷 5，《续修四库全书》本，上海：上海古籍出版社，1995 年，第 25a 页；上海古籍出版社，1979 年，第 227 页。

[48] 莫砺锋：《朱熹文学研究》，南京：南京大学出版社，2000 年，第 43 页。

[49] 白敦仁：《陈与义集校笺》，第 408 页笺注 1。

[50] Stephen Owen, *The Poetry of Du Fu*, p. lv.

[51] 胡穉考证陈与义以简斋为号的时间比这要晚，而白敦仁引用刘辰翁令人信服的论证，将此事系年于邓州，笔者此从白说，详情参见白敦仁：《陈与义集校笺》，第 435—436 页笺注 1。邓州之后，陈与义很可能还在继续以"简斋"来命名所居之宅，参见马强才：《陈与义传》，收入傅璇琮、张剑编：《宋才子传笺证》（北宋后期卷），沈阳：辽海出版社，2011 年，第 837 页。这里要致谢一位匿名评审者向笔者指出这篇文献。

[52] Yunshuang Zhang（张蕴爽），"Porous Privacy：The Literati Studio and Spatiality in Song China," PhD dissertation, University of California at Los Angeles, 2017.

[53] 关于"内在转向"（inward turn），参见 James T. C. Liu, *China Turning Inward: Intellectual-Political Changes in the Early Twelfth Century*,

166

Cambridge, MA：Council on East Asian Studies, Harvard University, 1988；中译本见刘子健著，赵冬梅译：《中国转向内在：两宋之际的文化内向》，南京：江苏人民出版社，2002 年。

[54] 天女散花是室内装饰画、尤其是佛教性质饰画的常见主题。"使鬼兄"喻指金钱，源出"有钱能使鬼推磨"的俗话。"绳床"以绳索结成的折叠式座椅，在这一时期的文献中多有记载。

[55] 阮孚好屐，客至而不吝于流露己癖。邺下领军故事见于颜之推（531—591）《颜氏家训·治家》，参见颜之推著，王利器注：《颜氏家训集解》（增补本），北京：中华书局，1993 年，第 45 页。

[56] 萧涤非编：《杜甫全集校注》，第 779 页；Stephen Owen, *The Poetry of Du Fu*, Vol. 1, p. 259, 稍有微调。宇文所安英译诗题为 View in Spring（本书译为 Spring Gaze，更多地强调"望"的行为）。

[57] 李商隐著，刘学锴、余恕诚注：《李商隐诗歌集解》（增订重排本），北京：中华书局，2004 年，第 1396 页。英译出自拙译，英译他本参见 James J. Y. Liu（刘若愚），*The Poetry of Li Shang-yin: Ninth-Century Baroque Chinese Poet*, Chicago, IL：The University of Chicago Press, 1969, p. 165.

[58] 刘学锴、余恕诚注：《李商隐诗歌集解》，第 1397 页转引。

[59] 刘学锴、余恕诚注：《李商隐诗歌集解》，第 1397—1398 页；James J. Y. Liu, *The Poetry of Li Shang-yin*, p. 165.

[60] 阮籍是魏晋时期"竹林七贤"之一，他时常驱车独行而不遵常道，途穷而泣于路旁。李商隐这里描述的是一种比阮籍途穷而哭更为绝望的情境。

[61] "寂寞中燃烧"语出吴调公，用以描述李商隐诗内含的强烈情感，参见吴调公：《李商隐研究》，北京：中华书局，2010 年，第 28 页。

[62]《秋日客思》（#258/453），1 句。

[63] 阆风是传说中位于昆仑之巅的仙人所居之园；连绵陡峭的昆仑山坐落于中国西北。参见 Anne Birrell（白安妮），*Chinese Mythology: An Introduction*, Baltimore, MD：Johns Hopkins University Press, 1993, pp. 183‑185.

[64] 扶桑是神话中生长于东海中的树木，相传为日之所出之处。参见 Anne Birrell, *Chinese Mythology*, p. 234.

[65] 杜甫《北征》，1—4 句，见萧涤非编：《杜甫全集校注》，第 943—946 页；Stephen Owen, *The Poetry of Du Fu*, Vol. 1, pp. 333‑345. 杜甫的五言叙事长诗自身即成为一种现象，很早就引起了传统文论批评家们的关注，叶

167

梦得精要地评道："长篇最难，晋、魏以前，诗无过十韵者。盖常使人以意逆志，初不以序事倾尽为工。至老杜《述怀》《北征》诸篇，穷极笔力，如太史公纪传，此固古今绝唱。"参见叶梦得：《石林诗话》，北京：中华书局，1991 年，第 7 页；逯铭昕校：《石林诗话校注》，北京：人民文学出版社，2011 年，第 47 页。杜甫作于《北征》之前的《述怀》诗有 32 句，叙述了他于 757 年夏初逃出叛军占领的长安，抵达肃宗的凤翔行在之事。

[66] 截至这一时段陈与义所作的 254 首诗中（包括五言和七言），有 30 首是诗长 16 句，多于长于 16 句的诗作总数 24（18 句诗 2 首、20 句 13 首、24 句 5 首、28 句 2 首、32 句 1 首、48 句 1 首）。之后的 308 首诗中，16 句诗有 24 首，加上前序作品的话，16 句诗总数 54 首，占到简斋集总数 562 首的十分之一强。简斋集中最长的一首诗是 56 句，作于 1129 年（#394，详见第六章）。

[67] 参见本章注释 65。

[68] 逯钦立：《先秦汉魏晋南北朝诗》，第 733 页。

[69] 据麦大伟的统计，"竹舆"意象以及异体在简斋诗中出现了不下 20 次，参见 David R. McCraw, "The Poetry of Chen Yuyi（1090－1139），" PhD dissertation, Stanford University, 1986, p. 247. 麦大伟认为陈与义骑马出行"非同寻常"，但从我们前面几章的讨论可以看出，麦氏所说只适用于后靖康时期。

[70] 在边境互市上以茶易马是宋与北方邻国辽、金、西夏之间的跨境贸易往来的支柱产业之一，参见 Richard von Glahn, *The Economic History of China from Antiquity to the Nineteenth Century*, Cambridge：Cambridge University Press, 2016, p. 270；中译本见万志英著，崔传刚译：《剑桥中国经济史：古代到 19 世纪》，北京：中国人民大学出版社，2018 年。宋金交战之后，成为战略物资的马匹贸易和使用受到了严格管制。

[71] 《将次叶城道中》（#260/457），1—2 句；《入城》（#206/380），1 句。

[72] 一位匿名评审者指出，这里的窗框可能并非纯属想象，也可能是盒形竹轿上的真窗。这是完全可能的。

[73] 韩愈在《送李愿归盘谷序》一文中，描绘了李愿所归隐山谷的迷人景色。李愿长安应举不中失意，韩愈安慰他说，其高尚德行与其所归山谷之窈深相得益彰。参见韩愈著，刘真伦、岳珍注：《韩愈文集汇校笺注》，北京：

168

中华书局，2010 年，第 1031—1032 页。苏轼亦推之甚高，"唐无文章，惟韩退之《送李愿归盘谷序》一篇而已"。① 蔡涵墨称韩愈此文为"对退隐乡居美德的颂歌，推而演之，乃对生命意义本身的冥思"，参见 Charles Hartman, *Han Yü and the T'ang Search for Unity*, Princeton, NJ: Princeton University Press, 1986, p. 264; 亦见 Madeline K. Spring（司马德琳），"T'ang Landscape of Exile," *Journal of American Oriental Society* 117. 2（1997）: 322 - 323.

[74]《晓发叶城》（#262/459）:"诗情满行色"（5 句）。

---

① 译注: 原著作"欧阳修"，当误，此语出自苏东坡:"欧阳公言晋无文章，惟陶渊明《归去来辞》一篇而已。余亦谓唐无文章，惟韩退之《送李愿归盘谷序》一篇而已。"参见上引书引，第 1042 页。

第五章

山与水

Mountains and Rivers

陈与义在光化度过了 1126 年的余下时光；1127 年初，他复回邓州，在此呆了足足一整年，直至 1128 年正月金军攻陷邓州，才不得不再次仓皇出逃，跨汉水而奔至房州。在这一年多的时间里，外面的世界发生了天翻地覆的变化：汴京二度被围并迅速沦亡敌手；靖康二年（1127）四月，已为金兵所囚的徽宗、钦宗二帝被迫随金人北归，至死不还；而徽宗的第九子、钦宗的同父异母之弟赵构（1127—1162 年在位），身为宋朝皇室唯一免遭金人俘房的亲王，继位登基，延续宋室皇统，史称"南宋"（1127—1279）。高宗即位发生在当年五月初一，遂改元"建炎"，以向世界昭示重建宋室基业的决心和斗志，与太祖肇始北宋的建隆年号遥相呼应。

当简斋重回邓州之时，以上大事除了第二次的汴京之围，都还没有发生。然而，就其身边周遭的环境而言，他显然感到一切都变了。在《与季申信道自光化复入邓书事四首》其三（#272/473）诗中，[1] 追忆一年前他初至邓州时的印象令他百端交集："再来生白发，重见邓州春。依旧城西路，桃花不记人"（1—4 句）。去岁曾对身心俱疲的诗人伸出温暖欢迎手臂的桃花枝条，如今却似乎形同陌路，完全忘记了归来的故人。他在自然界感受到的这种态度变化，准确地预示着未来一年等待着他的会是何般光景。

《述怀》（#278/479）诗中"物态纷如昨，世事再呜呼"（7—8 句）指涉的就是汴京沦陷和二帝北狩之事；政局国势的惨境苦况亦令他有种身陷囹圄、束手就困之感："乘槎莽未办，且复小踟蹰"（11—12 句）。[2] 诗中心绪是他重回邓州期间总体情绪的写照缩影——他对新生南宋政权的光复中兴之举仍然抱持希望，但对国事或是己事的现况都深感不确定或不安。

秋日重阳是一年当中最值得欢庆的节日之一，陈与义在 1127 年的这一日却涌动迸发出无比的悲愤。《重阳》（#280/483）诗以"去年重阳已百忧，今年依旧叹羁游"（1—2 句）开篇，接着把一己之叹与一国之势并置而论："寒风又落宫南木，老雁孤鸣汉北州"（5—6 句）。汴京的草木一定又开始凋落了吧，但宫中内苑却空无一人，他们都被掳掠流放到寒北之地，只剩下诗人在此独听老雁孤鸣。重回昔日帝都之路也许仍旧可以在想象中抵达，但在现实中，旧京故地却已与诗人天壤远隔、抵达无由。[3] 就算是久经考验的诗歌这一载体，也似乎失却了其作为载具的力量效能，只能用来胡乱地排写新愁："如许行年那可记，谩排诗句写新愁"（7—8句）。

重九佳节也勾起了诗人对往昔承平岁月的温馨回忆，尤其是三年前，即 1124 年的重阳日，官家于汴京大设皇家盛筵来庆祝收复燕京那一令人振奋的历史性一刻。[4] 陈与义在《有感再赋》（#281/484）中如是写道："忆昔甲辰重九日，天恩曾与宴城东"（1—2句）。孰曾料及三年之后，国势和心境会发生如此逆转。不但收复失陷的燕云十六州的希望被金人进犯碾得粉碎，甚至连两位前任天子都被掳囚于北，而近期更有消息传来，二帝被流逐到燕京以远的极北荒漠。[5] "龙沙此日西风冷，谁折黄花寿两宫"（7—8句），陈与义感慨地问道。[6]

南宋遗民、《诗林广记》的作者蔡正孙（活跃于 1289 年前后）评论这组重九诗的"哀婉之调"（doleful tone）云："悲慨之情溢于言外，有老杜风。"[7] 值得注意的是，这里蔡正孙并不像很多南宋笺评者那样仅把简斋诗和子美诗简单

地比量齐观，他还揭示了二者比较的依据所在，即其共有的
"悲慨之情"。他的论断与本书导论中引用过的钱锺书之说异
曲同工，皆认为陈与义对经历了安史之乱的杜甫的深刻体
认，来自山河破碎、天涯流落的心有戚戚。[8]

　　上一章在讨论靖康之难后陈与义诗中的情感觉醒时，笔
者曾暗示须区分他化用杜甫情感的愿景和其诗歌创作实践之
间的差异。笔者还强调，陈没能完全化身为杜甫的一个关键
因素在于，他是在一个非常不同的思想和技术语境下写作
的，其时代对诗歌在技法和文化上都有非常不同的预期。杜
甫的影响最彰明显著地体现在陈与义的情感内容而非表达方
式上。除此之外，陈与义对杜甫的摹拟还有一层自我反省的
意味在内，尽管他想把杜诗的所有诗材和诗法都化为己有，
但他的内心也时刻回荡着要为自己当下情境找寻最应时对景
的辞藻的声音。本书下一章还将提到，陈与义的诗中吸取借
用了多种来源的思想和文学技巧。在这些影响中，杜甫无疑
是最耀眼的，但也只是诸多影响陈与义思考和创作的光源
之一。

　　本章接下来会继续探讨陈与义在南奔旅途初期心理和情
感上的急剧变化。随着其行旅足迹越发深入未知地域，遭遇
更为严酷的现实境况，随着杜甫诗的沉重和伟大被陈与义反
复衡量与重估，他挣扎奋争中的情感因素也越发被凸显出

来了。

杜甫之重

陈与义诗中的情感立场在靖康之难后经历了剧变，这一观点也在诗人自己的诗作中得到了体认。1128年初，为了躲避金兵，他先从邓州渡汉水而至房州，再从房州城避祸于附近的山谷之中。房州在正月十二日为金军大将尼楚赫（1072—1140）攻陷，而邓州则在此前数日的正月初三已告失守。

正月十二日自房州城遇金虏至奔入南山
十五日抵回谷张家 （#288/498）

久谓事当尔，岂意身及之。

避虏连三年，[9] 行半天四维。[10]

我非洛豪士，不畏穷谷饥。[11]

但恨平生意，轻了少陵诗。

今年奔房州，铁马背后驰。

造物亦恶剧，脱命真毫厘。

南山四程云，布袜傲险巇。

篱间老炙背，无意管安危。

知我是朝士，亦复颦其眉。

呼酒软客脚，菜本濯玉肌。[12]

穷途士易德，欢喜不复辞。

向来贪读书，闭户生白髭。

岂知九州内，有山如此奇。

自宽实不情，老人亦解颐。

投宿恍世外，青灯耿茅茨。

夜半不能眠，涧水鸣声悲。

　　此诗长 32 句，是陈与义最长诗作之一。篇幅的扩充应是诗戏剧性的故事情节和跌宕起伏的情感曲线水到渠成的结果。诗人在更阑人静时夜不能寐，聆听着屋外涧水奔流之声（29—32 句），这引发了他的万千思绪：素喜读书却不闻窗外世事（23—24 句）、过去两年都在避贼奔逃途中（1—4 句）、数日前在房州从金兵追捕中虎口脱险（9—12 句）、过去四天艰苦跋涉终抵张家（13—14 句）、张家的热情款待令他既感激又惭愧（13—28 句）。诗的前半段细致描述了他在逃奔路上的悲惨遭遇和仅以身免的侥幸脱逃，从而为他在诗的后半段去接受这一境况做好铺垫准备。当诗人在阒寂无声的子夜时分独自面对内心思绪之时，一种难以抑制的悲伤之感涌上心头。耿耿青灯（30 句）没有像《夜雨》中那样

175

"灯花应为好诗开"，茅屋外山涧激流以共情式的"悲鸣"来表达悲悯哀怜（32句）。

诗人感官体验的直觉敏锐性通过与他以前的认识认知一连串的比较，而更得彰显。诗的开篇就提及了肉身经历（"身及"，2句）和长时的认知（"久谓"，1句）之间的区别，这为接下来连珠式纵贯全诗的系列比拟对照预设了模式，比如感受"有山如此奇"（26句）的"险巇"（14句）的亲历方式，就与他平日"读书"（23—24句）汲取新知的闭户模式形成鲜明对比。而最惹人注目的是，"但恨平生意，轻了少陵诗"（7—8句），他承认自己之前没有恰当地去掂量权衡杜诗之重，低估了其真正的重要性。

此诗中蕴含的强烈情感令刘辰翁评曰"恨恨无涯"，又云"每见潸然"。[13] 其友中斋（邓剡）亦有同感，也强调此诗情感上的百味杂陈："此诗尽艰苦历落之态，杂悲喜忧畏之怀。"[14] 刘辰翁更进一步，认为此诗甚至让人意识到杜甫《北征》的冗繁："转换余情，殆不忍读，欣悲多态，尚觉《北征》为烦。"[15]

身临其境、沉浸书写

陈与义躲在房州附近的山林深处约莫三个月，悲伤成为这段时间他的主导情感，这一情感是如此强烈，它不止出现在特定的场合，而随时随地都在流露表现。《正月十六夜二绝》其二（#290/503）诗中，拂过疏竹的风声变成了极富同情的悲吟："二更风薄竹，悲吟连夜分"（1—2 句）。悲鸣夜以继日、无了无休，《坐涧边石上》（#291/503）续云："三面青山围竹篱，人间无路访安危。扶筇共坐槎牙石，涧水悲鸣无歇时"（1—4 句）。

在狭隘封闭的山间峡谷中被群山环抱，这种感觉深刻地影响了陈与义在山中审视、观察当地环境并与之交流互动的方式。现在一切似乎都呈现出新的面貌。他稍早从汝州到光化的山路途旅诗中初具的倾向——即与当地景观的近密接触将他的书写刻画抬升到精细准确的新高度——如今得到了巩固强化；而如月下漫步这样的传统浪漫情景，则被陌生化后赋予了新意义。《十七日夜咏月》诗中，诗人完全被悲伤吞噬，他用了十四句描述对如梦似幻月景的欣赏，却在最后两句中被击得粉碎、化为乌有。 *177*

十七日夜咏月 （#292/505）

月轮隐东峰，奇彩在南岭。

北崖草木多，苍茫映光景。

玉盘忽微露，银浪泻千顷。

岩谷散陆离，万象杂形影。

不辞三更露，冒此白发顶。

老笻无前游，危处有新警。

涧光如翻鹤，变态发遥境。

回首房州城，山中夜何永。

　　诗里的意象几乎全部抹去了与月亮有关的传统典故和隐喻，唯一例外是出现在第5句里的"玉盘"这一几乎用滥了的词。呈现在我们眼前的，是诗人对月亮初升的具体精微、身临其境式的体验，月轮初上、清辉乍泻的一刹那彻底改变了诗人对夜半清景的感知感受。正如截至目前我们讨论过的陈与义后靖康时期的大多数诗作一样，诗的一系列内部变化和探索过程并未提供一个化解冲突的途径；若是一定要去找的话，倒数第二联中在描写月光挥洒在山涧激流上所用的翻奇出新的"翻鹤"（13句）一词，是将对月华之美的连续观察及其对周遭景观的持续影响推向了一个小高潮。然而，这种语言和审美上逐层累积的势头却在最后一联（15—16句）中被遏止消弭；当诗人将视线回望房州之际，纯粹审美愉悦的表达被澎湃汹涌的伤感所颠覆湮灭。

　　诗人对月出前后光与形的微妙变化的描述，得益于叙述者在夜景中所处的精确位置，他稳立于其中，对周围的图景进行全方位多角度的探测：通过东峰、南岭、北崖之名，他对峡谷顶缘进行了扫描和定位（1—3句）；对远处溪涧光影变化的辨识，使他确立了峡谷的空间落差和夜色景深；从往前探路的筇杖提供的反馈（11—12句）中，他确立着自己在景观中的具体位置。这些细致的勘测环节反映出诗人陡然失所、无处措身的状态，在缺少先验知识和预先准备的情况下被猝然驱避于陌生山间，不断探清眼前的物质环境便成为他的当务之急。他深知此举的风险（"冒此白发顶"，10句），以及他在开篇时即对三个地点方位进行辨识，这两点都表露出陈与义急于寻找准确的地理与心理双重定位与方向导航的迫切需求。

就陈与义南奔羁旅的大图景而言，随着他离乡别土，逐渐深入国土南疆，这一迫切需求及自我努力都会与日俱增。几天前他刚从金兵追劫中逃离的房州城，无论他对它的回望有多热切专注，已经成为他心理地图上又一处无法复归的地方。他的挂杖给出的敏感反馈（"老筇无前游，危处有新警"，11—12句），不仅有助于他在深夜潜行时为他提供精准定位，而且于他而言也有隐喻意义：警报从筇杖之端及时传到了诗人手上，信息的具体可感以及载体和路径的物质可靠性多少为此时惶然不知所之的诗人提供了一点心理安慰。

诗人从"前游"的状态停息下来，确定己身何在，静静

179

地望着月出月升，最终把目光锁定在远处清辉熠熠的溪涧之
上。远处的涧水，这一在过去的几天几夜里一直悲鸣不已的
相对熟悉的存在，此时其悲鸣也停了下来，被千顷银浪所压
制，呈现出"翻鹤"的奇态，成为被月光整合的夜色景物的
一部分了。[16]"银浪泻千顷"（6 句）的视觉奇观会在诗尾
处被房州城的永夜暗黑所消解，但此时此刻月华如水的令人
惊异的美却创设出一个纵情的安全区域，延缓了这一情形的
发生。

全景测绘

藏身于房州外深山野谷中的三个月时间里，陈与义彻底
地、全景式地勘测描绘着自己周围的环境和地形。随着我们
阅读的深入，他所藏身之地的形貌也逐渐清晰地显现出来，
暴露于光天化日之下。《十七日夜咏月》诗中只是隐约地显
出轮廓的峡谷，我们发现，为高耸峰岭、嶙峋峭壁、陡峻沟
壑所紧依环抱，怪石林立、植被丰富。陈与义从不同的角度
对其予以勘测——横向纵向、水平垂直、自上而下、自下而
上等。诗中的描写也显示出连续性和连贯性，同一地点有时
出现在不同诗作中，从不同的方位加以描述，从而可以互为
参照比较。例如《坐涧边石上》（#291）只是提到其地为

"三面青山"围抱，但在紧接此诗之后，即上文详论的《十七日夜咏月》（#292）中，这三面青山被更具体地赋名——东峰、南岭、北崖。这一与现实情境力求密合的做法，也可在《十七日夜咏月》一诗中诗人对等待月色升起的描写中看出来；月出稍晚既受诗人所在位置相对于山顶有一段距离的影响，也是农历十七日夜玉盘稍蚀的月相的反映（满月是在农历十五夜）。

《采菖蒲》（#294/507）诗中记录下陈与义步入峡涧谷底、亲见巉岩嶙峋的情形："闲行洞底采菖蒲，千岁龙蛇抱石朣"（1—2句）。[17] 诗人与涧壑的关系随着其在峡谷的位置而改变，困扰他多日的悲鸣溪涧，此刻成了他优游信步、闲采菖蒲的环境和背景。

又如《与信道游涧边》（#295/508）诗中，陈与义跟避祸难友孙信道（本章开篇曾提到他和陈与义于1127年初一起从光化同行至邓州）走下峡谷涧边："斜阳照乱石，颠崖下双筇"（1—2句）。置身峡谷之底的新位置往上看，崚嶒山巅呈现出跟往日不同的面貌，诗人自觉地进行着一种逆向视角的反向观察："试从绝壑底，仰视最奇峰"（3—4句）。 *181*
映入他眼帘的是峭岩逶迤的"回碕"（5句），树巅缭绕的"高霭"（6句），"菖蒲根"半裸崖间（7句），老树偃卧如"伏龙"（8句）。果不其然，这种尘外之景勾起了与高人逸士相逢此地的念想:"岂无避世士,于此傥相逢"(9—10句)。不过想象中的邂逅并未实现,诗人重堕现实、迷失于归途之中:"客心忽悄怆,归路迷行踪"(11—12句)。

下面为读者呈上其他诗中事关探寻前路与测绘周围环境的更多描述,这些描述合起来似可象征化地阐释为诗人为找回迷失"归路"的努力,后者又可进一步解释为诗人找回迷失自我的努力。

且见他游西岭赏梅花:"雨后众崖碧,白处纷寒梅。遥遥迎客意,欲下山坡来。"[18]

且看他携信道漫步游南嶂:他首先为我们呈现出由"遥瞻"和实地"踏破"所得来之景,接之以仙人"下视"角度的想象之景。[19]

再瞧他同信道游东岩:"散策东岩路,梦中曾记经。斜晖射残雪,崖谷遍晶荧。"[20]

且再看他与信道晚登古原。[21]

看他独自于雨后的晴朝徐步湿漉的山径。[22]

看他独至西径、醉中折梅。[23]

通过实际的和象征性的环境探测、地点标记、地舆记录和诗化描述等努力,这些陌生僻远的当地风景不仅变得有名可考,而且也被纳入一个更广泛的意义体系中。陈与义避于房州山谷的经历还呈现出一个新面向,那就是他早期作品中的独来独往如今被增添了一抹群体的色彩，因为这里描写的很多事都是与其避祸难友们共同经历参与的。"举头山围天，濯足树映潭。山中记今日，四士集空岩"，[24] 他完全意识到这里不是神话传说中的阆风观或扶桑池，狭促逼仄的山地空间以其本真面貌被铭记和镌录。在另一首诗中，他再次强调了这一点："山中异事记今晨，杖藜得道孙与陈。"[25]

前路永延

陈与义于暮春时节离开了房州南面藏身的山谷，先是回到房州，接着在夏季时来到了位处丹江汉江二水汇流，时属光化军管辖的均阳镇（今湖北省丹江口市）。1126 年底他从开封接回家人后，次年初返回邓州前，他曾在光化稍事暂留。道教圣地武当山就位于离此不远的西南方向。

写于从房州到均阳途中的《闻王道济陷虏》（#318/531）一诗，可以让我们窥见诗人行旅此刻情感状态之一斑。[26] 陈与义听闻此事，情难自已："云孤马息岭，老泪不胜挥"（7—8 句）。[27] 他用马息岭上孤悬不动的云来表达自己的深沉悲切，云之同悲不前与过山孤旅行者脸上纵横的泪水交相呼应。

滂沱涕泪复现于诗，标志着陈与义逃离房州之后的诗歌

183

表述，开始从沉默的悲恸转向至外见的倾诉。马息岭上的停云也映射出陈与义另一持久渐变的心态。尽管他疲于奔命于日渐狭促僻远的空间和地域之中，但此前他的道德罗盘还能维系正常的方向感，比如在1126年避祸之始他还能按常规令其指向"西北"的象征方向（"嵯峨西北云，想像折寸心"）。两年半（或97首诗）之后，泪也老了，云也倦了，无力再去飘移浮动或沟通天人，仿佛马息山把其歇马的天然神力从缺席之马转移给了山顶天际之云。马息岭变成孤云岭，就像之前房州山壑的流涧，孤云凝止于原地，陪伴着诗人悲悯哀悼着陷贼的同僚。

从更大的政治图景来说，就在1128年夏天哀痛欲绝的诗人在均阳途中为陷虏同僚有泪如倾之时，不确定性仍然笼罩着大江南北以及筚路蓝缕的高宗新朝廷。尽管这个时候金人已从汉水地区暂时撤兵，但国势危殆并没有任何缓解的迹象。

在金军第三次大规模南侵的1127—1128年间，高宗被迫于1127年十月从应天（当年五月登基于此）移驾至扬州，驻跸一年有余之后至1129年二月，由于金军再次大举南侵，其被迫出走，慌忙渡江南奔，退至杭州。[28]

¹⁸⁴ 在1125—1127年间前两次的南侵中，尽管金军成功地终结了北宋王朝的统治，但攻城略地、侵占南朝的国土并非

其第一要务。南宋甫立的 1127 年中，时任尚书右仆射的李纲（1083—1140）在奏折中称黄河以北仅有十余郡实际上为金人所占。[29]

然而时至 1128 年初，形势即急转直下，金人不仅对河北及黄河沿岸的州郡加强占领，而且也向着淮河和汉水流域猛进长驱。随着他们一路南侵，金兵拿下了京西南路的诸多重镇，战火远燃至汉水一带的邓州、房州等地。透过简斋诗我们可以瞥见这些战事给当地人民造成的破坏以及给避难者带来的痛苦。

均阳只是陈与义考虑下一步去向的临时落脚点，这年初秋甫至他就顺着汉水而下去往湖南方向。金兵新一轮、每年一次的南犯如箭在弦，这给汉水流域的逃难官民们带来了极大的威胁。被迫离开汉水地区对诗人而言极具象征意味；汉水既是天然屏障，也曾是陈与义心理畛域的远界阈限，如今却成了诗人新征途的起点。尽管宋代的文人官僚生涯普遍具有浮沉轮转性和短暂瞬变性，履职转任行旅对他们来说也是司空见惯（这一点张聪已有细致论述），但是截至目前，陈与义行旅的疆域范围还是相当有限的，没有超出他熟悉的京畿及京东京西路的范围。[30] 当他准备顺汉水而下，把目光投向更南边的荆湖路（包括今湖北湖南省）时，他可能已然了悟这意味着永离故土。

在暂留均阳期间，他曾以陶潜《还旧居》的原韵作诗一首，诗一开篇就坦承了这一凄惨现实："故园非无路，今已不念归"（1—2句）。[31] 陶潜原诗虽对自己离家后旧居变迁 *185* 深表感慨，但中心题旨还是喜"归"乐"还"上面；[32] 而简斋诗的语调则大异，整个叙述都是以自己无法复归"故园"这一越来越明确的现实为假设前提。同时失去的还有他的方向感："东西与南北，欲往还觉非"（5—6句）。如果拿这一联与两年前他迎回家人后经汝州到光化途中所宣称的"南北东西俱我乡"[33] 一句加以对比的话，他的心境变化就更显而易见了。在诗人心中，归乡之路已无可挽回地被生生截断，他不得不继续前行，另觅新家。他目前身之所在，也就是与友人饮酒作别的汉江小镇，不仅没有提供化解之道，反而毫无同情地向他彰显着其异地色彩，变成了他的另一处"天涯"："天涯一尊酒，细酌君勿推"（11—12句）。向外望去，诗人的悲伤再次落在了眼前的景物之上："持觞望江山，路永悲身衰"（13—14句）。

诗人凝望的对象"江山"，一度是他写诗作文的有效催化和内心安宁的源头活水，现在其安慰剂和镇静剂的疗效尽已失去。无限延伸的前路在诗人眼前一望无尽，他的肉体和精神已经被三年的奔逃折磨得力倦神疲。

汉水奔涛

　　在陈与义靖康后的早期途旅诗里，自然景物充当的是他的助手和伙伴的角色，帮助他应对每况愈下的政治局势和个人状况。这些诗中充斥着悬崖峭壁、峰峦叠嶂、深壑巉岩，以及诗人经行不同山地所见所闻的百物万相。迄今为止，"江山"中的"山"的成分已多见刻画描摹，而对应的"江/川/水"则相对少有着笔。许多诗作也的确提及了"水"，但较之于"山"则远为逊色；之前的作品里"水"最为显著的表现形式是作为堕泪、拂露、鸣涧等的构成物而非独立描写的对象。

　　然而，从均阳开始，这种不对等逐渐开始发生变化，"水"开始成为形塑其路途经验，接触融入自然的最重要的决定因素；他一路伴水同行，从汉江、长江、洞庭湖、湘江，直至广州的大海边。在接下来的行旅中，他与水越来越亲密的关系基本上是出自实际需要，因为他的后期行旅大部分时候依靠舟船，这往往成为他默认的交通方式。

　　下面这首作于他仍在均阳时的诗，可以作为我们了解陈与义思想和诗作中"水"的成分和重要性不断增加的起点。均阳位于汉江丹江汇流处，故而第4句中有"两津"之说。

186

观江涨 （#324/540）

涨江临眺足消忧，倚杖江边地欲浮。

叠浪并翻孤日去，两津横卷半天流。

黿鼍杂怒争新穴，鸥鹭惊飞失故洲。

可为一官妨快意，眼中唯觉欠扁舟。

187

发源于秦岭南麓的汉江，上游水势平缓地流经汉中盆地之后，收纳诸多支流，特别是在南阳地区与其最长支流之一的丹江汇合后，水势渐大。[①] 诗中叙述者让自己随着江涨的惊涛骇浪而浮沉；"倚"（2句）、"临"（1句）、"眺"（1句）这类凝止静默的动作动词，在正常情况下足以被用来对狂野景物施加隐喻性的掌控，但在这里却被奔涌激流的纯粹暴力一笔勾销。波撼浪哮将万物众生抛于失序之中，把一切试图安定的努力掐断、推翻、撕裂，令其徒劳无获，粉碎人类观察者在天威面前所能激起的任何抵抗。

首联想要维稳的努力已告失败，诗人索性在律诗的中间二联放任描述这种自然力量的汪洋恣肆。观察者的视觉感官

---

① 译注：原文为 the upper Han unfurls tranquilly until it meets the many little streams from the Nanyang area, the Dan being one of the Han River's largest tributaries. 按汉水上游有诸多峡谷河段，水势平缓是在汉中盆地河段；汉水支流中流经南阳地区主要河流只有丹江支流老灌河，丹江干流发源于陕西商洛。

主导着描绘细节：叠浪惊涛，怒卷而前，就连太阳都要被裹挟而去；两江汹涌，波翻浪卷，好像天空也被吞噬了一半。江波水浪的层叠翻卷，横向上朝着远方延伸、流至天际，纵向上向着上方喷涌、直冲云霄。这一场景也被赋予了非同寻常的水深维度，纷乱动荡的水面之下，惊惶失所的鼋鼍龟鳄在争斗地盘。此时，叙述者希望能有一叶扁舟出现，乘着这一公认能够把人带向自由的水上交通而离开。

那一想望中的扁舟终究没有出现（"眼中唯觉欠扁舟"，8句），叙述者被带回到刻下真切的现实中。尽管他的思绪感官都被眼前的自然奇景所震慑，但他仍然努力让自己站稳脚跟。"快意"（7句）无疑是对诗中壮观景象的恰当情感反应，然而却受挫于诗人对为官生涯的忧虑而只是昙花一现。[34] 希望"扁舟"的解救这种转瞬即逝的念头在陈与义均阳的诗作里屡次出现，但有时这一想法一出现即被别的恐怖意象压制住，例如"暮云千里倚峥嵘""三更月里影峥嵘"里的"千里暮云"和"峥嵘"山影，二者都是诗人内心阴霾的适宜隐喻。[35]

如果我们将此诗与杜甫的同类题材诗略加比较，就更能了解陈与义为保持内心澄明和秩序所付出的努力。杜甫《巴西驿亭观江涨呈窦使君二首》其一云："宿雨南江涨，波涛乱远峰。孤亭凌喷薄，万井逼春容。霄汉愁高鸟，泥沙困老

188

227

龙。天边同客舍，携我豁心胸。"[36]

两首诗迥然有异的地方在于观察者之于描述对象的位置关系。陈与义用的是"眺"（1 句）字，他的视线是从"江边"（2 句）自身所立之地向外投射而出，与洪水处于同一水平面；而杜甫则是从驿亭高处俯瞰洪水，并试图超越眼前实景，延伸到更多更远的地方（"万井""霄汉""天边"等）。除了对"欠扁舟"的转念一想之外，陈与义自始至终都把自己框定在当下的场景之中，坚守在江水怒涨的现场，充当着见证者的角色；对仗精雅的中间二联也潜在地起着帮助诗人保持这一心境的作用。而杜甫的视点是由一种不同的力量所激活的，他的聚焦点在水涨的"喷薄""春容"以及他自身（携"我"手、豁"我"胸），而不是物质现象中的内在连贯性和秩序。杜甫极力调动风景中所有的"乱""凌""逼""困"之力，从未把化解景色中的冲突或矛盾当作目的。陈与义则将自己的立足点置于地面上，从这一角度出发去细致描绘洪水的立体空间和水平维度以及洪水对诗人的心理冲击和影响，他始终将揭示和描摹景物中的内在连贯性视为其隐含目标。

《观江涨》诗中发生的情感的和心理上的澄明与安定，表现出陈与义诗中难得一见的大胆，他显然变得更加积极主动地去释放和表达自己的情感。在下引诗中，叙述者举止愤激的强度呈现出这位素来冷静务实的诗人之前所未见的一面，并延续着他惯常的，具有鲜明特征的激情却自敛的风格。

均阳舟中夜赋（#328/545）

游子不能寐，船头语轻波。

开窗望两津，烟树何其多。

晴江涵万象，夜半光荡摩。

客愁弥世路，秋气入天河。[37]

汝洛尘未销，[38] 几人不负戈。

长吟宇宙内，激烈悲蹉跎。

190

　　此诗看似以"夜中不能寐"的传统主题静静开篇，船舱外水浪的轻声细语，诱引着未入眠的旅行者推开那扇用以分隔内外的小窗。他端坐舱内的安全位置上向外眺望，窗框可靠地为其视野提供导向，所见的是宁谧浪漫、神秘精妙之图景："晴江涵万象，夜半光荡摩"（5—6句）。

　　精雅宁静之景不过是一场幻相，眼前所见光之"荡摩"只是他心中酝酿的狂风暴雨的低调减弱呈现而已。"客愁"既在横向上的"世路"充塞弥漫（7句），也朝着纵向上的"天河"扶摇直上（8句）。类似地，"秋气"与下一联的战

229

火硝烟、负戈将士（9—10 句）形成某种蒙太奇效果。渐渐稳步推进的悲愤情感在尾联中达到高潮，此时旅行者以尖厉的"长吟"（亦即别处的"长啸""永啸"）来宣泄这一情感、充溢于天地之间。正如麦大伟所言，此诗"显示出的情感强度和感受的深广度在陈与义其他诗中罕有出现"。[39]

我们也许不完全认同晚清批评家许印芳（1832—1901）认为《观江涨》一诗"全寓宋家南渡之感"这一看法。[40] 然而，尽管陈与义理性务实的诗风本质上并不适宜于这样赤裸裸的隐喻解读，但许印芳之试图读出此诗隐藏于字里行间的言外之意自有一定道理，尤其是当我们把它和《均阳舟中夜赋》并置同读的时候。我们自不必像许印芳那样把该诗的隐含寓意做太多的政治解读，但不可否认的是，二诗皆指向诗人的内在微观宇宙中正在发生的一个巨大风暴。他在物质上和心理上都在为即将到来的更偏远的南行之旅做准备，这是不折不扣的"远游"，他过去的生活经历和诗学训练都没有为他做好准备。均阳舟中诗把客愁不寐与北方汝洛的战争烟尘有意识地联系起来，这也鼓励人们去对其进行这种政治隐喻式的解读。冯良冰（Foong Ping）在研究北宋山水画时指出，对近密的物质细节的凸显和绘画所具有的隐喻解读潜能之间并不是互斥的，而是可以彼此共存、相互促成。[41] 在《观江涨》和《均阳舟中夜赋》二诗中，我们看到了这种双重可能性共存的例子，见证了错落的光影所构成的唯美空间与诗人错综的内心情感是如何共同推动诗歌叙事走向最终的激烈大释放的。

情感净化与解脱

均阳舟中诗是展现陈与义如何娴熟地为诗的创造性过程积蓄动力，并渐进地将其推至最终迸发的极好的例子。这代表了陈与义身上的一种新趋势，即对其情感加以点检确认并令其自然地抒发出来，而非将其审美化或寄寓到他处。如果说马息山的泪水意象重现标志着他从静默沉思到更为主动的自发表达的转捩点的话，那么《观江涨》和《均阳舟中夜赋》可以说是把这一倾向进一步推向了完全的释放。

在均阳舟中诗里，这一过程是从微观开始着眼的。当水波轻语之声蜿蜒流淌过夜景中的不同地点之时，其势头不断加剧加快，细浪轻波最终化作了一股直上天河的秋气。到诗尾处，诗人的情感强度臻于最盛之时，听觉也随之复原。这一过程也在诗律的层面平行地体现出来，与本诗渐进的声响建构可谓珠联璧合。麦大伟精准地分析了尾联复杂的音效特质，他写道"倒数第二句末三字皆为开音节仄声字，这让该句读起来有种尖锐的急促感"，其与尾句同为开音节平声字

192

的末三字针锋相对,"与全诗结束时的哀怨悲叹遥相呼应"。[42]

长吟悲啸,给予诗人以力量,让他把内在的拘束抛去,伴他去往更多新地方,迎接更多新可能。我们听到的是来自一位在夜半这一经典的阈限时刻尽情释放着清醒之苦和痛的孤独行者的永啸悲吟,一位被哀情褫夺得所剩无几的诗人感受经历着净化和重生,被重新充电后鼓足勇气,蹒跚前行。

我们这位耗尽了情感和能量的诗人,拖着疲惫的肉身,游荡蹉跎于战争烟尘和秋气肃杀的茫茫世路之上,任由那翻涌奔腾的汉水波涛把自己不是扁舟的小船带向远方,将自己漂送至那迢遥的、未知的、迷魂的大湖之南。

193 **注释:**

[1] 富直柔(约1080—约1156),字季申,富弼(1004—1083)之孙,陈与义在汝州时即与之相熟。孙确,字信道,卒于建炎初,与简斋关系不详。从此时起,与陈与义同赴避难之途的同僚友朋开始陆续在他的诗中现身。

[2] "乘桴"是孔子认为自己的主张不容于政之时选择寻求个人自由的途径。①

[3] 如前引《述怀》(#278/479)诗云:"京洛了在眼,山川一何迁"(9—10句)。

[4] 燕京是长城以南中原王朝历史上的固有领土,938年被五代后晋割让与辽的燕云十六州之一。1122年,北宋与称帝不久的金朝订立盟约联合灭辽,依约攻打燕京却大败,直到1124年金军拿下这座战略重镇(今北京,辽

① 译注:语出《论语·公冶长》:"道不行,乘桴浮于海。"参见杨伯峻注:《论语译注》,北京:中华书局,1958,第46页。

朝陪都南京）后归还于宋。① 燕京归宋不过昙花一现，宋金联盟瓦解之后，金兵旋即占领了燕京地区。

[5] 徽宗、钦宗于 1127 年五月抵达燕京，四个月后被移至更北的金中京，②此后不到一年，1128 年二帝再被逐至更北的金上京（今黑龙江省哈尔滨市），被当作供奉祭品献祭于女真太祖庙，并被赐恶号（昏德公、重昏侯）。陈与义此诗应是指涉 1127 年秋二帝掳至中京之事。对上述事件的概述，参见 Patricia B. Ebrey（伊沛霞）and Maggie Bickford（毕嘉珍）eds., *Emperor Huizong and Late Northern Song China: The Politics of Culture and the Culture of Politics*, Cambridge, MA：Harvard University Asia Center, 2006, pp. 15‑17;③ 关于徽宗北狩途中磨难及囚于金国的晚年痛苦生活，参见 Stephen West, "Crossing Over：Huizong in the Afterglow, or the Deaths of a Troubling Emperor," in ibid., pp. 565‑608.

[6] 白龙沙据称是徽宗、钦宗的羁押之地。"黄花"即菊花，常作为长寿的传统寄寓于重九佳节献赠长者。

[7] 白敦仁：《陈与义集校笺》，上海：上海古籍出版社，1990 年，第 485 页引。"哀婉之调"（doleful tone）一语出自麦大伟，参见 David R. McCraw, "The Poetry of Chen Yuyi（1090‑1139），" PhD dissertation, Stanford University, 1986, p. 330.

194

[8] 钱锺书：《宋诗选注》，北京：人民文学出版社，1997 年，第 131 页。

[9] 陈与义避虏始于 1126 年正月。

[10] 东北、东南、西南和西北，顺时针的四大方向在中国传统术语中被称为"四维"。至此为止，陈与义的行程已涵及东北、西南两大方位，故此称"行半天四维"。

[11] 此典暗指唐代乾符年间，"洛中有豪贵子弟"为避陷洛大寇，"潜伏山谷，不食者三日"。参见康骈：《剧谈录》，上海：古典文学出版社，1958 年，

---

① 译注：原著注释称宋军在金兵助攻下夺取燕京，似与史实不符。

② 译注：此处的中京不可与 1153 年才命名的"中都"（原燕京）相混，而是金陪都之一、原辽中京大定府，在今内蒙古自治区宁城县。

③ 译注：亦见 Patricia B. Ebrey, *Emperor Huizong*, Cambridge, MA：Harvard University Press, 2014, pp. 475‑503；中译本见伊沛霞著，韩华译：《宋徽宗：天下一人》，桂林：广西师范大学出版社，2018 年，第 410—433 页。

第 42 页。

[12]"菜本"（菜根）用水煮沸后，其热水可用以濯足。这里要致谢一位匿名评审者对本书初稿对此过程误释的纠正。

[13]白敦仁：《陈与义集校笺》，第502页。

[14]同上引。邓剡（1232—1303），字中斋，与刘辰翁相善，与文天祥同窗。

[15]同上引。刘辰翁本人是杜甫的追慕者，同时也是杜诗笺注的筚路蓝缕者之一。毋庸置疑的是，他的此番评论是他于南宋末年见证王朝倾覆悲剧的经历所引发的，并不是所有读者都赞同杜甫的传世巨作《北征》读起来"烦"。不过刘辰翁也指出，陈与义能依据自身所处境况来理性简洁地表达自己的复杂情感，这印证了他已具备这样一种超凡之能。关于刘辰翁作为南宋杜诗点评筚路蓝缕者的研究，参见杨经华：《宋代杜诗阐释学研究》，北京：中国社会科学出版社，2011年，第289—334页。

[16]"涧水喧"在紧随《十七日夜咏月》之后的《独立》（#293/506）一诗中再次出现。

[17]菖蒲（Acorus calamus）是一种水生草本植物，中医上认为其有活血化淤的药性。据《本草纲目》记载，生长于涧底石溪边的菖蒲药效最佳，参见 G. A. Stuart（师图尔），*Chinese Materia Medica: Vegetable Kingdom*, Taipei：Southern Materials Center, 1987, pp. 12 - 13.

[18]《咏西岭梅花》（#296/509），1—4句。

[19]《游南嶂同孙信道》（#297/509—510），1—4、13—14句。

[20]《游东岩》（#298/511），1—4句。

[21]《同信道晚登古原》（#301/514）。

[22]《雨晴徐步》（#300/513）。

[23]《醉中至西径梅花下已盛开》（#304/517）。

[24]《与夏致宏孙信道张巨山同集涧边以散发岩岫为韵赋四小诗》其三（#313/525），1—4句。

[25]《游南嶂同孙信道》（#297/510），17—18句。

[26]王道济身份待考。白敦仁证认为其为前蔡州知州，"是年二月，尼楚赫陷蔡州时，其守臣为阎孝忠；道济守蔡，当在此前也"，参见白敦仁：《陈与义集校笺》，第531—533页笺注1。

[27]王象之所撰南宋疆域地理总志《舆地纪胜》载："马息山，在房陵北七十里。"参见白敦仁：《陈与义集校笺》，第533页笺注5引。

［28］牟复礼详述了高宗从扬州退至杭州的具体经过，参见 Frederic W. Mote
（牟复礼），*Imperial China*, *900 - 1800*, Cambridge, MA：Harvard University
Press, 1999, pp. 292 - 296.

［29］李心传：《建炎以来系年要录》，上海：上海古籍出版社，1992 年，卷 6，
16b 页，第 124 页。

［30］Cong Ellen Zhang（张聪），*Transformative Journeys: Travel and Culture in
Song China*, Honolulu, HI：University of Hawai'i Press, 2011；中译本见张
聪著，李文锋译：《行万里路：宋代的旅行与文化》，杭州：浙江大学出版
社，2015 年。

［31］《同左通老用陶潜还旧居韵》（#325/541），1—2 句。

［32］陶潜：《还旧居》，见陶潜著、袁行霈注：《陶渊明集笺注》，北京：中华书
局，2003 年，第 215—216 页，英译参见 James Robert Hightower tr., *The
Poetry of T'ao Ch'ien*, Oxford：Oxford University Press, 1970, pp. 116 -
117.

［33］《秋日客思》（#258/453）。

［34］该诗意象壮阔，就连吝开金口的道学先生、清代评论家纪昀都赞其"雄阔
称题"。参见方回著，李庆甲辑：《瀛奎律髓汇评》，上海：上海古籍出版
社，2005 年，第 701 页。

［35］分见《和王东卿绝句四首》其三（#322/539）、其一（#320/537）。王东
卿是陈与义在太学任职时的同僚。

［36］杜甫著，萧涤非编：《杜甫全集校注》，北京：人民文学出版社，2014 年，
第 2824 页；Stephen Owen tr. and ed., *The Poetry of Du Fu*, Berlin：De
Gruyter, 2015, Vol. 3, pp. 225 - 227.

［37］天河即银河。

［38］汝水是淮河支流，洛水是黄河支流。

［39］David R. McCraw, "The Poetry of Chen Yuyi," p. 149.

［40］李庆甲辑：《瀛奎律髓汇评》，第 701 页。

［41］Foong Ping（冯良冰），*The Efficacious Landscape: On the Authorities of
Painting at the Northern Song Court*, Cambridge, MA：Harvard University
Asia Center, 2015.

［42］David R. McCraw, "The Poetry of Chen Yuyi," pp. 245 - 246.

第六章
面对面
Face to Face

陈与义于 1128 年八月离开均阳，顺汉水、长江而下，很快抵达岳州（今湖南省岳阳市）。他在岳州一直待到次年九月，时局迫使他不得不继续南行。跟邓州类似，岳州也是陈与义身心复原的又一长程驿站。驻留此地的一年为他提供了宝贵的时间去思索反省，也给了他机会去实现新的融会贯通。在这段行旅休整间隙里，陈与义诸多先前的经验和趋向终得以整合并与当地现实接触关联，从而重新形塑他的思想和创作。

岳州旧属古长沙国，在历史上素为长流远逐之地。楚国的贵胄诗人屈原就曾被贬至此，在附近的汨罗江投水自沉。少有才名，与陈与义同出洛阳的西汉文人贾谊也被谪贬此地，于此所写《吊屈原赋》和《鵩鸟赋》皆以沉郁哲思而

知名，思考的是人生如何成就意义，政治失意的迁人谪客在
天地化生之间如何寄身安命的问题。贾谊显然是借屈原以抒
己愤、悲己命。[1]

在岳州时期的诗作中，陈与义平心定气地融进当地风
景，沉浸于岳州温暖宜人的气候环境和厚重丰赡的历史文化
之中。岳州舒缓了他先前仓促而波折的行旅所带来的影响，
并为他开启了新途径和新潜力。

登岳阳楼

当陈与义进入岳州城、登上岳阳楼，在这一地标性的建
筑之上凭栏眺望浩瀚洞庭之时，他的艰难跋涉的创伤记忆似
乎涣然冰释了。岳州，"中国最迷人浪漫的地方之一"，[2]
在被无常外力再度搅扰之前，对陈与义来说如梦如幻，这里
似乎就是缘分前定的应许之地。

登岳阳楼二首（其一，#331/548）

洞庭之东江水西，帘旌不动夕阳迟。

登临吴蜀横分地，徙倚湖山欲暮时。

万里来游还望远，三年多难更凭危。

白头吊古风霜里，老木沧波无限悲。

登岳阳楼二首（其二，#332/551）

天入平湖晴不风，夕帆和雁正浮空。

楼头客子抄秋后，日落君山元气中。

北望可堪回白首，南游聊得看丹枫。

翰林物色分留少，[3] 诗到巴陵还未工。[4]

写就于岳州的 69 首简斋诗中此二诗位列最前，皆为七言律诗。《登岳阳楼》跻身于陈与义最知名代表作之列，有力地保障了陈与义在很多学者眼中作为江西诗派祖师杜甫及这一诗派最著名诗人黄庭坚的衣钵传人之地位。第一首尤为突出，方回将其收入其唐宋律诗选本《瀛奎律髓》，钱锺书也在他那本影响深远的《宋诗选注》中选录此诗，该诗多被认为是陈与义七律的压卷之作。[5]

在岳州接下来的一年时间里，二诗中提及的洞庭湖、君山、巴陵等诸多历史文化地标，逐渐褪却其符号化的表征意味，成为陈与义肉身探险之行和诗性想象之旅的场域所在。在始料未及的情形之下，他一度被驱避于湖上，藏身浪迹于其间长达两月有余，由内而外地体验湖里湖外的景物及其历史文化记忆。洞庭湖的角色从作为客体的观察对象转变成切身经历的场域，这是诗人在岳州停驻期间及之后自身一个更宏大、更长远的变化的寓言和缩影。与湖水地貌的近距离、面对面的接触，让陈与义从一个镇定疏离的旁观者摇身一变，成为当地风景热情主动的参与者。

对君山

"洞庭之东江水西，帘旌不动夕阳迟"（《登岳阳楼二首》其一，1—2句）。[6] 身处闻名遐迩的岳阳楼最高层的黄金点位，陈与义自然而然地搜寻地理坐标和文化地标来确立自己的位置，同时也把目光投射到水平如镜的浩渺湖面、落日余晖的暖色光线上。在履行这些诗人职责时，他首先借用前辈旅客骚人们的既有视线，他们也曾登临此楼，留下很多关于登楼所见、所想、所写的文字和记忆。[7]

尽管陈与义在岳阳楼诗其二的尾联明确典涉了李白，但是自宋至清的评论家们都公认陈与义此诗主要是受到杜甫及北宋前辈诗人黄庭坚的影响，这确实不无道理。[8] 如果我们并置李白和杜甫的同题诗作来与陈与义的诗共读的话，陈在情感和风格上更受杜甫而非李白的影响，这一点昭然若揭。

李白《与夏十二登岳阳楼》是诗以人的情感活动为中心而不是围着自然景观展开的经典的例子。诗人及其友人在高可扪天的岳阳楼顶入席开筵，清风拂袖，周遭的山、月、云、雁似乎都争相赴宴、共襄盛会。此诗作于759年："楼

201 观岳阳尽，川迥洞庭开。雁引愁心去，山衔好月来。云间连下榻，天上接行杯。醉后凉风起，吹人舞袖回。"[9]

李白诗创设了一个神话般的美妙世界，在这片天地中，景物的呈现不是由它们在物质世界的实际功用来决定的，而是取决于其与人事活动的关联和参与程度。物质环境背景始终是模糊难辨的，若不是首联中提到了岳阳楼和洞庭湖，这首诗也适用于描述发生于任一危台高楼的友朋欢宴。对李白而言，描述的准确性或现实性并非其目的，他志在表达他对此时此景的独特感知，这是以审美愉悦为中心的古典诗歌传统的精髓，在这一传统里地方身份和景观构成远不如观察者对这些的主观感受来得重要。

大约十年之后的 768 年，杜甫也来到这里。在杜甫晚年漂泊南方，生命即告油尽灯枯之际，他写下了有名的《登岳阳楼》一诗：[10]"昔闻洞庭水，今上岳阳楼。吴楚东南坼，乾坤日夜浮。亲朋无一字，老病有孤舟。戎马关山北，凭轩涕泗流。"[11] 杜甫超然凝望的视点、诗歌情感的强度以及对岳阳楼地标的地理方位和文化意义的体认努力，都在陈与义诗中留下了深刻印记。

然而，简斋诗与子美诗之间的差别也是显而易见的，尤为表现在诗中所隐含的诗人与世界的关系上。麦大伟曾写道，"杜甫诗中的叙述者感受到大千世界正在失调失控，而陈与义诗中的叙述者却在极力维系着与周遭环境的谐和妥洽"。[12] 从诗学渊源上来讲，简斋诗中营求和谐的努力并不是来自杜甫，而是来自陈与义的北宋前辈、江西诗派的不祧之祖黄庭坚。1102 年，也就是陈与义抵达岳州的 26 年前，黄庭坚结束六年巴蜀的贬谪，顺长江而下，停泊于岳州，他也登上了岳阳楼，并赋七绝二首。其手书跋语详细交代了登临的情形："崇宁之元正月二十三日，夜发荆州，二十六日至巴陵，数日阴雨不可出，二月朔旦，独上岳阳楼。"[13] 经历了六年的贬黜远谪之后，连绵数日的阴雨让诗人在到达后无法直接登楼，而是要他等待更久。

《雨中登岳阳楼望君山》二绝中，黄庭坚流露出具有鲜明特征的理性冷静、乐天达观和诗歌想象。[14] 所有痛苦与磨难的情绪记忆涌上心头，但遂即为眼前此刻的纯粹存在驱散殆尽，从而创造出一种积极正面的情感转向，而绝句诗体快节奏的起承转合又恰如其分地加强了这一转向的效果。其一诗云："投荒万死鬓毛班，生出瞿塘滟滪关。[15] 未到江南先一笑，岳阳楼上对君山。"[16]

黄庭坚岳阳楼上的笑对君山是其处乱不惊、淡然自若的诗人性格的体现，是他淡定从容地面对艰难困苦，相信人心逆转困局、化险为夷的能力的例子。这也不是黄庭坚的独家烙印，而是宋诗整体的普遍特征。这里表现出的内心宁谧镇定以及遇事转败为功，都是如吉川幸次郎所说的宋诗人的长久趋势，深植于宋诗新的世界观和人生观之中。[17]

诗尾的暖心时刻融化了所有过往的不快记忆——死生、白鬓、蛮荒、贬逐、衰老——一切都被"对君山"的重生之力、再造之功荡尽涤清。杜甫在他的诗中纵情于悲痛蔓延，任凭自己涕泗横流来充分展演其"戏剧天赋"（theatrical genius）；而黄庭坚则平静地凝视着风景，陶醉于彼此相对的奇妙时刻和单一瞬间，让万事万物自然而然地在其周围发生。[18]

君山在该诗中的挺然独秀，从诗题中即可见一斑——《雨中登岳阳楼望君山》。确立了凝望目标对象以及楼顶观察者与君山之间关系之后，黄庭坚在其二中专写所见何物、所思何事："满川风雨独凭栏，绾结湘娥十二鬟。可惜不当湖水面，银山堆里看青山。"

叙述者的目光完全被君山的青绿峭壁和缥缈峰影所占据，随着视线的推进，绝壁奇峰幻化成湘水女神的盘髻云鬟。相传舜帝二妃寻夫至此，得闻舜之死讯，遂永远于此守望，目光锁定在南面夫君死葬之地的九嶷山。[19] 此时此刻，叙述者开始完全沉浸于故事之中，想象自己下楼临湖，实际置身于波翻浪涌的湖面上。从这一反转的位置和角度出发去再次想象凝望君山，他发现自己被银波迭起的波峰浪谷重重包围，而君山则隐褪在背景中，化作难以辨识的一抹青绿。

当陈与义站在岳阳楼上，仔细周密地勘察与测绘自己之于洞庭湖以及湖面周遭诸物的关系方位之时，他的视线和意象无不接受着全数前贤潜移默化的影响，尤以杜甫和黄庭坚为盛。陈与义此举彰显出他内含的胆魄气概。麦大伟点评说："中国历代评家都注意到，杜甫之后很少有人敢于再题写关于岳阳楼的诗。陈与义不仅敢于这么做，而且此二诗的成就也几乎能与杜甫比肩。"[20] 本书志不在于评论陈与义与杜甫孰优孰劣，或者是他"与杜甫比肩"的程度几何，但笔者赞同麦大伟指出的陈与义对自己的信心，并且想就此进一步提出宋诗人面对杜甫敢于逐力竞胜的集体性自信自负，正是宋诗能在唐诗之后再臻高峰、超群绝伦的根底所在。江西诗派在树立筑实这种信心上发挥了至关重要的作用，他们把诗艺掌控的能力交给了诗人个体，为他们灌注仿效甚至超越唐贤大师的信心，也教导他们具体的诗技诗艺去实践创新。黄庭坚和陈与义都以己为范，以精于炼字锤句的技法和精美的创作实践为这一底气的塑造贡献了最大的力量。

黄庭坚想望的湖中奇旅被其深具自觉意识地标记为一种假想的行为、一种未竟心愿："可惜不当湖水面"。陈与义的境遇则不同。次年夏天岳州局势的一个突转将给他提供一个独特的机会，迫使他深入湖区、避难湖上长达两个多月的时

间，他将以一种不可思议的方式实现黄庭坚"银山堆里看青山"的心愿。但此时此刻，初抵岳州城、登临岳阳楼的他，

把目光凝聚在静止的帘旌和缓沉的夕阳上，在"天入平湖""夕帆和雁"（其二，1—2句）的动人画面里，他的思绪为此刻的美好与眼下实境的真实所盘踞充溢。

当落日收尽它在如镜湖面上的最后一抹余晖时，光明与黑暗之间的交错时刻变成了诗人与风景、自我与世界、东与西、山峰与湖泊之间沟通交互的灵动界面。这是属于陈与义的整合一刻，是他与君山"面对面"（face to face）亲近的良机，也是于他的生存意义重大的瞬间。笼罩在君山饱满的"元气"（其二，4句）之中，他的身心都得以愈合重生，逐渐匿形、溶入于宁谧的暮色夜景中。先前在他面前此起彼伏、纷至沓来的各种观点和视角也许仍在相互争执，各持己见，或在思想上和风格上彼此龃龉抵牾，但这些都被诗人此刻灵与肉的存在以及夜景的内在连贯性与和谐性所隐没。

文学史与文化史上的岳阳楼和洞庭湖

"洞庭之东江水西，帘旌不动夕阳迟。"（《登岳阳楼二首》其一，1—2句）陈与义登上岳阳楼，审慎细心地辨识方位、勘查风景之际，其凝视目光中隐含的另一面向也值得

提出来强调。他之前的诗中很少会有从高往低的俯瞰视角出现，更多运用的是水平视角，观看目标与其眼持平或高出，上一章讨论过的《观江涨》一诗就是这种平视角度的一个例子。然而到了岳州后，陈与义在方位朝向上发生了微妙变化。他有八首岳州诗（含《登岳阳楼二首》）在诗题中直用或诗中提及岳阳楼之名。[21] 视角的变化不仅是岳阳楼在当地景观中拔出特立、一览众小的存在的反映，也许更重要的是，还受其在文学史和文化史上的地位的影响。

206

史载洞庭湖极盛时水域覆盖周边七八百里的面积，[22]该湖也是今天湖北、湖南两省的地理分界。[23] 除了调节北来的长江水之外，它也接纳南来的湘、沅、资、澧四大支流之水，以及一些更小的支流汇入，例如汨罗江就在其东岸入湖，而潇水在永州附近汇入湘江，湘江再一路北流至洞庭。

洞庭湖在中国历史和文学上皆享有盛名。至陈与义所在时代，与其有关的民间传说可谓丰富厚重。洞庭湖因据说湖面之下有洞天神府而得名。君山原名洞庭山，是湖中心的一处小屿，岛上层峦叠嶂，正对岳阳楼观。洞庭湖及君山风光，连同更南边的九嶷山和潇湘二水，在中国诗与画中都有充裕的表现，据姜斐德（Alfreda Murck）的研究，"潇湘八景"在宋代时成为绘画中的流行主题。[24] 李朝威所写的唐传奇《洞庭灵姻传》背景即设置于此，故事一开始讲述青年书生柳毅受洞庭龙女所托，替其传递家书至洞庭龙宫。[25]

岳州东连吴越，西接巴蜀，自古即是兵家必争之地。例如这里即是三国时期吴国与蜀国为了争夺战略主导权而展开龙争虎斗的关键场所之一。在漫长的历史纷争中的一个著名事件发生在 214 年，当时东吴将军鲁肃（172—217）奉使屯兵岳州，这对吴国最终拿下岳州上游的战略要冲荆州产生了巨大影响。[26]

岳阳楼建于洞庭湖东北隅，曾为岳州城西门，"下瞰洞庭，景物宽广"。[27] 初唐重臣张说（667—730）对构建岳阳楼在文学史上的重要意义贡献尤多，他在被贬岳州刺史期间，将自己和宾客文士所作的一百多首诗镌刻于岳阳楼壁之上。[28] 此外，张说还在稍北之处另建新楼，后世文献称之为"燕公楼"，其也多见于简斋诗中。[29]

对陈与义来说，岳阳楼还有当朝一代余音绕梁的文化回响。1045 年，滕宗谅（990—1047）重修扩建岳阳楼，楼成之际，范仲淹应邀而写就千古名篇《岳阳楼记》。[30] 范仲淹这篇 368 字的小文在塑造北宋革新运动的思想话语之意义上或许无论怎么强调也不为过，其与王安石《游褒禅山记》一样，可以说是整个北宋乃至明清时期最具影响力、最具启智性的政论文之一。[31]

范仲淹在《岳阳楼记》中详述了不同季节岳阳楼所见之

景色大观，尽管他本人从未亲临其境。然而，从思想体系上讲，此文根植于北宋时期流行的深邃理念，即人心能够克服世间外物的固有矛盾和无常，达到超越忧乐的理性宁静状态。篇中名句"先天下之忧而忧，后天下之乐而乐"也许只是对儒家先国家后个人的传统教义言文行远的普及表达，而文中另一同样影响深远的金句"不以物喜，不以己悲"则体现出北宋文人对安定内心之于言行举止的重要意义的思想共识。

208

正是后一种思想理念在形塑黄庭坚、陈与义等宋代诗人的情感观念和思维倾向方面扮演了最为重要的角色。这种泰然自若的平和心态是理学格物致知的核心所在，也是宋诗的情感内驱之力。不同于古典文论家刘勰，他更醉心于自然世界与人类心灵之间的自发感应："献岁发春，悦豫之情畅；滔滔孟夏，郁陶之心凝；天高气清，阴沉之志远；霰雪无垠，矜肃之虑深"；范仲淹主张强调的是理性与克制。[32] 对11世纪的这位北宋政治家而言，克抑刘勰描写的那一自发的情感反应，拒绝让外物或私情去搅扰内心，是迈向社会行动和思想实践必要的第一步。

陈与义和黄庭坚的岳阳楼诗是宋代士大夫文人追求宁静独立，抑遏自发情感流露的集体意识的范例。尽管黄庭坚容许自己对风景的欣赏进入到心醉神迷的想象空间，但他清晰地在诗中标示出这一点，并且以一种平和自信的方式将其予以呈现。当陈与义在岳阳楼上倚栏眺望、目锁君山之时，我们可以想象到他也会慢慢地平静下来，对眼前景象加以完全掌控。较之黄庭坚，陈与义的自我意识越发明确彰显，他不仅尽力去辨识，去对自己进行准确定位，而且还利用楼的高度去捕捉宏伟壮阔的风景及其积淀厚实的历史。

地理和历史的自我准确定位

"洞庭之东江水西，帘旌不动夕阳迟。"（《登岳阳楼二首》其一，1—2句）当陈与义最终立于岳阳楼头，开始确定自己所处位置的地理坐标之时，其采取的行动是我们以前已经见过的：他一一列举自然风景中的物体，以此来对其加以整理，同时也是在整理自己的内心秩序。当他环视湖面以确定自己的位置时，他同时也把自己新近的旅程以及更宏远的时空带入视野之中，对已成过往的新近经历加以检视。麦大伟评论《登岳阳楼》其一曰："空间的延展贯穿全诗，从最初的原点到第三句的吴蜀，再到第五句的帝国万里，直至第八句的无限空间；同理，诗的时间景观也从前四句的夕阳日落扩展到第六行的三年羁旅，再到末两句的地老天荒。"[33] 陈与义使用了一系列词义涵盖很广的字词短语来构建这一拓宽延展了的艺术时空，比如"登临"（其一，3句）、"望远"（其一，5句）、"北望"（其二，5句）、"南游"（其二，6句）、"万里"（其一，5句）、"三年"（其一，6句）等。眺远的视线与用词皆源于杜诗，但陈与义引用它们的方式显示出其自身的鲜明特征。

　　我们不妨用这组岳阳楼诗与杜甫夔州时期的经典七律《登高》加以比较来稍加详细地说明这一点。《登高》诗云："风急天高猿啸哀，渚清沙白鸟飞回。无边落木萧萧下，不尽长江滚滚来。万里悲秋常作客，百年多病独登台。艰难苦恨繁霜鬓，潦倒新停浊酒杯。"[34]

210

　　传统笺评家们对杜甫这首名诗不吝溢美之词。清代评论家杨伦（1747—1803）称其为"杜集七言律诗第一"；[35]明人胡应麟更标举"此诗自当为古今七言律第一，不必为唐人七言律第一也"。[36]字词、意象、声律、诗法一气贯注于五十六个字中，读起来如一挥而就所成，杨伦概之曰"高浑一气"。[37]这就是杜甫在宋代及后世的追慕者们不断师法取径的至臻境界，诗中意脉自然流畅，毫无斧凿之痕。

　　杨伦所见贯注于该诗中的"高浑一气"乃杜甫多年艰难苦恨中提炼而成，外化于天高风急、萧萧落木、滚滚长江等意象之上。陈与义继承了很多杜甫的此类构件，但他诗中的叙述者与景物之间保持着更近密、更现实的关系，审慎地确定自我立场，让自己的视角根植于个人行旅的实况。他在完成这些诗歌操作时，首先是从他作为亲历行者的角色出发的，在此基础上才让读者感受到他作为诗人的另一角色的存在。他的目光是从岳阳楼最高层的固定位置向外投射，沿着水平方向触及中景位置的君山，再进一步延伸至目光所及空间之尽头。这里的视线轨迹与之前讨论过的《春日二首》其一有异曲同工之妙，前诗中春色的涟漪层叠也是从庭院向远林步步推进的。

陈与义目光理性现实的本质也展露在他的遣词炼字中。钱锺书对其一第六句中所用"三年多难"一语这样评论说：

211 "这是建炎二年（公元——二八年）秋天的诗，陈与义从靖康元年（公元——二六年）春天开始逃难，所以说'三年'。要是明代的'七子'作起来，准会学杜甫《送郑十八虔》《登高》《春日江村》第一首等诗，把'百年'来对'万里'。"[38]

尽管钱锺书意在对明七子明嘲暗讽，但此评论也触及陈与义诗中用语的一个特点，这也是其诗的一个普遍特征。杜甫惯以"百年"对"万里"，这对他而言或许不过是信手拈来的传统习惯用语，更多出于美学考量而非实际指涉；陈与义写诗的风格和环境则要求他尽可能地指涉现实。与杜甫和其他古典诗人相比，陈与义的想象更受现实物质环境的局囿框束；虽然他时常乐意且明确地化用杜诗中的用语和情感，但是他的写作明显地受到更多的现实情境的制约。换言之，对陈与义来说，用"三年"这样的确数而非"百年"这样的传统约数来描述自己的行旅，并不是纯粹的技法或审美的问题，而更多地是出于实际的需要，一种经训练而成的反应。

这也同样适用于他对"万里"一词的使用。在他刚从陈留到邓州时，他用了"千里"这一稍微夸大了的词来表述他实际走过的七百余里的路程。[39] 同一求实求准的精神也体现在"万里"一词的使用上。这对我们对陈与义诗歌的评价来说也许只是微不足道的小事，但如果我们把他截止岳州过去三年的行旅路程相加的话，得到的总里数大概是 6 541 华里；像刚才提到的"千里"一样，这里说"万里"也只是稍微夸大了一点而已。[40]

"天公恶剧逐番新"

"洞庭之东江水西，帘旌不动夕阳迟"（《登岳阳楼二首》其一，1—2 句）。陈与义置身楼头，诗学传统、历史记忆、文化积淀的多重众声喧哗于脑海之间，他逐渐冷静下来、重整自身，对现场景物由近及远，从易于辨识之物到最为隐蔽之处进行着层递式的勘测。

岳阳楼诗其一的首二联确立了观察者的所处位置、观测目标与视线方向，这为后续的视觉动向和心理起伏定下基调。颈联引入了更为宏阔的时空语境，进一步定义了叙述者与山水风景之间的互动建构；尾联则把诗人个体的即时羁旅史置于他整个人生的大背景中。这种视觉和心理上的外延过程在其二中复现并得到呼应。同时，在其二的后半部分，一个更积极的心态开始掌控诗的情感景观：这体现在，比如，第6句中叙述者所见秋景中的亮丽枫色，以及诗结束时陈把自己"未工"之诗与李白诗的完美状态潜相比较（"翰林物色分留少，诗到巴陵还未工"），这使他的思绪从过往历史和个人行旅回到眼前景况，其表明自己有提升诗艺的愿望和决心之举，同时将思路的火车进一步指向了未来。

《登岳阳楼二首》结尾处的精神提升是陈与义寓居岳州期间总体情感状态上发生的一些微妙变化的指示器。正如我们在前文多次看到的那样，在他生命最为艰难的紧要关头，诗作为其内在力量之可靠源泉，作为其身心支撑和信念支柱，再次显灵。

这种积极乐观构成了陈与义岳州客居生活的情感基石。在《晚步湖边》（#334/554）诗中，诗人主动积极地去迎接夕阳："杖藜迎落照"（3句）；对于风景中骚动的万物

（"万象各摇动"，9句），他先是抗违，终至接纳："终然动怀抱"（15句）。这里映现出的对自我的包容与释放的过程，成为接下来这一年他在岳州侨寓的总体情绪和情感的"模板"（template），他与岳州山形地貌亲近而深入的互动建构在重置他摇动倾侧的内心平衡上发挥了转型性的作用。

岳州时期伊始的简斋诗中，诗人对于自然景物中的失谐往往能敏锐体察但却让其悬而不决，一种显而易见的不确定感充溢于诗中。在《再登岳阳楼感慨赋诗》（#335/555）中，寻求解脱出路的念头、诗人"吊古"的情思被湖波的荡漾瞬间掐灭，空余心头一片茫然："欲题文字吊古昔，风壮浪涌心茫然"（7—8句）。超越当下情境的动力不仅被惊涛骇浪所遏抑，而且也受阻于诗前六句所描写的一系列现象：楼阴笼罩之下，湖堤绵延（2句）；草木相连，延伸至远方（3句）；湖面气象，异态万千（4句）；霜鬓与时局双双堪忧（5句）。景物中的内在张力与冲突昭彰地置于诗人眉睫之前，他似乎既不能也不愿去调和息争。然而，对失调失衡的确认，本身就是走向最终调停谐和的第一步。

次年即1129年的除夕，这同样的失谐情绪再次袭向诗人心头，不过这一次他能往前迈上一步，让传统节日固有的和乐喜庆占据上风。在《除夜二首》（#339—340/563—564）诗中，精神困扰在一种指向未来的欢快语调中得以[214]

化解。

组诗其二是一首七言绝句，其虽以疲乏旅人憔悴之身开篇，却以对即将到来的春天充满期盼来收束："万里江湖憔悴身，蓬蓬街鼓不饶人。只愁一夜梅花老，看到天明付与春。"

诗尾对春天的憧憬从首联中充溢的愁云惨雾中破围而出，这也是对组诗其一尾句中的积极心态的承接和呼应。其一篇幅稍长，是一首律诗，诗人能更气定神闲地排布章法上的起承转合。前六句诗云："城中爆竹已残更，朔吹翻江意未平。多事鬓毛随节换，尽情灯火向人明。[41] 比量旧岁聊堪喜，流转殊方又可惊。"诗以一令人心暖的决定作结："明日岳阳楼上去，岛烟湖雾看春生。"

麦大伟敏锐地捕捉到这首诗情感轮廓和内心活动的多样性特征，认为该诗"通过平衡忧虑和希冀之间的关系来展现出四季消亡重生的和谐融洽，再用结句中的前瞻性动量去打破这一平衡"。[42] 两首诗结尾处的热烈期盼以诗人前所未见的勇气和激情而展现出来，让人回想起他入仕初期的那些时刻。此二诗与黄庭坚的《雨中登岳阳楼望君山》二绝可谓心照神交，在后者中黄庭坚在多年贬逐放还归家途中终得亲临岳阳楼，以破涕一笑的欢颜静静地面对君山。

随着在岳州这一年的时光流逝，陈与义越发需要这种乐

215

观主义的每一点点滴滴。宋金交战与岳州当地发生的大小事件，无不严重地挑战着诗人精神信仰和心境理智的极限。在家国大舞台上，年轻高宗新立的南宋朝廷风雨飘摇、步履蹒跚，正当陈与义在岳州守岁之际，年仅22岁的高宗被迫再度奔逃。高宗在步步紧逼的金兵追赶之下已于1129年二月仓皇逃离扬州，南渡长江，并于同月抵达杭州。[43] 这一年冬，他又被金兵驱离杭州，乘海舟避乱于东海之上，王朝的生死存亡命悬一线。

尽管岳州和湖南在这一年金兵的冬季攻势里并非其主战场，但它们也无可避免地受到了战火的波及影响。是年冬，一支南下的金军侵入邻近的江西南部，并分兵跨境入湘，攻打并短期占领潭州（今湖南省长沙市），在整个湖湘地区引起了巨大的恐慌。然而，陈与义在流寓岳州期间所遭受到最严重的冲击还是来自当地的突发境况：一场惨烈的火灾，一次流寇的作乱。

虽然对陈与义而言，这一年是以欢快的基调开启的；但新年之后不久，岳州城就陷入了一片滔天烈焰的火海之中，史称"延烧殆尽"。[44] 这场火灾必定殃及陈与义在城中的容身之地，因为火患之后我们见到他不得不外出另觅居所。最后他借居于时任知州的王接（字粹翁）后花园的亭阁中，并为感主人盛情而将其命名为"君子亭"。陈与义于诗中多次

216　写到这场祝融之厄所带来的灾难性后果，例如描述火后的惨烈场景："魂伤瓦砾旧曾游，尚想奔烟万马遒";[45] 描述天地不仁，以万物的痛苦为戏："天公恶剧逐番新"。[46] 他的新居比邻燕公楼（后者离岳阳楼也不远），这一相对的位置关系在其诗中也有详细记载。[47]

尽管祝融无情，1129 年的春天对诗人来说还是相对安宁的，他在各个岁华节序中吟诗作赋，欣赏当地盛放的梅花、水仙、海棠等众花之美。[48] 这些宁谧花景、这些美艳绝伦的自然景物呈现出的顽强的生命韧性，给诗人带来了很大的心理慰藉。"海棠经雨不谢"，"梅花无在者，独红萼留枝间"，诗题中的这类用语揭示出，花之不屈不挠赋予诗人以灵感和力量去应对个人情境中的创伤受难。

然而，他的痛苦只是暂得舒缓，对俊俏春花的冥思式欣赏很快就走向了唏嘘慨叹："永啸以自畅，片月生城头。"[49] "永啸"（均阳舟中诗中的"长吟"的异体）这一顿然暴起的动作，在日后困难和焦虑的时刻还会反复出现；而在这里，它可以看作是诗人在最能象征"春光一瞬"的海棠花中所见之平和坚韧的反面影像（reverse image）。[50]

转徙湖上

春归夏至，陈与义的生活再因当地的一次兵变而身陷动荡之中。五月，贵仲正率众作乱、滋扰鄂岳诸州，给岳州造成了很大的破坏。

贵仲正叛乱很少载于官方史书，李心传的《建炎以来系年要录》对此也仅见两处寥寥数笔的提及。[51] 然而陈与义关涉此事的诗作却多达 14 首。这些诗不仅记录诗人自己避寇于湖上的行程详况，而且代表了"诗可补史志之阙"的难得情形，这一点白敦仁曾有论述。[52] 譬如读诗可知，叛军攻占盘踞岳州城自五月初二至五月二十二日，长达 21 天之久。[53]

陈与义避贼两个半月所作 14 首诗中，第一首描绘了惊惶失措的民众争相涌向湖中逃难避祸的戏剧化情景："鼓发嘉鱼千面雷，乱帆和雨向湖开。"[54] 而在最后一首的诗题里，他细述了回程的详情："自五月二日避寇转徙湖中，复从华容道乌沙还郡，七月十六日夜半出小江口泊焉，徙倚柂楼，书十二句"（#385/616—617）。[55] 诗一开始描述诗人乘舟漂泊于湖上的迂回与颠簸："回环三百里，行尽力都穷。巴丘左移右，章华西转东"（1—4 句）[56]，后以长啸释放压抑已久的情感来收束全诗："孤啸聊延风"（12 句）。

"了与遥赏异"

陈与义居于湖上避寇的细节则比较模糊。我们所能得知

257

的是他在宋田港遭遇了一次厉风袭击；在湖的西岸和北岸几处有名可考的地方，例如华容县，停泊过；[57] 行程开始的时候他还途经君山，但并未离舟登临。

过君山不获登览（#373/601—602）

我梦君山好，万里来南州。

青眉横玉镜，[58] 色照城中楼。

胜日空倚眺，经年未成游。

今朝过山下，贼急不敢留。

嵌空浪吞吐，荟蔚风飕飗。

龙吟杂虎啸，九夏含三秋。

了与遥赏异，况乃行岩幽。

蚍蜉何当扫，[59] 延伫回我舟。

掷去九节筇，褰裳走林丘。

会逢湘君降，翠气衣上浮。

山椒望苍梧，[60] 寄恨舒冥搜。

在君山令人震撼的奇妙实景中，叙述者把自己从梦想者与远观者的角色，转变成了身临其境的亲历者和参与者。此时他不仅自己梦想成真，而且还隐喻性地践行了黄庭坚想望但憾未如愿之事（"可惜不当湖水面，银山堆里看青

219

山"）——进到湖面上乘波逐浪，尽管这一体验是在避寇这一窘迫的情境下被动获得的。

在这之前，诗人与君山的关系一直停留在传统预期的范围之内，是审美性建构起来的，他借由诸如"倚眺"（5句）、"遥赏"（13句）这类例行手法把君山遥设为审美物化之对象和情感慰藉之源。此前五次对君山的描画都无不尽合这一远观、遥赏的模式：

楼头客子杪秋后，日落君山元气中。[61]

君山偃蹇横岁暮，天映湖南白如扫。[62]

洞庭镜面平千里，却要君山相发挥。[63]

唯有君山故窈窕，一眉晴绿向人浮。[64]

独凭危堞望苍梧，落日君山如画图。[65]

诗人与君山近距离的亲密接触改变了这一"倚眺"和"遥赏"的关系，但其夙愿只实现了一半。由于寇氛汹惧，他不得不半途而止，未能真正亲身登览。然而，诗人最大限度地利用了这次机会：他停舟"延伫"（16句），敞开身心去拥抱君山脚下湖面上的风光。让我们惊异的是——或许也不是那么出人意料——他之前的"遥赏"所得可能有点过于浪漫化或过度乐观了：他在君山周遭目之所触、耳之所闻，比先前预想的要更骇人耳目，远为凶险。他眼前看到的是"波浪嵌空"、风云荟蔚、虎啸龙吟这样的景象，是一番惊怖交织着美感、残酷混同着崇高的图景。

在如此情形下，诗人并未流连忘返，在端视许久之后，他把自己重新拉回湖上行旅的现实之中。不过他仍心有不甘，于舟上旋即开启自己亲自登览君山的想象之旅，诗末六句（17—22句）述写的都是那一想望中的虚造之旅。他丢掉笻杖，想象自己在岛上的密林深谷中褰裳疾步，而在最后戏剧性的高潮时刻，他目睹了湘水女神降临凡尘，现身于君山之上。然而，在君山主人降临这一名实合一、神灵归位的完美统一时刻，悲与恨再次笼罩君山。湘君神意的目光从君山峰顶一路往南投向了远处的苍梧之野，那是舜南巡一去不返的伤心之地，古老的遗恨消失黯淡在冥搜默想的凄怆哀思之中。

诗人与君山的关系在此诗中存在三种不同模式：诗开始时的传统"遥赏"模式；这一模式先是被诗人从岛下观望君山的近距离体验所取代，接着又被诗人穿行于君山林丘中的虚构想象取代。诗最后静止画面里湘君默望苍梧的视线，可以说是诗人自己悲戚和欲望的投射，他聪敏地让君山之巅的湘水女神替代自己望向未知的远方，沉思着自己的命运。在陈与义寄予湘君南望苍梧的深情眼神里，我们看到的是诗人对自己岳州之后的行旅前景的忧虑和展望，一如他先前初到岳州、登临岳阳楼头时对湖面的凝望，不经意地谶示出他如今漂泊湖上的现状。随着行旅的推进，我们会发现他的目光中将继续承载这种能够预示未来的非凡力量，并且显示出愈发坚定的意念和异乎寻常的前瞻预测之势。

本诗中呈现的视角转换也象征着陈与义与自然景观的总体关系发生的一个更根本的变化，在后者中我们发现同样的从遥赏到近观的转变。在 1126 年之前，陈与义诗歌与自然的关系虽然一直很近，但相对缺乏个人色彩。他诗中的自然与叙述者始终保持着一定的距离，是纯由审美规范建构出来的，其精细的语言表述中也少了些物质肉身的成分和切肤入骨的粗砺情感。三年多的流离逃奔使他与自己地理上和心理上的故乡渐行渐远，也使他与自然世界物质现实的接触越来越亲密。他在房州山中藏身的三个月，以及洞庭湖上避寇的两个半月，给了他切肤入骨地遭遇自然世界暴戾和万变的机会，这些超凡特殊的经历使得他诗中的自然表述也发生了根本的变化，尽管这一变化无疑也是更长久以来的发展趋向所推动的。²²²

陈与义的经历中涌现出的一个共同主题是，尽管在行旅途中历经千难万苦，自然永远是诗人可资慰藉的温暖怀抱，对抗人世沧桑的情感和道义支柱。自然风光的桀骜狂野首先会在他的行旅中显形，然后被不断打磨驯顺，直到变成其诗歌和个人重生的材料。这一不断打破重组和循环的过程，并没有因为1126年的分水岭事件而被打破。旧的平衡失去之后，新的平衡随即因自然之力而重建告成，诗人的想象力和雄心又得以开始振翅翱翔。当他仍在湖上避寇期间，面对着一时的平湖细雨、远岸轻舟时，他不禁放言自称："未觉壮心休"。[66]

"江湖"

在其现代用法中，"江湖"一词常与武侠世界的英雄传奇或政治社会的弃客畸人息息相关，暗含一种特立独行和不羁的意味。而在古代中国，该词涵义甚广，尽管其核心语义相对稳定，意指家国之外的另类秩序和尽兴自由的象征空间。

"江湖"一词在岳州之前的简斋诗中仅出现过一次，但在写于岳州的69首诗中该词出现频率激增，共计九次之多：[67]

> 四年风露侵游子，十月江湖吐乱洲。[68]
> 草木相连南服内，江湖异态栏干前。[69]

万里江湖憔悴身，鼕鼕街鼓不饶人。[70]

江湖气动春还冷，鸿雁声回人不眠。[71]

五年天地无穷事，万里江湖见在身。[72]

兵甲无归日，江湖送老身。[73]

天地困腐儒，江湖托孤楫。[74]

天地尘未消，江湖气聊伸。[75]

江湖尊前深，日月梦中疾。[76]

　　虽然"江湖"用以泛指未加确指的自由天地的传统用法和意义在上述例子中仍历历可见，但在几乎上述每句例诗中，该词也可理解为诗人目力所及范围内现实的扬子江、洞庭湖，即叙述者身处实境的一部分。这在开头的两例和最后一例中，表现得最为分明，尽管在最后一例那里没那么显著。[77]

　　此外还有一个更为明显的变化。尽管"江湖"的传统语义在上述例诗中仍然占有一席之地，但其概念上增添了诸多与困苦逆境相关的系列新意义，比如风露侵袭（例 1）、"异态"（例 2）、"憔悴"（例 3）、春冷与不眠（例 4）、"无穷事"与"见在身"（例 5）、"兵甲"与"老身"（例 6）、"困"与"孤"（例 7）、"尘未消"（例 8）、人生无常（例 9）。

224

　　"江湖"在直接语义和蕴含语义上的这些微妙变化，说明了陈与义日渐敏锐的空间感与地域意识以及他对传统语词的创造性使用是如何相互交织在一起的。诗人岳州期间的作品中对物理空间的格外倚重是他居留岳州这一年和过去几年奔逃经历中所忍受的焦虑和困苦的反映。汝州到光化途中与当地简朴山形地貌的直接接触，在房州荒郊野岭和狭谷深涧中的藏身避祸，以及避寇于洞庭湖上舟中的颠沛流荡，无不给陈与义心理上留下了难以磨灭的痕迹，其影响既体现在简斋诗的情感表达上，也体现在其具体用词之中。

　　这样的面对面接触也使他与自然世界的生生脉动保持着声气相通，他的视点和想法也变得更为果决。1129 年的重阳节，陈与义携友再上岳阳楼，拜别故人之余，他也与过去一年中如此切肤入骨地深入生活过的地方辞行。此时，他所有的艰难困苦似乎都暂时消解在洞庭湖的浩瀚深冥之中：

两绝句（其一，#392/625）

西风吹日弄晴阴，酒罢三巡湖海深。

岳阳楼上登高节，不负南来万里心。

注释:

[1] 参见司马迁:《史记》,卷 84《屈原贾生列传》,北京:中华书局,1982
年,第 2481—2504 页;关于贾谊的生平简介及概述,参见 David R.
Knechtges, trans. , *Wen Xuan, or Selections of Refined Literature*, vol. 3:
*Rhapsodies on Natural Phenomena, Birds and Animals, Aspirations and
Feelings, Sorrowful Laments, Literature, Music, and Passions*, Princeton,
NJ: Princeton University Press, 1996, pp. 375–376.

[2] 语出麦大伟,参见 David R. McCraw, "A New Look at the Regulated Verse
of Chen Yuyi," *Chinese Literature: Essays, Articles, Reviews* 9. 1–2
(1987): 1.

[3] "翰林"指李白(701—762),他晚年曾造访此地。

[4] 巴陵、巴丘皆岳州旧称。

[5] 方回著,李庆甲辑:《瀛奎律髓汇评》,上海:上海古籍出版社,2005 年,
第 41 页;钱锺书:《宋诗选注》,北京:人民文学出版社,1997 年,第 135
页。何瞻和傅君劢英译了组诗其一,麦大伟两首皆译,分见 David R.
McCraw, "The Poetry of Chen Yu-yi, 1090–1139," PhD dissertation,
Indiana University, 1982, p. 199; Michael A. Fuller, *Drifting among Rivers
and Lakes: Southern Song Dynasty Poetry and the Problem of Literary History*,
Cambridge, MA: Harvard University Asia Center, 2013, p. 177; David R.
McCraw, "The Poetry of Chen Yuyi," pp. 156, 302–303.

[6]《登岳阳楼二首》其一,1—2 句。

[7] 对唐代文人洞庭湖、岳阳楼诗作的梳理,参见戴伟华:《地域文化与唐代
诗歌》,北京:中华书局,2006 年,第 87—89 页。

[8] 方回简要概述杜甫和黄庭坚之于陈与义的双重影响——"近逼山谷,远诣
老杜",参见李庆甲辑:《瀛奎律髓汇评》,第 41 页。胡应麟评论组诗二首
曰"雄丽冠裳,得杜调者也",参见胡应麟:《诗薮》,外编卷 5,《续修四
库全书》本,上海:上海古籍出版社,1995 年,第 12a 页;上海古籍出版
社,1979 年,第 216 页。纪昀称其"意境宏深,真逼老杜",参见李庆甲
辑:《瀛奎律髓汇评》,第 42 页。

[9] 李白著,瞿蜕园、朱金城注:《李白集校注》,上海:上海古籍出版社,
1980 年,第 1249 页。

[10] 杜甫于两年后的 770 年去世。关于杜甫自夔州沿江而下至湖南的诗作讨

论，参见 David R. McCraw, *Du Fu's Laments from the South*, Honolulu, HI：The University of Hawai'i Press, 1992, pp. 61 - 80.

[11] 杜甫著，萧涤非编：《杜甫全集校注》，北京：人民文学出版社，2014 年，第 5673 页；Stephen Owen tr. And ed., *The Poetry of Du Fu*, Berlin：De Gruyter, 2015, Vol. 6, p. 43, 略有微调；莫译他本参见 David R. McCraw, *Du Fu's Laments from the South*, p. 74.

[12] David R. McCraw, "The Poetry of Chen Yuyi," pp. 156, 302 - 303.

[13] 郑永晓：《黄庭坚年谱新编》，北京：社会科学文献出版社，1997 年，第 364 页。

[14] 黄庭坚著，任渊、史容、史季温注，刘尚荣校：《黄庭坚诗集注》，北京：中华书局，2003 年，第 584—585 页。

[15] 滟滪堆是长江三峡最西端、瞿塘峡口处的一块巨大礁石，当年黄庭坚出川经由此地。滟滪堆已于 1958 年为了保障川江航道而炸毁，其残块收藏于重庆的中国三峡博物馆。杜甫《滟滪堆》简要勾勒了礁石随着不同季节水涨水落而出没变化对舟人构成巨大威胁："巨石水中央，江寒出水长"，参见萧涤非：《杜甫全集校注》，第 3738 页；Stephen Owen, *The Poetry of Du Fu*, Vol. 4, pp. 138 - 139.

[16] 黄庭坚顺江而下踏上返乡归途，他的家乡江西属于传统上的"江南"。

[17] Kōjirō Yoshikawa, *An Introduction to Sung Poetry*, Burton Watson tr., Cambridge, MA：Harvard University Press, 1967, pp. 24 - 38；中译本见吉川幸次郎著，郑清茂译：《宋诗概说》，台北：联经出版事业公司，2012 年。

[18] "戏剧天赋"（theatrical genius）一说语出麦大伟，参见 David R. McCraw, "A New Look at the Regulated Verse of Chen Yuyi," p. 7.

[19] 这里综合了湘水女神传说故事的各种版本而撮述成段，关于湘水女神传说的详细记载，参见 Edward H. Schafer, *The Divine Woman: Dragon Ladies and Rain Maidens in T'ang Literature*, Berkeley, CA：University of California Press, 1973, pp. 38 - 42, 57 - 69, 93 - 103, 137 - 145；中译本参见薛爱华著，程章灿译，叶蕾蕾校：《神女：唐代文学中的龙女与雨女》，北京：生活·读书·新知三联书店，2014 年，第 57—62、82—97、133—147、151—164 页；传说概述参见 Geoffrey R. Waters, *Three Elegies of Ch'u: An Introduction to the Traditional Interpretation of the Ch'u Tz'u*, Madison, WI：The University of Wisconsin Press, 1985, p. 133.

［20］David R. McCraw, "The Poetry of Chen Yuyi," p. 310.

［21］除了之前讨论过的两首之外，另六首分别是《再登岳阳楼感慨赋诗》（#335/555）、《又登岳阳楼》（#338/563）、《两绝句》其一（#392/625）、《粹翁用奇父韵赋九日与义同赋兼呈奇父》（#394/626）、《留别康元质教授》（#397/635）和《别岳州》（#399/637）。

［22］洞庭湖作为长江的泄洪调节，其面积水域历史上也在不断变化。在今天，洞庭湖的面积在汛期时可宽至 7 700 平方英里（约 19 943 平方千米）。"八百里洞庭"之说可追溯至唐宋时期。洞庭湖曾是中国面积最大的淡水湖，现已退居次席，位列江西的鄱阳湖之后，其湖域很多被改造成农田。

［23］岳州今属湖南省，在陈与义的时代归荆湖北路而非荆湖南路管辖。

［24］Alfreda Murck, *Poetry and Painting in Song China: The Subtle Art of Dissent*, Cambridge, MA：Harvard University Asia Center, 2000, pp. 61 – 72；姜斐德：《宋代诗画中的政治隐情》，北京：中华书局，2009 年，第 48—55 页。

［25］英译见 William H. Nienhauser, Jr.（倪豪士）ed., *Tang Dynasty Tales: A Guided Reader*, Singapore：World Scientific Publishing, 2016, Vol. 2, pp. 1 – 41；亦见 Sarah M. Allen（艾兰）, *Shifting Stories: History, Gossip, and Lore in Narratives from Tang Dynasty China*, Cambridge, MA：Harvard University Asia Center, 2014, pp. 151 – 153.

［26］白敦仁：《陈与义集校笺》，上海：上海古籍出版社，1990 年，第 553 页笺注 1。陈与义数度典涉此事，如《巴丘书事》（#333/552）、《里翁行》（#336/556—557）等。

［27］见于《岳阳风土记》，白敦仁：《陈与义集校笺》，第 549 页笺注 1 引。

［28］张说于 715—717 年任岳州刺史。对岳州之于张说诗的江山之助，参见周睿：《张说：初唐渐盛文学转型关键人物论》，北京：中华书局，2012 年，第 37—38、93—95、139—145 页；戴伟华：《地域文化与唐代诗歌》，第 91—94 页；尚永亮：《唐五代逐臣与贬谪文学研究》，武汉：武汉大学出版社，2007 年，第 223—228 页。

［29］白敦仁：《陈与义集校笺》，第 566 页笺注 1 引。张说封燕国公。

［30］范仲淹：《范文正公文集》，北京：中华书局，1985 年，第 19 页。① 此文

① 译注：原著作《范文正公集》，当有佚字，此书收入《古逸丛书》三编之五。

227

自注作于"时六年九月十五日"（公历 1046 年 10 月 17 日）。关于《岳阳楼记》的政治和思想背景的讨论，参见李强：《北宋庆历士风与文学研究》，上海：上海书店出版社，2011 年，第 135—148 页。

[31] 王安石：《临川文集》，《四库全书荟要》版，长春：吉林出版集团，2005 年，第 716 页。王安石在范仲淹此文八年之后写下《游褒禅山记》，用彭深川（Jonathan Pease）的话说，王安石根据自己亲访褒禅山的经历，以"年轻气盛"（youthful bravado）的语气饱含激情地说道："世之奇伟瑰怪非常之观，常在于险远，而人之所罕至焉"，"故非有志者不能至也"。英译和文本细读参见 Jonathan Pease, "No Going Back, or, Youthful Bravado at the Baochan Mountain Cave," *Journal of the American Oriental Society* 126.2 (2006): 189‑198.

[32] 刘勰：《文心雕龙·物色》，见黄叔琳、李祥、杨明照注：《增订文心雕龙校注》，北京：中华书局，2000 年，第 566 页；英译参见 Stephen Owen, *Readings in Chinese Literary Thought*, Cambridge, MA: Harvard University Press, 1992, p. 286；中译本见宇文所安著，王柏华、陶庆梅译：《中国文论：英译与评论》，上海：上海社会科学院出版社，2003 年，第 290 页；《中国文学思想读本：原典·英译·解说》，北京：生活·读书·新知三联书店，2018 年，第 339 页。此处英译参考了宇文所安译本。

[33] David R. McCraw, "A New Look at the Regulated Verse of Chen Yuyi," p. 6.

[34] 萧涤非编：《杜甫全集校注》，第 5092 页；Stephen Owen, *The Poetry of Du Fu*, Vol. 5, p. 273.

[35] 杨伦：《杜诗镜铨》，卷 17，见萧涤非编：《杜甫全集校注》，第 5097 页引。

[36] 胡应麟：《诗薮》，内编卷 5，第 17b 页；排印本第 95 页。

[37] 萧涤非编：《杜甫全集校注》，第 5097 页引。

[38] 钱锺书：《宋诗选注》，北京：人民文学出版社，1994 年，第 135 页。"明七子"指以李梦阳（1472—1529）和何景明（1483—1521）为首的文学复古运动早期的七位代表文人，他们以追奉推崇汉唐文类典范的激进文学思想而闻名，参见 Daniel Bryant（白润德），*The Great Recreation: Ho Ching-ming (1483‑1521) and His World*, Leiden: Brill, 2008, pp. 641‑658.《送郑十八虔》全称《送郑十八虔贬台州司户》，诗云"万里伤心严谴日，百年垂死中兴时"，见萧涤非编：《杜甫全集校注》，第 990 页；Stephen Owen, *The Poetry of Du Fu*, Vol. 1, p. 361；《春日江村五首》其

一云"乾坤万里眼，时序百年心"，见萧涤非编：《杜甫全集校注》，第
3346 页；Stephen Owen, *The Poetry of Du Fu*, Vol. 4, p. 51.

[39]《邓州西轩书事十首》其二（#225/408）："千里空携一影来"（1 句）。

[40] 约合 2 004 英里。6 451 华里可细分如下：陈留—邓州，698 里；邓州—洛
阳，1 040 里；洛阳—开封，382 里；开封—陈留，52 里，陈留—开封，
52；开封—洛阳，382 里；洛阳—光化，1 300 里；光化—邓州，260
里；邓州—房州，475 里；房州—均阳，215 里；均阳—襄州，330 里；
襄州—郢州，217 里；郢州—鄂州，598 里；鄂州—岳州，450 里。注释：
A. 路线重建基于陈与义诗以及胡穉、白敦仁年谱；B. 距离里数基于王存
《元丰九域志》；C. 某地若无编目，则取近似估算；D. 路线与里程都尽
我所能取近似值；E. 有些路线记载更为模糊，例如 1126 年夏秋之际陈与
义自邓州北上陈留接回家人这段旅途的文献相对较少；F. 陈与义自题
"至"或"发"某州某县时，可以认为是该州该县府治所在；G. 王存在
很多时候提供了两组距离里数，一是从府治所在到某一边境界首的距离，
另一是从该界首之地到比邻州县府治的距离，这里是把二数相加；H. 从
具体不同地点计算两州县之间的距离有时会有些许误差，这里择其善而从
之，选择陈与义最可能走的路线。①

[41] 这一句笔者借鉴了麦大伟的翻译，"The fully sympathetic flame of the lamp
brightens toward me"，参见 David R. McCraw，"The Poetry of Chen Yuyi，"
p. 129.

[42] David R. McCraw，"A New Look at the Regulated Verse of Chen Yuyi，"
p. 18.

[43] 陈与义在其诗中也提到了这些相关事件，如《居夷行》（#337/559）诗云
"扬州云气郁不动"（11 句），《次韵尹潜感怀》（#371/596）诗曰"胡儿
又看绕淮春"（1 句）等。

[44] 李心传：《建炎以来系年要录》，上海：上海古籍出版社，1992 年，卷 24，
21b 页，第 388 页。

[45]《火后问舍至城南有感》（#341/565），1—2 句。②

[46]《火后借居君子亭书事四绝呈粹翁》其一，（#343/567），1 句。

---

① 译注：原著在"注释"部分（5）出现两次，合计 7 条注释，实则为 8 条。
② 译注：原著诗题误为《火后至城南问舍有感》。

[47]《用前韵再赋四首》其三（#349/571）："危楼只隔一重篱"（1句）；《望燕公楼下李花》（#353/574）："燕公楼下繁华树，一日遥看一百回"（1—2句）。

[48] 如《望燕公楼下李花》（#353/574）、《二十一日风甚明日梅花无在者独红萼留枝间甚可爱也》（#351/572）、《咏水仙花五韵》（#352/572）、《陪粹翁举酒于君子亭亭下海棠方开》（#354/575）、《雨中对酒庭下海棠经雨不谢》（#365/585）等。①

[49]《寒食日游百花亭》（#368/590），15—16句。

[50]"春光一瞬"一语出自麦大伟用以形容春季花期最晚的海棠花，参见 David R. McCraw，"The Poetry of Chen Yuyi，" p. 273.

[51] 两次提及的详情参见《建炎以来系年要录》"建炎三年六月"正文及注释附录，李心传：《建炎以来系年要录》，卷24，21a—b页，第388页。

[52] 白敦仁：《陈与义集校笺》，第600—601页笺注1。

[53] 这一推论直接来源于两首简斋诗题——《五月二日避贵寇入洞庭湖绝句》（#372/600）和《二十二日自北沙移舟作是日闻贼革面》（#376/605）。

[54]《五月二日避贵寇入洞庭湖绝句》（#372/600），1—2句。嘉鱼县地属湖北鄂州，贵仲正于此起兵叛乱。

[55] 华容道是位于时属岳州管辖、洞庭湖北岸的华容县的一条小路，曹操在208年的赤壁之战中惨败后即从此道逃往江陵。乌沙、小江口的具体位置待考。

[56] 章华台据称始建于古楚国，坐落于岳州西北的长江江畔。

[57] 参见《泊宋田遇原风作》（#375/604）、《舟抵华容县》（#380/611）、《夜赋》（#381/612）。傅君劢英译《夜赋》参见 Michael A. Fuller, *Drifting among Rivers and Lakes*, p. 179.

[58]"玉镜"是李白诗中用以形容洞庭湖的比喻，陈与义则为君山平添一抹"青眉"。②

[59]"蚍蜉"喻指叛乱。

[60]"苍梧"是湘水女神的亡夫舜帝驾崩之地，传说其葬于"江南九嶷"。

[61]《登岳阳楼二首》其二（#332/551），3—4句。

---

① 译注：原著第二首诗题"风甚"误作"风盛"。

② 译注：李白《陪族叔刑部侍郎晔及中书贾舍人至游洞庭五首》其五："淡扫明湖开玉镜，丹青画出是君山。"

［62］《居夷行》（#337/559），7—8 句。

［63］《又登岳阳楼》（#338/563），3—4 句。

［64］《火后问舍至城南有感》（#341/565），1—2 句。

［65］《城上晚思》（#364/585），1—2 句。

［66］《细雨》（#374/603），8 句。

［67］统计数据既未包括两个词素"江""湖"分别出现的情况，也不包括陈与义使用异体词"湖海"的情形（"湖海"在#365、#391、#392 诗中另见三次）。"江湖"出现在前岳州诗作中一次是在四首葆真池诗中的最后一首中，即《夏至日与同舍会葆真二首》其二（#159/303）："江湖岂在远，所欠雨一襄"（7—8 句）；白敦仁系年于 1124 年。这里要感谢一位匿名评审者特别为笔者指出这一点。"江湖"在南宋末年的时候意义有了新变，用以指称"江湖诗派"的诗人群，他们自觉疏离于政治权力争斗的城市中心，而选择"流转江湖"（drift among the rivers and lakes），参见 Michael A. Fuller, *Drifting among Rivers and Lakes*；张宏生：《江湖诗派研究》，北京：中华书局，1995 年。

［68］《巴丘书事》（#333/552），5—6 句。这里陈与义用"江湖"的字面义描述扬子江和洞庭湖的自然景象。

［69］《再登岳阳楼感慨赋诗》（#335/555），3—4 句。这里亦从字义上描写长江洞庭的气象万千。

［70］《除夜二首》其二（#340/564），1—2 句。这里既有宽泛的、传统的意义指称，也指代实际跋涉的江河湖泽。

［71］《春夜感怀寄席大光》（#355/576），5—6 句。用法同上。

［72］《次韵尹潜感怀》（#371/596），5—6 句。"五年"指宋金交战至此已有五年（1125—1129）。用法同上。

［73］《晚晴野望》（#378/608），7—8 句。用法同上。

［74］《舟抵华容县》（#380/611），7—8 句。用法同上。

［75］《月夜》（#382/613），7—8 句。用法同上。

［76］《己酉九月自巴丘过湖南别粹翁》（#396/633），7—8 句。用法同上。

［77］麦大伟对例诗一、二的英译也反映出这种字面直译的解读："In the tenth month Yangzi and lake disgorge jumbled islets"；"River and lake have different appearances before the railing." David R. McCraw, "The Poetry of Chen Yuyi," pp. 142, 154.

第七章

诗到此间成

Poetic Perfection

要给作为地理和文化区域的岳州、洞庭湖一带打一个粗略的比方的话，我们不妨想到现代社会的交通环岛。该地区既是南北通衢的交通要冲，帝国的一些水陆主干道纵横交汇于此；也是名扬四海的文化中心，名臣雅士、迁客骚人多因商贸、贬谪、漫游而行经此地。岳州的远播声名和悠久历史吸引了许多人慕名造访，使得这座古城更为开放包容，无差别地接纳和培育着形形色色的人物及其个性——以及各异其趣的诗歌风格。对陈与义来说，他在岳州的一年寓居期对于他的情感复原和诗歌拓新而言都格外宝贵，他得以重新审视和巩固他思想和诗作中先前的某些惯习与倾向，并在这一年时间里重塑信念、气象一新。

离开岳州的念头想必是早已有之。当陈与义置身岳阳楼头，他的视线时常投向洞庭以远更南的山岭之中。寒往暑来、时移世易，这一念想变得越发魅惑。他有一首诗送别一位决心跨湖继续南行的友人，开篇即云自己不期而至来岳州的情形："我身如孤云，随风堕湖边。"[1] 而他的心却已超越洞庭薮泽、飞抵潇湘二水："洞庭烟发渚，潇湘雨鸣川"（13—14句）。诗对南方深山潇湘沿岸的雨景想象，也指示出陈与义下一段行旅的路线图。他预见自己从浩渺烟波的洞庭湖抽身而出，进入到葱郁蜿蜒的潇湘谷地，在想象中他似乎已经听见雨声在狭窄溪流两旁的回响。这一描写准确地勾勒出该地区温暖潮湿、植被茂密的丘陵地貌，同时也隐喻着他内心与日俱增的心理风暴。淅沥雨声很快就会跟吟诗作赋的声音融为一体，气撼山河，帮助诗人终臻诗艺完美之境。

"忽区"

陈与义是在当年重阳节后离开岳州城的。在向两位岳州密友拜辞所作《粹翁用奇父韵赋九日与义同赋兼呈奇父》（#394/626）诗中，他采用繁复的叙述，一来是为了纪念辞行场合，二来是盘点他在南奔路上度过的最近三次重阳节的情形。此诗有56句，是简斋集中最长的一首诗，体量较之他最钟爱的四节16句的三倍还多。

此诗以四季更迭、节序轮回的传统路数开篇（1—2句），然后马上进入追忆的曲径："前年邓州城，风雨倾客居"（5—6句）；"出门复入门，戈矛填街衢"（13—14句）。画面转向次年，他沿着汉水顺江而至岳州，画风依然晦暗："去年郢州岸，孤楫对坏郛"（15—16句）；"日暮野踟蹰"（22句）。

留寓岳州的一年仍是充满艰辛，但也不乏恬淡怡悦的时刻："今年洞庭上，九折余崎岖。时凭岳阳楼，山川看萦纡"（25—28句）。在借共同回忆向主人致敬之后，诗人表现出强烈的凝想与期盼："会须明年节，醉倒还相扶。此花期复对，勿令堕空虚"（37—40句）。

他深知菊花来年还会再开，而赏花之人却终将各奔东西。至于他本人，他已经有了明确的想法："明日风景佳，南翔先一凫"（41—42句），并因而允下一诺："相期衡山南，追步凌忽区"（49—50句）。

衡山，即"五岳"之南岳，其所属的衡山山脉北起长沙的岳麓山，南延至素来被认为是中华帝国南方边界的南岭山脉。衡山在中国宗教、特别是道教中占有举足轻重的地位。[2]"南岳独秀"之美誉中的"秀"字（原指稻麦等谷物吐穗开花）传神地凸显出衡山峻秀的特点。衡山海拔仅4 200英尺（约1 280米），相对于中国其他的名山而言并不特别高耸；它也没有危崖峭壁或至尊绝顶，而是山峦叠嶂、峡幽林密的一派秀丽风光。从某种意义上说，衡山以其葳蕤蓊郁的植被与宁谧天然的美代表着中国名山秀丽温婉的一面。

衡山也是中国文化中的一处紧要的地理界点与心理分野。每年冬季北雁南飞至此，收翅歇脚，来年春天再飞回北地，"回雁峰"因此得名，蠡为衡山山脉的南端门户。传说中虞舜、夏禹皆曾在南方巡狩时到达此山，以此标注为各自国土的南方疆界。此外，它也是李白、杜甫人生行旅羁途的最南端。[3]

1040 年，也就是陈与义到达衡岳的 89 年之前，时新任陕西经略安抚副使并知延州的北宋政治家范仲淹曾填词一阙，书写自己身处陕西边塞的制高点俯眺鸿雁南飞之情形："塞下秋来风景异，衡阳雁去无留意。"[4] 而到了 1167 年，亦即陈与义抵衡之后 38 年，又有一事为衡山平添了一层文化意义：南宋理学大师朱熹受与其相与博约之友、时任湖南提刑的张栻（1133—1180）之邀，赴潭州（今长沙市）岳麓书院讲学；此年冬天，张栻陪朱熹及其门人林用中游访衡山，逗留七日，三人作诗 149 首，成为南宋理学运动中一件众口相传的盛事。[5]

"忽区"，陈与义用来形容其与粹翁、奇父期许于衡山之 ²³⁷

南的重聚之地，语出《淮南子》"忽恍无形之区"。[6] 此外，该句第三字的动词"凌"字饱含着"凌虚"或"步虚"的道家思想概念与修习实践。[7]

然而，当陈与义亲身涉足这一地区时，他在想象中的"忽恍无形之区"逐渐获得了具体的身份认同和物质实体性，先前与之相伴的疏离陌生和模糊无形感也逐渐被驯顺，而成为其自我经历的积极构成元素。他在 1129 年重阳节与粹翁、奇父的上述辞别诗中实际上也预示了这一转变。在期许来年相会于"衡山南"之后，诗人又来了一次标志性的"回望"动作："回首望尧云，中原莽榛芜"（51—52 句）。

曾经尧云舜雨的中原，"想像折寸心"的文明中心和个人精神家园，如今已经变成一片莽荒的榛芜荆棘之地。家园故土丛生的野蔓荒草代表着诗人心态至关重要的象征性转变。既然回望桑梓的目光为榛莽所阻隔而无法前移，那么耸立诗人眼前的景象就成了他唯一的选择和依靠，成为决定他所思所为的关键因素。他在目前这一刻是透过看起来遥远、陌生但却真实的本地景物来审视自己已经变得遥远的故乡家园的。他接下来还会继续回望，但此时此刻，本地风光不断将他的思绪拉回现实身处之地，他逐渐理解和接受这里是自己人之所在、身之所属的必然归处。一年之前陈与义抵达岳州、登顶楼头，他的感叹之中夹杂着焦虑与期许——"诗到巴陵还未工";辞别岳州数月之后,当他于邵州的僻远乡村里安顿下来之时,他平静而自信地宣布"老夫诗到此间成"。南方山峦原始古朴的秀美风景帮助他最终达成了这一转变。

"初相识"

岳州临行前陈与义想象衡山的迷离惝恍,在他从岳州到衡山再西行至邵州的行旅途中,在当地风光的清幽安谧之美的帮助下,一点点、一寸寸地消融殆尽。

在这段行旅之初所作的一首绝句中,陈与义早期诗作中雅致的浪漫情怀和轻松幽默似乎又回来了:

初识茶花 (#401/640)

伊轧篮舆不受催,湖南秋色更佳哉。
青裙玉面初相识,九月茶花满路开。

拥有蜡质光泽叶片与绚丽缤纷花朵的山茶花,铺垫出诗人在1129年秋前往衡山的途旅中的绝妙背景。郁郁葱葱的湘水峡谷以其胜景著称于世,而山茶则是展现本地蓊郁植被群芳争妍的最佳使者,在诗人面前尽情热烈地开放,似乎是在欢迎着他的到来。

三年前曾伴其穿行于汝州到光化间羊肠山路的篮舆竹轿的再度出现，以及其柔缓舒怡的"伊轧"声，对诗人而言无疑是一种很大的慰藉。其不疾不徐的行进节奏也为他欣赏沿途悄然绽放的当地花木营造出适宜的环境和气氛。绝句的短章形式也特别适用于这一目的和场景，平波缓进的首联承载了叙事，而尾联紧接着突转至想象的情调邂逅与繁花的盛放烂漫。

239

陈与义在这首诗中运用了一些与早期墨梅绝句组诗相同的修辞手法，将旅人与山茶之相遇渲染成一场浪漫情遇。"青裙玉面"（一本作"青裙白面"）既可描述在暗绿叶茎的衬托下茶花光鲜柔腻的肌理，也可形容浓妆艳抹的南国佳人俏丽的面庞和简朴的装束。先前的墨梅诗叙述了玉妃与恋人的重逢，这里则是，与诗人行旅中的状态相适应，对"初相识"的单纯欢愉的由衷赞颂。

"初相识"的感觉将成为我们观察陈与义在衡山和邵州近一年的行旅经历的一个贴切中肯的参照。随着他的足迹愈发深入南岭山脉，所遇风光益发幽微新奇，他开始自发自觉地摆脱先前在自我人生和写作中的既有积习，所见之物也逐渐以其本真面貌呈现在他眉睫之前。通过与自己实际所在的当下环境心平气和的协商与互动，陈与义终于接受了南方景物的特异与生疏，并将其融入进自我经验和个人身份之中。

"适远"

不得不继续深入南方山境、接触更多陌生地景，这有助于陈与义的思想从旧有的行事方式和思维定势的束缚中挣脱出来。

适远（#409/656）

处处非吾土，年年备虏兵。

何妨更适远，未免一伤情。

石岸烟添色，风滩暮有声。

平生五字律，头白不贪名。

240

《适远》的四联缓慢而线性地往前推进，其叙事没有因律诗对仗的骈偶而有所延缓。诗以战争、迁徙、伤情等基本情境起笔，接着在下半段，通过确认和描述自然景色中的内在秩序以及诗人最终达成的内心平静，来消解上半段的焦虑。尾联陈与义对自己诗艺的自矜自许，刘辰翁曾评之曰"负恃不浅"。[8] 工对精巧的颈联完全能支撑起诗人对自己五言律的自许：石岸上的烟霭和风滩上的昏暮，均与凸显此刻晚景的天地谐鸣交相辉映、宛若天成；两句中的动词也完全嵌于景中，烟"添"色而浓重，滩"有"声而回响。

　　诗后半段对风光的欣赏和对诗律的自许，有赖于前半段所叙所言的设定。一旦"非吾土"的心理负担被第三句带有鼓动意味的"何妨"所建议的"适远"之念卸下，风光之魅力和冒险之潜质便完全释放出来。心灵从所有预置的假设感、边界感、异质感中苏醒过来，风景中体察到的陌生疏离感登时面目一新，这里即"吾土"，可"添"可"有"。

241

论诗诗句盘点

　　此时此刻归全反真的诗歌再次占据陈与义的舞台中央，这并不令人讶异。在《适远》的特定语境中，诗人在尾联对自己诗艺的自我夸许之辞，是以前三联的工整对仗为铺陈基础而做出的，这三联的炼字排句低调而华丽地炫示了自己的诗艺才力。更宏观地来说，诗歌在陈与义的整个行旅途中始终扮演着确定性之支柱与灵感之源泉的角色。

　　我们稍微回溯岳州时期即可发现，陈与义在留寓岳州期间，谈诗论诗的主题占据了相当抢眼的位置；写就于岳州的69首诗中，有15首，约22%，明确关涉这一主题：

　　　1. 翰林物色分留少，诗到巴陵还未工。[9]

2. 欲题文字吊古昔，风壮浪涌心茫然。[10]

3. 如许江山懒搜句，燕公应笑我支离。[11]

4. 细题今夕景，持与故人看。[12]

5. 从今老子都无事，落尽园花不赋诗。[13]

6. 晓窗飞雪惬幽听，起觅新诗自启扃。[14]

242

7. 深知壮观增诗律，洗尽元和到建安。[15]

8. 燕子不禁连夜雨，海棠犹待老夫诗。[16]

9. 无人画出陈居士，亭角寻诗满袖风。[17]

10. 醒来推户寻诗去，乔木峥嵘明月中。[18]

11. 傥有青油盛快士，何妨画戟入新诗。[19]

12. 萧萧不自畅，耿耿独题诗。[20]

13. 豺虎不能宽远俗，山川终要识诗人。[21]

14. 天公亦喜我，催诗出微霞。[22]

15. 不须惜别作酸然，满路新诗付吾子。[23]

此外，从岳州到衡山的途中，陈与义还作有四诗提及自 *243* 己身为诗人的人生与诗作：

16. 未必禄唐能办此，题诗著画寄兴公。[24]

17. 犹能十日客，共出数年诗。[25]

18. 投老相逢难衮衮，共恢诗律撼潇湘。[26]

19. 平生五字律，头白不贪名。[27]

不复有恨

陈与义对当地风景的深沉感知是促成其认识和接受自己身为漂泊于陌生地域的流寓旅人身份的重要因素。"何妨更适远?"诗人一旦实现了内心和解，就能甩掉根深蒂固的惯习和预设，以一种全新态度继续向前。"远游吾不恨"，他宣告说。[28]

头脑中偏见尽除的中立状态是诗人内在自我重塑新生的先决前提，并改变调整着他与本地景观之间交互的微妙动力。如果我们借用北雁南徙的比喻，陈与义不再哀叹自己不能如雁般春来北归，而是已然接受了不归的现实。这种心理上的跨越突破让他得以深入并重组陌生风景，熔铸为关于自我和家园的新理念的诗材。这种情感反应似乎与先前的南方贬谪文学书写背道而驰；诚然，之前的贬客谪士，如唐之柳宗元、宋之苏东坡，都曾在湖南、广西、海南等地积极调整自我、适从当地生活，但他们从未从"家"的角度出发来看待并描摹这些异地风景。发生在陈与义身上的脱胎换骨的超现实主义瞬间在一首与两位洛阳乡人同游当地一处私园的短诗中被活灵活现地表达出来。《与王子焕席大光同游廖园》

（#417/663）七绝诗云："三枝筇竹兴还新，王丈席兄俱可人。侨立司州溪水上，吟诗把酒对青春。"

"司州"之名最早可追溯至汉代，但作为行政区划最早建于西晋时期，指称的是京师洛阳周围的地区。第三句开头的"侨"字——这个字是现代汉语中寄居异国他乡这一概念的源头——因 317 年中原王朝崩溃后衣冠南渡而获得了引人注目的新使用。这些北方移民在南方疆土的新居所重设原有的北方行政区划之名。① 在这一意义上的"侨"字常作为名词使用，用以表示身在异乡的异客状况或离散身份。陈与义在诗中将其活用作副词，不是用来表述其异客的状况或身份，而是用来修饰站立的动作——"侨立"。这一修辞上的创新，得到了很多笺评家的认同和赞誉。[29] 然而，这里的创新不限于此词本身，而是一直延及整个此句、此联之中。陈与义描叙包括自己在内的三位洛阳异乡人，不是站在所游廖园的溪水之上，而是站在"司州"洛阳的溪水之上。陈这里表达的是一个微妙的参照标准上的变化，他把对自己侨寓身份的潜在叹惋，转化成了一个新奇探索的瞬间。适远路上衡岳这一心理南点上与同仁所同游的廖园，在简斋以及王子焕和席大光这三位洛人那里，已经被内化成了故乡的一部分

---

① 译注：东晋南迁，司州侨治合肥。

了。所立的桥下之水，仿佛俨然就是故乡"司州"的桥和故乡"司州"的水，而吟诗把酒所面对的"青春"，并没有因这一客居的身份而有丝毫减弱，被正色面对而接受为他们的新身份的一个组成部分。眼前的风景，不再是缺席故土的沮丧替身，而是以其青春丽质本身被面对，作为当下现实而欣赏。

侨寓寄客

行走在衡山深谷和湘水沿途间与当地山水亲密接触，这有助于形塑陈与义全新的自我意识。而另一影响来自越来越多的流散北方官民涌入衡湘地区，亟待寻求接纳和联络；在南国远疆他们开始找到彼此关联的纽带，这一新机遇有助于简斋重整再塑其早年汴京作品中的交流模式。

陈与义与席益（1089—1139，字大光）的关系是展现其与北方侨寓寄客之间重建失去的联系的绝佳个案。陈、席皆为洛人，十年前曾同在秘书省供职。靖康之难之后的1127年，席益途经邓州而与陈与义短暂相遇于此，之后直到1129年冬二人才于衡山地区再度重逢。陈与义在1129年所作的《江行野宿寄大光》诗中流露出的情感，恰如其分地概括了这种友于情谊的亲近亲密与同声共气的本质。末句"共恢诗律撼潇湘"（参见前引岳州论诗诗句第 18 例）显示出的动量，在律诗前七句中逐渐积聚，诗中描述的茕茕孑立之况在诗题"江行野宿"中就有所体现。夜行江景中的诸多景物为诗人的敏锐目光所捕获，但它们之间彼此孤立隔绝，缺少互动交流：指引视线方向的"樯乌"（1 句）、"天地"对于衰羸旅人之"无情"（2 句）、寂静深夜的"鸣榔"声（4 句）、对两位友人即将重逢畅叙衷肠的展望（7 句）。[30] 接下来收束全诗的结句不仅把这些断裂的碎片连成一体，而且把重逢的期冀推向高潮。对"诗律"的自信和"撼潇湘"的大胆 246 想象不仅源自正暗夜孤行的叙述者对重逢的期待，也缘于他对眼下舟行和夜宿环境的敏锐识察。另一方面，叙述者与周遭环境之间明显的紧张关系，无疑也因其所置身的陌生暗夜环境中潜含的危险感和不安感而被放大增强。

陈、席二人数月后即各奔东西，席益继续往南溯湘水而至永州，陈与义则西行至邵州。陈与义在《别光大》（#421/667）诗中忆起他们去岁秋冬之间久别重逢的感喟时刻："堂堂一年长，渺渺三秋阔。恍然衡山前，相逢各白发"（1—4 句），[31] 并以想象二人互道分别后彼此踽踽独行的状态来收束全诗："滔滔江受风，耿耿客孤发。他夕怀君子，岩间望明月"（17—20 句）。"岩间"常用以指代隐者之居，这里陈与义预示性地想见自己在不久的将来于邵州山中岩居穴处的情形。

衡山脚下的旧友重逢，陈、席二人之间的聚散离合、悲喜交至的循环无端让诗人有种往日重现的似曾相识感。1127年冬，两年之前的邓州，陈与义得知席益会途经此地的消息，以诗代简向友人致意："十月高风客子悲，故人书到暂开眉。"[32] 在天崩地裂、王朝命运未卜之际能再见席益，陈内心的欣喜溢于言表："喜心翻倒相迎地，不怕荒林十里陂"（7—8句）。[33]

1127年陈、席二人在邓州的重逢，对席益而言是在相当屈辱的情势下发生的。《宋史》仅在席父列传的末尾附带提及其子席益，不过根据白敦仁的考证，席益的政治生涯实际上远胜其父。[34] 史载当年五月金兵进攻黄河中游战略重镇河中府时，"守臣徽猷阁待制席益遁去"。[35] 陈与义致诗之际，他正在奔赴位于邓州南边汉水上的郢州新任的途中。[36] 席益无视职责、闻风而遁的行为在朝廷下发的官方制书中受到了严厉的斥责，称其"弗思为国，专主谋生"，"坐令百万之民，皆被侵陵之毒"。[37] 作为朋友，陈与义的角度自是不同，他把席益的所作所为置于兵兴之后这一具体的历史背景中，对其友表示出极大的同情和心理上的支持："万事莫论兵动后，一杯当及菊残时"（5—6句）。

陈与义经由郢州去往岳州的1128年秋，席益时知郢州，

但二人未得谋面。来年即 1129 年春，陈与义在岳州写下
《春夜感怀寄席大光》（#355/576），再次抒发了对友人的思
念之情："苦忆西州老太守，何时相伴一灯前?"（7—8
句）[38] 这年冬再度聚首于衡山，对二人来说都意味深远。
陈与义于衡州短暂停留期间所写的 15 首诗中，有 7 首是直
接寄赠或关涉席益的。[39] 1130 年，他俩的人生轨迹还会再
次出现交集；二人同受朝廷召还，且在前往浙江赴任的旅途
之初曾一度同行。[40]

衡山县下

　　1130 年的元日，诗人似乎深陷于数年漫长旅途跋涉的劳
顿和疲惫之中而抑郁难解。他在七律《元日》（#420/665）
一开始即写道，"五年元日只流离"；诗以"汀草岸花知节
序，一身千恨独沾衣"（7—8 句）收尾。"千恨""千忧"
"百虑""百忧"这类情感在此刻复现于诗，让人想到他贬
逐陈留时同类表述的高频呈现。[41] 自然界的亘古不变、汀
草岸花的应时而发，既与人世间的颠沛流离形成对比，也是
消解行旅之人由岸花沾衣而起的负面情绪的反向动力。

　　对陈与义而言，自然美的调适功能永不止息，在经越衡
山时也不例外。《立春日雨》（#429/675）描绘菷蒙葱笼的

248

山麓氤氲在迷蒙春日微雨之中："衡山县下春日雨，远映青山丝样斜"（1—2 句）。如果说《登岳阳楼》在起始二句（"洞庭之东江水西，帘旌不动夕阳迟"）中历数地理畛域方位代表了陈与义大处落笔的精确诗学理念，早期作品中《春日》的开篇首联（"朝来庭树有鸣禽，红绿扶春上远林"）从细处揭示其视觉逻辑，那么《立春日雨》一诗可谓合二为一，既表现出诗人对自然的纯真欣赏以及自我在空间中的位置的自觉意识，也展露出他对细雨之于风景与诗人观察者的影响的微观关注。

背景中朦胧隐约的青山是通过如线的春雨来感知的，而雨丝又是在郁葱青翠的远山的映衬下被察视。斜丝细雨的视觉效果取决于青山高峨，一如青山要凭仗细雨斜丝方显其巍然。对这一全景空间的微细、直观感知随着淅淅雨丝的细微运动而得到提升强化。对空间的视觉绘测和心理感知在律诗对仗工整的中间二联中被继续推进，雨丝在包括江边沙际、竹林古渡在内的更宏观的语境中"闪亮登场"（highlighted presentation），同时行旅之人在场景中的确切位置也被更明确地揭示出来："容易江边欺客袂，分明沙际湿年华。竹林路隔生新水，古渡船空集乱鸦"（3—6 句）。[42]

这首诗中引人瞩目的方位和空间意识同样也来自嵌入场景内部的观察者。他是春日雨这一事件及其发生的空间和场所的亲历亲验者，从"衡山县下"这一景观的底部位置一路向上往前投注其观察的目光，就像是从他自己的限知视角现场直播自己的亲身经历。这一视角是立足于路上的行旅者而非由超然于场景之外的全知观察者外加于读者的。如果我们将其与李白的衡山诗相对比的话，简斋立足于地面、自下而上的视点与之的区别就显而易见了。李白诗显然采纳的是一种自上而下、迢遥空灵的视角，就像是透过居于山巅的神灵仙人之眼：[43]"衡山苍苍入紫冥，下看南极老人星。回飙吹散五峰雪，往往飞花落洞庭"（1—4句）。[44]

世间岁自华

在衡山盘桓一段时间之后，陈与义继续西行，前往邵州。这段行旅的具体路线，胡穉概述甚明："建炎四年庚戌（1130），自衡岳，历金潭，下甘棠，至邵阳，过孔雀滩，抵贞牟，即紫阳山居焉。"[45] 邵阳作为下一站的目的地简斋似乎早已有规划，或许是还在岳州时即有此打算，他在离开岳州前的一首送别诗中曾有提及下一步的行旅："忽破巴丘梦，还寻邵阳路。"[46]

他再次动身上路，从衡山朝西行进，可能也受迫于该年宋金战争的新情势。1129年至1130年的冬季，金人每年一

250

度的南侵达到高潮，为生死存亡而苦战的南宋朝廷正处于低潮谷底、命悬一线之际。金人在这一轮的南侵中把战事推进至如浙江明州（今宁波市）、湖南潭州（今长沙市）等更南方的州县，金兵战略也转为夺取或摧毁大城重镇，尤以东南诸地为目标。他们"一路烧杀抢掠，其野蛮暴虐的程度远胜于 12 世纪 20 年代早期发生在该地区的民乱兵患。因此在金人于 1130 年夏分头撤兵至长江以北之时，身后留下的是几十座付之一炬、片瓦无存、了无人烟的空城"。[47] 与此同时，一支深入赣南腹地的金军折而向西、转进湖南，于 1130 年初途经潭州时曾破城而据。[48] 陈与义当时已离衡山西去，自衡山至邵州的途旅诗中大多写的是当地山水，上述事件从他的诗中只能依稀辨其痕迹。

在《金潭道中》（#423/670）一诗中，诗人先从篮舆竹轿中以惯常的朝外扫视开篇（1—2 句），对"前冈"（3 句）、"后岭"（4 句）等周遭地形了然于心之后，遂转向风景之外的政治情势："海内兵犹壮"（5 句）；不过这一稍纵即逝的念头旋即被诗人眼前的景色所冲淡："村边岁自华"（6 句）。叙述者的思绪经由这一惯常的路径而平复下来，他甚至表现出一种难得一见的幽默感，拿花打趣："回眼送桃花"（8 句）。观察者以此将自己置于场景之中，成为他刚刚浏览过的风景之主人，并以他新赋的主人身份来迎送桃花。

251

另一首仅题曰《道中》（#422/669）的诗关注着旅者与风景之间的绝妙契合，万物自生、万事自灭，以此来彰显诗人内心的宁静："雨子收还急，溪流直又斜。迢迢傍山路，漠漠满村花。破水双鸥影，掀泥百草芽。川原有高下，随处著人家"（1—8句）。[49] 风光随处可见、俯拾皆是，自然世界遵循着既非先在预设，也非观察者所外加的天道。诗人于行旅之中，去端量、去观察、去接受物之所在、事之所生。[50]

陈与义如是描述在抵达杉木铺时所见的风景："春风漠漠野人居，若使能诗我不知。数株苍桧遮官道，一树桃花映草庐。"[51] 诗人于此并未把自己的个人身份和意图硬派给所见之景物，他对所见之景是否能入诗表示了疑惑，"不知"其是否能够如此。自然风光中的景物，其传统功能是感兴激发诗人之思想情感，得意之后即可退场，但在这里却顽强地坚持不退，又是"遮道"，又是"映庐"，强势地向诗人昭示其自我存在。对花木数量的留心——"数株苍桧""一树桃花"——进一步强调了它们凸显于诗人心中的视觉和物质存在。

同样的心绪心境持续到他离开此地驿舍的那刻。在《晓发杉木》（#427/673）诗中，诗人迎着清晨"淡"（1句）、"清"（2句）、"寂寂"（4句）的氛围沿水岸而行，他的思绪并没有停留于习惯性地哀叹"凋双鬓"（5句），而是指向了本地农家的生活。"田家自一生"（6句）——这一句意味着诗人在行旅羁客的身份认同上，迈出了坚实而关键的又一步；接受已然的存在，而非意欲如此，生活在当下见在而非总想着他处。接下来的"有诗还忘记"（7句），是上述这一顿然了悟的自然结果，诗人通过铭刻"忘记"这一比"不知"更主动的行为，将诗之写作进一步淡化进了后台和背景之中。

深期

简斋于1130年正月十二抵达邵州，这距他在房州从金兵追赶中虎口脱险恰好整整两年（后者发生于1128年的同月同日）。邵阳是邵州府治之地，因位于邵水之滨而得名。邵水是北流汇入洞庭的资水的支流之一。

抵邵次日，陈与义就遭遇了一场暴雨，在记录此事的诗中，当地物候的差异性得到了明确的指认。[52] 他先述"邵州正月风气殊"，再云"昨日已见三月花，今夜还闻五更雨"（3—4句），而后屋檐的滴水声在梦境中被转换成了诗人故乡洛阳龙门的潺潺流涧（"梦到龙门听涧水，觉来檐溜正潺潺"，7—8句）。

陈与义似乎考虑过由此进一步向西南方向推进，从邵州 [253] 前往桂林，可能他比较担心潭州城陷之后邵州城的安全问题。[53] 不过他的忧虑被世居邵州的妻族姻亲们的地主之谊所抚慰缓解。[54]《过孔雀滩赠周静之》（#433/679）开篇云"海内无坚垒，天涯有近亲"（1—2 句），续曰"高眠过滩浪，已寄百年身"（7—8 句）。

那些"滩浪"很快就把陈与义推向了他的姻亲周静之所居的紫阳山。仍在水路途中时，他已经想到了等待着他的"笑语""殷勤"（3—4 句）；他在沉稳而有力的划桨声中，在春花绽放的"溪山"之上，找到了心灵的宽慰和宁静，先前的"百忧""千恨"全都消解在激浪欢腾的喜庆气氛之中。

陈与义携家人抵达目的地，接受到预期的"笑语""殷勤"，他在《夜抵贞牟》（#435/681）中既表达了对主人的由衷感谢，也对接下来的平静生活充满热切期盼："夜半青灯屋，篱前白水陂。殷勤谢地主，小筑欲深期"（5—8 句）。

这种深沉的满足自适之感纵贯于他寓居贞牟时的诗作之中。他在《舟泛邵江》（#432/678）诗中自陈"快然心自足，不独避嚣纷"（7—8 句）。他不为物扰的内心状态是以宇宙天地中万物的自足存在为前提的："滩前群雁起，柂尾 [254] 川华分。落花栖客鬓，孤舟遡归云。"（3—6 句）[55] 飘零寄客的双鬓是否斑白无伤大雅，孤舟溯溪独行也无关宏旨，群雁初起、繁英缀岸，落花恰飘落于头顶，孤舟犹追随于云影，都在这一刻连贯完整、极情尽致地得以表现。

在这样的沉思时刻，自然风光中的宁静恬适与诗人内心里的反省笃定相得益彰。他在《今夕》（#438/684）诗中先云"偷生经五载，幽独意已坚"（3—4句），结以"唯应寂寞事，可以送余年"（7—8句）。而另一首《暝色》（#439/684—685）提到黄昏夜色将临时万事万物都可以用来"栖心神"："残晖度平野，列岫围青春。柴门一枝筇，日暮栖心神"（1—4句）。

在烂漫春景之中，夕阳映照在平野上，斜晖缓渐流逝，以此确定空间景深，顺着观察者立于柴门大开处的视线向外看。太阳光线的运动轨迹所见取决于诗人的静止姿态，就像风光中色彩和光影微妙变化中他被衬托如浮雕一般："暝色著川岭，高低郁轮囷。水光忽倒树，山势欲傍人"（5—8句），诗人于是豁然顿悟："万化元相寻，幽子意自新"（9—10句）。

²⁵⁵ 与家人亲友在紫阳山里偏远隔世的贞牟小村团聚之后，落日余晖消失在地平线外，诗人的立姿身影隐入暗黑，他也把关注焦点从世界内转至自我。他终能为自己的身与心觅得一处栖息之地。

诗 成

通过内心反省而达到坚意笃定的过程是在多场景、多层面上进行的。在《贞牟书事》（#440/686）中，陈与义试图重新审视自己先前人生中基本上是单行道、单线式的伦常价值观。此诗18句，可分为上下各八句的两个部分，中间再加上"眷此贞牟野，息驾吾其终"（9—10句）一联以承上启下，阐明本诗主旨。考虑到"马"的意象在陈与义的避难奔逃初期时的象征意义，在这里"息驾"是一个具有高度指示意义的念想。有此决定的部分动因是当地的淳朴美景，他随即用四句诗加以描述："苍山雨中高，绿草溪上丰。仲春水木丽，禽鸣清昼风"（11—14句）。他通过调和三组传统矛盾冲突——"用舍"（7—8句）、"祸福"（15—16句）、"荣寂"（17—18句）——来寻求平衡、详加论辩"息驾"的主旨。他用"两合绳"（15句）这一务实的比喻来对三组概念里对立的双方加以重构。用舍、福祸和荣寂，像由两股对等绳线组成的"两合绳"一样，是相互纠缠、相互依存的对立统一体。[56]

传统上矛盾对立的概念之间，往往是东风和西风的关系，比如用胜于舍、荣优于寂、福凌于祸，而这些如今都被赋予了新的阐释视角："抚世独余事,用舍何必同?"(7—8句)"抚世"被视为"余事",用与舍不必求同,选择的自由交给个人,这对陈与义来说,是一个极不寻常的陈说,他终其一生都在为不得不在二者之间加以选择或论辩衡量某一选择是否正当而饱受痛苦的折磨。

陈与义的新理解还体现在他在此诗开篇所举张良与梅福的事典上(1—4句),[57] 二者皆用以阐明后文论述的更宏大的观点。简斋通过用此二典还提出了另一奇妙的想法:"神仙非异人,由来本英雄"(5—6句)。他在前面诗作中曾两次用过"英雄"一词,分别指陶潜和诸葛亮这两个非凡的尘世人物。[58] 将人间英雄和仙界神灵之间的界限抹去,认为神仙本来也是英雄变成,代表着他思想中的新线路,与神人界限同时抹去的还有情与景、身与世、此与彼、故土与异乡之间的界限。这一认识位于下面这首诗中发生的涣然醒悟过程的核心:

罗江二绝(其一,#444/692)

荒村终日水车鸣,陂北陂南共一声。

洒面风吹作飞雨,老夫诗到此间成。

诗成的感觉在绝句的第三句中生动地体现了出来:微风

吹过水车，飞珠溅玉，水线如丝般轻柔拂面，正象征着人与物、诗与境完美融合的高光一刻，这一完全沉浸于其中的整体性体验让诗失去了存在的意义。诗人的灵光顿悟是通过与循环往复转动的水车这一灵感之源的近密接触而实现的。诗之终至大成是因为不必有诗；诗的需要消失了，是因为心与境、象与意、物与人之间的距离消失了，所有这一切都汇聚于当下实境的时空之中——"此间"。这里没有忧伤焦虑的容身之地，有的只是声、色、触、感的切身体验。不多，亦不少。借用傅君劢讨论东坡诗的话来说，"心与物的互动交流也许是个高度中介化的过程，但在内与外、自我与他者融为一体的时刻到来之前，交流已经在意识阈限的深处多层级地发生了"。[59] 这是陈与义的诗臻于大成的时刻。对他而言，这一过程不必在"意识阈限的深处"发生，其就在"此间"适时而成。

257

水车的终日轰鸣在创造和保持这一完美统一的感觉上发挥着至关重要的作用，这是一个绝对占有和拥有的时刻：

水车（#470/733）

江边终日水车鸣，我自平生爱此声。

风月一时都属客，杖藜聊复寄诗情。

258 **注释：**

［1］《王应仲欲附张恭甫舟过湖南久未决今日忽闻遂登舟作诗送之并简恭甫》
（#369/591—592），1—2句。王应仲也是自北逃难的士人，在岳州与陈与
义比邻而居。

［2］James Robson（罗柏松），*Power of Place: The Religious Landscape of the
Southern Sacred Peak（Nanyue）in Medieval China*，Cambridge，MA：
Harvard University Asia Center，2009.

［3］李白曾于758年秋游衡岳；十年之后，杜甫于759年冬抵临，次年春游衡
岳。二人皆有衡山诗。

［4］范仲淹：《渔家傲·秋思》，见唐圭璋编：《全宋词》，北京：中华书局，
1965年，第11页。

［5］Wing-tsit Chan，*Chu Hsi: New Studies*，Honolulu，HI：University of Hawai‘i
Press，1989，pp. 396‑397；中译本见陈荣捷：《朱熹》，台北：东大图书公
司，1990年；北京：生活·读书·新知三联书店，2012年。这149首诗
收入《南岳唱酬集》，朱熹有序。关于朱熹与张栻的思想渊源与人际关系
研究，参见 Hoyt Cleveland Tillman，*Confucian Discourse and Chu Hsi's
Ascendancy*，Honolulu，HI：University of Hawai‘i Press，1992，pp. 59‑82；
中译本见田浩：《朱熹的思维世界》，台北：允晨文化，1996年（2008年
增订版）；陕西：陕西师范大学出版社，2002年，第62—90页；南京：江
苏人民出版社，2009年（增订版），第56—81页。

［6］于大成：《淮南子校释》，台北：台湾师范大学博士学位论文，1969年，第
226页。于大成在校释中引用陈与义此诗来作为"忽区"一词的后世援引
和意义演变。《淮南子》是一本论述帝王之道的政治论集汇编，书源于西
汉初年淮南王刘安幕下士人的学术思想论辩，参见 John S. Major（马
绛），Sarah A. Queen（桂思卓），Andrew Seth Meyer（麦安迪），and
Harold D. Roth（罗浩），eds. and tr.，*The Huainanzi: A Guide to the Theory
and Practice of Government in Early Han China*，New York，NY：Columbia
University Press，2010.

［7］Edward H. Schafer（薛爱华），*Pacing the Void: T'ang Approaches to the
Stars*，Berkeley，CA：University of California Press，1977.

［8］白敦仁：《陈与义集校笺》，上海：上海古籍出版社，1990年，第657
页引。

［9］《登岳阳楼二首》其二（#332/551），7—8句。

［10］《再登岳阳楼感慨赋诗》（#335/555），7—8句。

［11］《用前韵再赋四首》其三（#349/571），3—4句。

［12］《夜赋寄友》（#356/578），7—8句。

［13］《次韵傅子文绝句》（#360/582），3—4句。 *259*

［14］《周尹潜雪中过门不我顾遂登西楼作诗见寄次韵谢之三首》其一（#361/583），1—2句。

［15］上引诗其二（#362/584），3—4句。这是陈与义屈指可数的评论诗史观的一处记录。东汉末的建安时期（196—220）是中国诗史上最具活力和创造力的时期之一；中唐的元和年间（806—820）是又一重要的诗歌创作高峰，其清和俗易的诗风与建安诗歌的慷慨雄健形成鲜明对比。对建安诗的研究，参见 Xiaofei Tian, *The Halberd at Red Cliff: Jian'an and the Three Kingdoms*, Cambridge, MA：Harvard University Asia Center, 2018；中译本见田晓菲著，张元昕译：《赤壁之戟：建安与三国》，北京：生活·读书·新知三联书店，2022；葛晓音《八代诗史》（修订本），北京：中华书局，2012 年；对元和诗的研究，参见宋立英：《元和诗坛研究》，上海：上海古籍出版社，2010 年。

［16］《雨中对酒庭下海棠经雨不谢》（#365/585），3—4句。

［17］《寻诗两绝句》其一，（#366/589），3—4句。

［18］上引诗其二（#367/589），3—4句。

［19］《周尹潜以仆有郢州之命作诗见赠有横槊之句次韵谢之》（#370/594），5—6句。是年四月，陈与义授命知郢州，但据白敦仁考证陈与义未果赴任。"横槊"是戎马生涯英雄主义的形象，陈与义此诗首联典出于年少将军萧韶之故实，曾"接（庾）信甚厚，坐青油幕下，引信入宴，坐信别榻，有自矜色"（事见《南史》卷51）；"画戟"是知州府尹的仪仗所持的仪饰。

［20］《泊宋田遇厉风作》（#375/604），17—18句。

［21］《赠傅子文》（#377/607），5—6页。"豺虎"指贵仲正之乱。

［22］《九月八日登高作重九奇父赋三十韵与义拾余意亦赋十二韵》（#391/623），19—20句。

［23］《送王因叔赴试》（#395/631），7—8句。

［24］《奇父先至湘阴书来戒由禄唐路而仆以它故由南洋路来夹道皆松如行青罗 *260*

　　　　步障中先寄奇父》（#400/639），7—8 句。

[25]《别伯恭》（#403/645），3—4 句。

[26]《江行野宿寄大光》（#407/653），7—8 句。

[27]《适远》（#409/656），7—8 句。

[28]《跋任才仲画两首大光所藏》其一，（#414/660），1 句。

[29] 中斋云："用'侨立'字新。"见白敦仁：《陈与义集校笺》，第 664 页引。

[30] 第四句中的"鸣榔"，胡穉、白敦仁注曰："扣木为声，以驱鱼也。"麦大
　　　伟引刘若愚（James J. Y. Liu）之说提出有一种现代流行于南方渔民的
　　　捕鱼法，渔民以篙杆敲击船体、驱鱼入网，参见 David R. McCraw, "The
　　　Poetry of Chen Yu-yi, 1090 – 1139," PhD dissertation, Indiana University,
　　　1982, p. 315; James J. Y. Liu, *Major Lyricists of the Northern Sung*,
　　　Princeton, NJ: Princeton University Press, 1974, p. 71. 诗中并未明指"鸣
　　　榔"是为了驱鱼入网还是将鱼驱散开以清水道。

[31] 席益生于 1089 年，年长陈与义一岁。

[32]《得席大光书因以诗迓之》（#284/490），1—2 句。

[33] 杜甫曾用"喜心翻倒"一说来形容他自安禄山叛军盘踞的京城长安逃出
　　　前往肃宗的行在所凤翔时的喜悦之情。①

[34]《宋史》："子益，字大光，绍兴初，参知政事。"见脱脱：《宋史》，卷
　　　347，北京：中华书局，2004 年，第 11017 页。白敦仁对席益生平事迹的
　　　建构参见白敦仁：《陈与义集校笺》，第 336—340 页注 1。

[35] 李心传：《建炎以来系年要录》，上海：上海古籍出版社，1992 年，卷 5，
　　　28b 页，第 110 页。

[36] 席益辞别邓州时陈与义作一诗，《送大光赴石城》（#285/492）。郢州俗
　　　称"石城"。

[37] 汪藻：《知河中府席益落职制》，收入其《浮溪集》，上海：上海古籍出版
　　　社，1987 年，卷 12，第 9a 页。据李心传的记载，席益落职是在 1127 年
　　　九月，见李心传：《建炎以来系年要录》，卷 9，6a 页，第 170 页。席益所
　　　受的惩罚，即削爵贬职、另配次级府县，比起两年后的诏令规定相对宽
　　　松。1129 年诏令规定，同等罪行"徒二年"或"流二千里"，见李心传：
　　　《建炎以来系年要录》，卷 19，8b 页，第 297 页。

261

---

①　译注：杜甫《喜达行在所三首》其二。

［38］席益时任汉水江城鄂州知州。宋金交战以来，宋军凭借汉水、淮河和长江三江为天险，重组对金的防御线。西线以汉水为中心，故称"西州"。

［39］除了上引《江行野宿寄大光》（#407/653）、《与王子焕席大光同游廖园》（#417/663）二诗提及之外，二人还一起赏画（《跋任才仲画两首大光所藏》［#414—415/660］）、除夕步韵（《除夕次大光韵大光是夕婚》［#418/664］、《除夜不寐饮酒一杯明日示大光》［#419/665］）①、元日后互致别意（《别大光》［#421/667］）等。

［40］抵达临安行在后，二人持续交好，且皆曾升至参知政事（席1133年、陈1137年）。陈与义在浙江度过余生，而席益后曾外任于湖南、四川等地；前者逝于1138年十一月，后者于次年九月辞世。

［41］"百忧"出自《除夜不寐饮酒一杯明日示大光》（#419/665）："万里乡山路不通，年年佳节百忧中"（1—2句）。早期作品中的类似表述，参见《秋夜咏月》（#205/379）："踏破千忧地，投老乃自嫌"（9—10句）；《夜步堤上三首》其二（#208/382）："物生各扰扰，念此煎百虑"（7—8句）等。

［42］David R. McCraw, "The Poetry of Chen Yuyi," p. 88. 此二联的英译借自麦大伟。

［43］李白：《与诸公送陈郎将归衡阳》，收入李白著，瞿蜕园、朱金城笺：《李白集校注》，上海：上海古籍出版社，1980年，第1066页。

［44］"紫冥"是传说中道教神祇所居之所；"南极老人星"即船底座 α 星（Canopus）的中文名（又名"老人星"），是南天船底座中最亮的恒星，亦是全星空第二亮星。

［45］白敦仁：《陈与义集校笺》，第666页引。

［46］《留别天宁永庆乾明金銮四老》（#398/636），3—4句。

［47］Joseph P. McDermott（周绍明），Yoshinobu Shiba（斯波义信），"Economic Change in China, 960–1279," in John W. Chafee and Denis Twitchett, eds., *The Cambridge History of China*, vol. 5, pt. 2: *The Sung China, 960–1279*, Cambridge：Cambridge University Press, 2015, p. 390.

［48］潭州之围始于正月二十四日，不到两周时间，至二月初二即告城破，见李心传：《建炎以来系年要录》，卷31，12a页，第464页。

262

---

① 译注：此处原著注释漏第一首诗题。

[49] 此处英译在麦大伟的基础上有所修改，参见 David R. McCraw, "The Poetry of Chen Yuyi," p. 93.

[50] 麦大伟注意到王维对陈与义山水诗总体上的巨大影响，特别是对其自衡山至邵阳的途旅诗。这种影响无可否认，但显然王维并不关注风景中如双鸥之"破水"（5 句）、百草之"掀泥"（6 句）等微细的事件和状态。本书出版社坎布里亚（Cambria）的一位匿名评审者曾指出说，陈诗读起来更让人想起杜甫写于成都的《水槛遣心二首》其一："澄江平少岸，幽树晚多花。细雨鱼儿出，微风燕子斜。城中十万户，此地两三家"（3—8 句），见杜甫著，萧涤非编：《杜甫全集校注》，北京：人民文学出版社，2014 年，第 2178 页；Stephen Owen tr. and ed., *The Poetry of Du Fu*, Berlin: De Gruyter, 2015, Vol. 3, p. 19.

[51] 《将至杉木铺望野人居》（#426/672），1—4 句。

[52] 《正月十二日至绍州十三日夜暴雨滂沱》（#430/676）。

[53] 《初至邵阳逢入桂林使作书问其地之安危》（#431/677）。

[54] 尽管诗意似乎甚明，但认为他们所投奔的周氏即为陈氏妻族近亲的观点可能仍然无法定论，参见周清澍：《诗人陈与义与湖南周氏》，载《中华文史论丛》2019 年第 2 期，第 1—52 页。

[55] 此处英译微调麦大伟的译本，参见 David R. McCraw, "The Poetry of Chen Yuyi," p. 89. 麦大伟把第四句中的"川华"译为 stream-flower，意为船过破浪所溅起的水花，这一解释自然合乎道理；但我们也可以从字面上来理解，即此处的"华"指实际绽放于两边河岸上的花，如此，则前行之船所"分"的可以包括川和华二者在内。

[56] 贾谊曾在《鹏鸟赋》中用"纠缠"（纠，两合绳；缠，三合绳）来比喻福祸之间的依存关系："夫祸之与福兮，何异纠缠"，见司马迁：《史记》，卷 84，北京：中华书局，1982 年，第 2498 页。

[57] 张良曾在《赴陈留二首》（其一，#185/353）出现过。① 梅福在西汉与东汉之间王莽（前 45—23）的新朝（9—23）为官，因其上书不为所纳，弃家遁世，传后以为仙，见白敦仁：《陈与义集校笺》，第 687 页笺注 3。

[58] 陈与义作于 1125 年陈留任上的《题酒务壁》（#204/376）诗中以"英雄"指称陶潜："当时彭泽令，定是英雄人"（3—4 句）；他在《邓州西轩书

① 译注：原著此处页码误为 344 页。

事十首》其十（#233/426）也视诸葛亮为英雄："诸葛经行有夕风，千秋天地几英雄"（1—2 句）。

[59] Michael A. Fuller, "Pursuing the Complete Bamboo in the Breast: Reflections on a Classical Chinese Image for Immediacy," *Harvard Journal of Asiatic Studies* 53. 1（1993）: 6.

第三部分
劫后余波 （Aftermath）

第八章
破茧成蝶
Breaking Through

　　检视陈与义仕途生涯中的悲欢之源时不难发现，在靖康之前，他的忧患主要源于宦海浮沉；为官乃百虑之源，但同时亦如北辰，为他的道德和情感星空指明秩序、照亮方向。而在靖康之后，他的人生规划被彻底颠覆，但他也能从之前压抑窒息的仕途忧患中获得解脱，在与物质自然的遇合中，逐渐获得独立和自由。尽管随着 1130 年前后国势大局趋于缓和，这种不同于前、愈渐均衡的后靖康范式会再次向政治倾斜，但后靖康时代他南奔途中逐渐形成的新世界观中的核心成分会继续影响他的人生和书写。

　　陈与义在贞牟所达到的物我合一状态并非超然绝对的，正如诗中修饰限定用词"一时"（"风月一时都属客"）和"此间"（"老夫诗到此间成"）所示，这种状态会受到时空维度的双重限制。1130 年初，金人撤兵至长江北岸后，王朝似乎转危为安，不再面临存亡绝续的问题，南宋朝廷也开始召还离散避乱于南方诸路州军的官员还朝。正因如此，随着政治局势的逐步演进变化，陈与义内心的平衡谐和会被再度破坏，也就不足为奇了。

又一转折

1130 年三月，陈与义在《三月二十日闻德音寄李德升席大光新有召命皆寓永州》（#447/693—694）一诗中满含喜悦地向新获诏命的席益与李德升道贺，并以对二人的祝愿和恳请作结："零陵并起扶颠手，九庙无归计莫疏"（7—8句）。[1] "扶颠手"与"九庙"这样宏大政治概念的再次出现表明陈与义思想上的转变，这一转变将回响在接下来一年他的诗歌和生活之中。这首诗的政治色彩在前半节就定下基调，次联云"又蒙天地宽今岁，且扫轩窗读我书"（3—4句）。书与读书的意象在他的前靖康诗作中时有出现，但在后靖康作品中则难得一见。[2] 读书与政事的关系在颔联若还只是一种暗示的话，到了接下来颈联中"自古安危关政事"（5句）这一句，就昭然若揭了。

对"政事"前瞻式的积极展望心态在诗中的复现，标志

着陈与义五年漫长旅途心理上又一转捩点的出现。《雷雨行》
（#451/698）一诗充分地体现出这一新的心境，借春日大雨
之场景生动鲜活地象征诗人内心的情感风暴。

269

　　在这首长 20 句的诗中，前 12 句专写高宗皇帝自宋金交
战以来历经的艰辛苦难，始于其登基继位、再续皇统的 1126
年，迄于金兵北撤后其自海上平安还朝的 1130 年初。接下
来的四句表达诗人听闻高宗回銮的消息后的欣慰喜悦之情，
适逢其机的雷雨被阐释为上天对皇帝大赦天下之举的认可，
倾盆大雨的意象与感念天恩的臣民涕泗横流的形象完美融为
一体。

　　走笔至此，诗歌遂转而向内，借雷雨之力来激发诗人的
精神。诗人坦承自己的体衰力竭，吁请朝中的能人志士奋起
效仿前人的丰功伟绩，一雪天子蒙尘之辱。这股陡然升起的
英雄主义气概在尾联中与对故都开封之想象遥相呼应："君
不见夷门山头虎复龙，向来佳气元葱葱？"（25—26 句）

　　这首诗强烈的情感面貌使得行笔一贯平和冷峻的白敦仁
连用"沉郁顿挫""声情跌宕""苍凉悲壮"等具有高度表
达力的成语，为本诗给出罕有的、充满激情的评语："简斋
集中七古不多，此诗沉郁顿挫，颇似少陵，其声情跌宕，苍
凉悲壮，尤与《冬狩行》诸篇为近，盖力作也。"[3]

内心波澜

诗人内心波澜起伏的剧烈程度在下引诗中表现得尤为明显：

开壁置窗命曰远轩 （#452/706）

钟妖鸣吾旁，杨獠舞吾侧。[4]①

东西俱有碍，群盗何时息。

丈夫堂堂躯，坐受世褊迫。

仙人千仞岗，下视笑予厄。

谁能久郁郁？持斧破南壁。

窗开三尺明，空纳万里碧。

岩霏杂川霭，奇变供几席。

谁见老书生，轩中岸玄帻？[5]

荡漾浮世里，超遥送兹夕。

倚楹发孤啸，呼月出荒泽。

天公亦粲然，林壑受珠璧。[6]

会有鹤驾宾，经过来见客。

———————

① 译注：原著"鸣"误作"呜"。

杜甫在其《除草》一诗中通过描写他和自家居宅周遭丛生杂草之间的一场"赤膊战",展现出一种百折不挠的坚韧:"清晨步前林,江色未散忧。芒刺在我眼,焉能待高秋"(5—8句);"荷锄先童稚,日入仍讨求"(11—12句);"芟夷不可阙,疾恶信如仇"(19—20句)。[7]

与杜甫不同,陈与义并不是在与具体实物短兵相接式地酣战力斗,而是与笼罩其内心的束缚感和压迫感捉对厮杀,这在《开壁置窗命曰远轩》的第十句"持斧破南壁"的大胆行动中得到了戏剧化的激烈呈现。杜甫直奔主题,诗一开篇就直写芟夷杂草、从早到晚的全过程,而陈与义则不疾不徐地刻画自己经受并克服禁锢的诸种情形,直到其郁闷在此诗中段的高潮点上喷薄而出。而上一次他如此沮丧,深感抑郁,且求助于激烈行动,还是在他贬逐陈留之际,彼时他不过只是"题"酒务壁而已,[8]远没有持斧破壁这么极端。他在到达这一高潮点之前运用了一系列的表达禁锢感的词,比如"碍"(3句)、"褊迫"(6句)、"厄"(8句)、"郁郁"(9句),营造出如此逼人的气势,以至于"破壁"成了貌似合理的不二之选。

"破壁"之后,诗着意于描述强烈情感释放所带来的暖心效果和松绑力量。凿壁开窗不仅使得远山尽入眼帘("远轩"得名之由),而且引发了诗人身上一系列的正面反应。

272

作为新赋"远轩"的主人，叙述者以"轩中岸玄帻"（16句）、"倚楹发孤啸"（19句）、"呼月出荒泽"（20句）等一步比一步更激进的举动继续表达自己的叛逆，而"天公"似乎亦以其"粲然"的笑容来表达对诗人的赞许（21—22句）。千仞岗上的仙人与诗人之间的权力关系的变化进一步巩固了诗人叛逆行为的后果：就在数联之前，叙述者还在担忧被仙人们"下视笑予厄"（7—8句）；至此，他已经开始想象他们下界临凡，主动地"经过来见客"（23—24句）。此诗中想象异乎寻常的放诞也见于同期的其他诗作中，譬如《散发》（#460/719）诗云："百年如寄亦何为，散发轻狂未足非"（1—2句）。

与世交接渐老成

诗集中接下来的两首诗可视为《开壁置窗命曰远轩》的续篇，从窗的开辟转向其实际或象征的功用。在《再赋》

273 （#453/708）中，诗人似乎是在调试一件新工具一般推窗外望："清晓坐南轩，望山头屡侧"（1—2句）。他不断调整视线角度，以确保自己透过窗户与远山交流的新途径畅通无碍。诗人是否真的破壁开窗且置之弗论，他连作三诗（第三首见下）描写窗户这一行为所体现出来的叙事连贯性，很容

易让人想起诗人早先试图维系指涉连贯性的类似努力（如他对房州山区地形的全方位测绘即为一例）。既然在第一首诗里已经置窗于"南壁"（10 句），那么在第二首诗中坐于"南轩"、眺望远山就顺理成章了。

在这样开窗调试远望之后，诗人另作一诗描写他在所置新窗的轩阁内的所思所为。《又赋》（#454/710）："我昨在衡山，伤心衢路侧。岂知得此地，一坐数千息"（1—4 句）。诗人坐于轩窗阁内，让自己进入缓长的吐纳冥修中。欲要消解源自彼时彼地、挥之不去的忧伤，完全沉浸于此时此地（3 句）是最有效的方法。诗人随后引用了一则禅宗初祖菩提达摩于嵩山石洞修行，面壁九年，终得顿悟的佛门公案，并决定以身亲验："要将万里身，独面九年壁"（9—10 句）。身心俱静寂是呼山唤翠之前提准备："招呼面前山，浮翠落衾席"（13—14 句）。在另一首《山斋二首》其二（#459/718）中，诗人不只限于与山水风光进行远望或召唤之类的互动，而且还对身旁景物加以修改，令其更好地为己效力："自剪墙角树，尽纳溪西山"（3—4 句）。

召还

在听闻席益和李德升二位友人得官诏谕之后，陈与义或

274

已感知自己也接到起复诏令只是时间早晚问题。传统象征着朝政要事的"庙堂"意象愈渐频繁地见于其诗中。[9] 时至1130年五月，他终获起用的诏令，但在拜诏赴阙之前他曾按惯例称病固辞。

陈与义于是年秋离开邵州，经由湖南永州、道州，翻越南岭，而于年末抵达广南西路（今广西壮族自治区）的贺州。[10] 这一途中他游历了诸多名胜，例如永州的浯溪，这条以碧水怪岩著称的溪水北向流入湘江，唐代官员元结（723—772）曾于此流连忘返，遂力邀其密友、书法大家颜真卿（709—785）书写自己撰于安史之乱后的《大唐中兴颂》，并将其刻石于浯溪崖壁之上。元结于一篇纪此刻石的文中记述了他在赴道州途中如何偶然发现这一溪流并对其一见倾心的经历，他甚至以同音"吾"（我）字为底生造一"浯"字来为其命名，强调自己与此溪的独特因缘——声言此溪"旌吾独有"。[11]①

陈与义亲临浯溪之时，距离元结铭石赋名已有四百年之遥，其间亦有无数游人慕名前来，许多知名诗人、书家于此存名留作，为这一石壁添花加彩，其中就包括声名赫赫的北宋书法大家米芾（1051—1107）和黄庭坚。[12] 当陈与义立

---

① 译注：原著作"唯吾独有"，此据《浯溪铭》原文改。

足溪畔，欣赏着眼前元结之文和颜真卿之字时，元结文中安史之乱后大唐中兴的主题显然激起了他的声气共鸣："小儒五载忧国泪，杖藜今日溪水侧。欲搜奇句谢两公，风作浪涌空心侧"（9—12 句）。[13]

元结和颜真卿的文学和艺术杰作似乎不仅超越了他们作品中所描摹的历史事件，而且逾越了他俩与后访者们之间四百年的时间阻隔而历久弥新——"四百年来如创见"（7句）。诗人被这一饱含情感的静谧时刻所笼罩震撼，以至于欲语无言："欲搜奇句谢两公，风作浪涌空心侧"（11—12句）。旅人倦客在此情此景的激发下所堕的伤心之泪，然而，对于他眼前和心中骤然而起的狂风暴雨而言，都不过是不堪一击的弊甲钝兵。

新征途

离开荆湖南路最南端的道州之后，陈与义越过南岭，来到贺州。

度岭 （#489/754）

年律将穷天地温，两州风气此横分。
已吟子美湖南句，更拟东坡岭外文。

隔水丛梅疑是雪，近人孤嶂欲生云。

不愁去路三千里，少住林间看夕曛。

南岭没有主脉或主峰，而是由散布于西起广西、东至江西的群山和众多山岭构成。南岭通常被视为珠江和长江两大流域的地理分界线和河流分水岭，也是华中地区与岭南地区的气候分野点和文化分割面，这一点在本诗首联中有明确指称。南岭以陡峭低峰山地和蜿蜒峡谷溪涧为主要特征，地势海拔通常不高，因此峰峦之间的峡谷山坳常可通行。颈联描写的狭涧对岸的"丛梅"以及逼仄近人的"孤嶂"，生动诗意地捕捉到了南岭的地形特征。

南岭素有五条古道与中原相连，以这五条古道命名的五岭其历史可追溯至中华帝国初统天下的秦始皇时期，并一直沿用至今。陈与义穿越的，五岭中西数第二岭的萌渚岭，自古以来就是贯通湘南和桂东的主干道（次年夏天他离开广州经福建北上时还会由南向北再次攀越五岭中最东边的大庾岭）。颔联中将苏轼与杜甫相提并置，标识出此处的另一个地理和文化特征；与数十年前苏轼贬逐南行（尽管路线不尽相同）类似，陈与义的旅程也将把他带到广州和大海边。[14]岭南地区位于大宋疆域的南方边缘，故多作为贬谪流放之地；在北宋王朝的最后几十年里，将政敌远谪至岭表的操作

越发司空见惯，正如李瑞（Ari Daniel Levine）所说，"到 ²⁷⁷
1103 年年中，大多数反对新法而列名黑名单的'党人'都
在发配岭南的路上"。[15] 陈与义借"更拟东坡岭外文"（4
句）来抒发己怀，展现了其凡事向前看的积极态度，将此段
旅程视作新征途的起点，拥抱新的情感，迎接新的可能性。
尽管前程去路道阻且长（7 句），他仍会稍停脚步，不错过
路边的夕曛美景（8 句）。这一行为源自内心，既不受世事
外物催迫，亦不受其制约。

　　从贺州到广州的旅程也给诗人带来苦乐参半的情绪体
验。在一首写同样避难南奔而被起复的同僚官员于贺州重聚
的诗中，陈与义表达了再度相见时大家虽容颜已变，但依旧
神态昂扬的超现实感："箧里诗书总零落，天涯形貌各昂
藏。"[16] 他在另外一首诗中亦表达出类似的"相对如梦寐"
之感，避难至此的众人就像是从悠悠长梦中猛然醒转，令人
难以置信地经历着一个重新熟悉彼此容颜的过程："灯前颜
面重相识。"[17]

"一生襟抱"

　　1131 年正月，陈与义登临广州的地标建筑海山楼，并以
诗纪胜。

登海山楼 （#496/765）

万航如凫鹥，一水如虚空。

此地接元气，压以楼观雄。

我来自中州，登临眩冲融。

白波动南极，苍鬓承东风。

人间路浩浩，海上春蒙蒙。

远游为两眸，岂恤劳我躬。

仙人欲吾语，薄暮山葱珑。

海清无蜃气，彼固蓬莱宫。

当诗人冲破蝶茧，闯过地理、气候、文化、心理上的重重难关而抵至广州之时，迎接他的是一幅广袤无垠、视野开阔的全貌图景，其中所蕴含的勃勃生机对初来乍到的诗人来说，似乎太富挑战性而难以把控。海上风光与他过去所熟谙的万事万物大相径庭。他的"中州"（5句）情怀被充斥眼前的景象消弭冲淡——不仅是"白波"（7句）实景，还有伴随而至的"虚空"（2句）、"冲融"（6句）、"浩浩"（9句）、"蒙蒙"（10句）之感——纷繁杂冗到让他茫然失措、无所适从。即使楼头壮景（4句）似乎也无从稳定平缓所有的起伏颠簸、摇摆颤动、浮沉无定，就连诗尾援引的蓬莱宫（16句）亦无法消解眼下的混乱失序之感。

不过，诗人随即从最初的震诧中反应过来，并在续诗中再现了他一贯的镇定从容、方向秩序与内心平衡。 *279*

雨中再赋海山楼（#498/768）

百尺阑干横海立，一生襟抱与山开。

岸边天影随潮入，楼上春容带雨来。

慷慨赋诗还自恨，徘徊舒啸却生哀。

灭胡猛士今安有，非复当年单父台。[18]

诗后半部强烈的情感表达，是建立在前半部对楼头所见景物与空间的次序井然的基础之上的。诗中秩序的达成部分源于该诗采用的律诗体结构所自带的稳健合律之力；另一部分则来自诗人本身（在本诗中的表现尤为惊艳），其通过精准化、多层面的测绘与勘查，将原本纷乱芜杂的景象置于文法的、美学的、诗律的控制之下。海山楼的巍峨挺拔、雄镇山海，潮水波涌拍岸、映照天影，"春容"裹风挟雨、吹拂楼中——所有景象都有赖于诗人稳立楼头的"黄金观察点"以及他对景物的有序排布描述。麦大伟对此曾有总结："他登临所处之地，所见之景，其眼界与心绪，都是高立于风景 *280* 之上而向外开阔延展的；从楼头高处鸟瞰，海天融为一色，直到潮水携天影而来，春容与雨势并至。"[19]

尽管诗的后半段显示出躁动不安的情绪，但是陈与义运用了一种我们至此已熟悉的策略来实施其对诗的节奏和叙事的控制：巧妙化用杜甫诗句。杜甫在《奉侍严大夫》诗中习惯性地向他潜在的庇佑恩主，也就是诗题中的严大夫问道："身老时危思会面，一生襟抱向谁开？"（7—8 句，"向谁开"为笔者自注强调）。[20] 陈与义的诗潜在地回答了杜甫的发问；他的敞胸开怀并没有指向某个具体的人，而是指向其所视所见的自然山水："一生襟抱与山开"（2 句）。陈与义在化解杜甫提问中的不确定性之际，同时也重申了自己的忠诚不是之于杜甫，而是之于寄托自己情感与抱负的当下的"山峦"，这些沉稳敦厚、澄心静神的自然存在物在过去五年一直尽心尽意地伴其左右。许久未曾谋面的杜甫在简斋诗中的再次现身并没有搅扰其心绪。恒定不变、一直可靠地存在于眼前的秀美群山，已经取代了杜甫，为诗人的经验提供支撑，为他的情感和道德星空指明方向。

（钟京福　参译）

281 **注释：**

［1］永州古称零陵。

［2］对书或读书的指称在陈与义前靖康时代的 219 首诗作共出现 15 次，而自商水至此时的 228 首诗作中仅出现 6 次（含这里提到的一次）。

［3］白敦仁《陈与义集校笺》，上海：上海古籍出版社，1990 年，第 699 页笺注 1。杜甫：《冬狩行》，见于杜甫著，萧涤非编：《杜甫全集校注》，北

京：人民文学出版社，2014 年，第 2988—2989 页；Stephen Owen tr. and ed., *The Poetry of Du Fu*, Berlin：De Gruyter, 2015, Vol. 3, pp. 289‑291.

［4］1130 年二月，钟相、杨幺在洞庭湖地区起义。虽然钟相在三月即被俘杀，但是直到五年后的 1135 年杨幺被少壮将军军岳飞（1103—1141）所率领的精锐官兵所击溃俘获之后，这场民变才算真正平息，参见 John W. Haeger（海格尔），"Between North and South：The Lake Rebellion in Hunan, 1130‑1135," *Journal of Asian Studies* 28.3（1969）：469‑488.

［5］岸帻，即一种顶部微斜以露出前额的尖顶头巾，自魏晋以来就被视为任诞名士的象征，至宋代在文人间尤其流行。据麦大伟统计，这一服饰以各种变体在陈与义诗中出现共计 19 次，参见 David R. McCraw, "The Poetry of Chen Yuyi（1090‑1139）," PhD dissertation, Stanford University, 1986, p. 248. 此处具有讽刺意味的是，叙述者时处密闭室内空间，并非展现"岸帻"放浪形骸、简傲狷介的理想场所。

［6］"珠璧"代指星、月。

［7］萧涤非编：《杜甫全集校注》，第 3342—3343 页；Stephen Owen, *The Poetry of Du Fu*, Vol. 4, pp. 47‑49.

［8］《题酒务壁》（#204/376）："莺声时节改，杏叶雨气新。佳句忽堕前，追摹已难真。自题西轩壁，不杂徐庚尘"（9～14 句）。六朝时期徐、庚父子皆深受皇恩宠遇而因此被认为有损名节。

［9］比如《伤春》（#455/713）。

［10］贺州在北宋 1108 年之前皆属广南东路（广东）管辖。

［11］元结：《次山集》，《文渊阁四库全书》影印本，上海：上海古籍出版社，1987 年，卷 6，第 1b—2b 页。①

［12］米芾：《过浯溪》，收于其《宝晋英光集》，卷 4，北京：中华书局，1985 年，第 30 页；黄庭坚：《书摩崖碑石》，收于其《豫章黄先生文集》，《四部丛刊初编》本，第八册，第 69—70 页。

［13］《同范直愚单履游浯溪》（#484/745）。

［14］1094 年秋，苏轼再谪，经江西湖口，越大庾岭而至广东东南的惠州贬所。他在岭南地区度过了七年时光，第一年居于惠州，其后渡雷州海峡而偏踞海南岛。参见 Ronald Egan, *Word, Image, and Deed in the Life of Su Shi*,

① 译注：此为《大唐中兴颂》出处；《浯溪铭》见上引书同卷第 11b—12a 页。

Cambridge, MA: Harvard University Council on East Asian Studies, 1994, pp. 213-221.

[15] Ari Daniel Levine（李瑞）, "The Reigns of Hui-tsung（1100-1126）and Ch'in-tsung（1126-1127）and the Fall of the Northern Song," in Denis Twitchett and Paul Jakov Smith, eds., *The Cambridge History of China*, *vol. 5, pt. 1: The Sung Dynasty and Its Precursors*, *907-1279*, Cambridge: Cambridge University Press, 2009, p. 576; 中译本见崔瑞德、史乐民编, 宋燕鹏等译:《剑桥中国宋代史（上卷）》, 北京: 中国社会科学出版社, 2020 年, 第 524 页。

[16]《次韵谢昌居仁居仁时寓贺州》（#492/758）, 3—4 句。吕本中, 字居仁。

[17]《康州小舫与耿伯顺李德升席大光郑德象夜话以"更长爱烛红"为韵得"更"字》（#494/762）, 3 句。题中引诗语出杜甫《酬孟云卿》:"乐极伤头白, 更长爱烛红"（1—2 句）, 见萧涤非编:《杜甫全集校注》, 第 1126 页; Stephen Owen, *The Poetry of Du Fu*, Vol. 2, p. 41.

[18]"单父台"典出于杜甫《昔游》诗:"猛士思灭胡, 将帅望三台", 见于萧涤非编:《杜甫全集校注》, 第 4111 页; Stephen Owen, *The Poetry of Du Fu*, Vol. 4, p. 299, 稍有微调。"三台"象征朝堂。

[19] David R. McCraw, "The Poetry of Chen Yuyi," p. 147.

[20] 萧涤非编:《杜甫全集校注》, 第 3115 页; Stephen Owen, *The Poetry of Du Fu*, Vol. 3, p. 337.

第九章

茕茕独立

Standing Alone

　　离开广州之后，陈与义沿着东南沿海一路北上，于1131年夏抵达浙江会稽高宗的行在所。从邵州赴浙江的数月里他所写诗作，在其传世诗集中只收录了29首；而此后他的创作更是呈断崖式下跌。从抵浙算起，到1138年底（按公历为1139年初，详见"尾声"）辞世的七年半时间里，他只留下了54首诗作。

　　在他生命最后年岁的诗歌中，作于1131年夏到1132年末之间的17首诗，其情感基调复杂多样，为其创作生涯末期的诗作预设了风格走向。诗人在这些晚期作品中表现出来的总体心境可概述为"思想平和、情感纠葛"，例如他在浙江所作的第一首诗《送熊博士赴瑞安令》（#512/783）即云："聚散同惊一枕梦，悲欢各诵十年诗"（3—4句）。[1]

悲喜交加的情感混杂着半惊半疑的心神,是陈与义初临浙江的一段日子写诗的主调。接下来的《病中夜赋》(#513/787)中,季候凋敝的底色下又添一层病疾之思:"岁晚灯烛丽,天长鸿雁哀。书生惜日月,欹枕意茫哉"(5—8句)。该诗呈现出一连串使人惘然无措的失谐意象:"岁晚"紧随其后的是"灯烛丽",马上又转向"天长"和"鸿雁哀";"书生"有心"惜日月",却身心俱疲,只能欹枕茫然。

情绪的钟摆也可以很快从一端摆荡至另一端。《喜雨》(#514/788)诗把早朝泥泞路上所见的温润熹微之光视为王朝中兴的吉兆:"泥翻早朝路,弥弥光欲吐。郁然苍龙阙,佳气接南亩。千官次第来,豫色各眉宇"(11—16句)。[2]

而这一融自然、神话景观和个人际遇为一体的喜乐和谐的"佳气"和溢于眉宇之间的"豫色"在《醉中》(#515/789—790)一诗里则不见踪影;绍兴(1130—1131年高宗行在驻跸之地)城外会稽山的秀美景色给诗人带来的是一种失落与悲戚之感:[3]"稽山拥郭东西去,禹穴生云朝暮奇。万里南征无赋笔,茫茫远望不胜悲"(5—8句)。[4] 叙述者的醉眼奇妙地感受并勾勒出绍兴独具特色的地貌特征,城外的稽山与近处的城郭是如此相依相连、比邻而处,绍兴城仿佛被一位恋人温柔的手臂沿着东西方向拥揽而去,而稽山之

285

巅则祥云环绕、不绝于缕。然而，这一奇妙美景却没有导向诗的产生；万里南征而来的诗人声称自己手里"无赋笔"，眼前好景，只能远望悲叹。

恨满东风

有某种东西内在地阻碍着他去履行自己的诗人职责的感觉，一直笼罩在陈与义旅居浙江第一年的生活之中。诗人专注地环视周遭，但目光却难以洞穿其间，交流的视线被莫名阻断了。正如在下面这首诗里，他一开始似乎是想要把读者带回到水墨梅绝句的浪漫追忆中去，但这一幻象很快就烟消云散：

梅花二首（其一，#517/791）

铁面苍髯洛阳客，玉颜红领会稽仙。

街头相见如相识，恨满东风意不传。

这首诗的语言、意象和浓郁的梅花隐喻都与陈与义早期的水墨梅五绝其三似曾相识，前诗中"粲粲江南万玉妃"在这里化身为"玉颜红领"的会稽当地女子（2句）。然而，在新作中，熟悉的故事线被彻底反转；不再是期盼中的重逢，而是一次意外的街头偶遇（3 句），期许成真的可能性被预先生生扼杀。新的叙事现在聚焦于"铁面苍髯"（1 句）的这位洛阳羁客，他取代了前诗中的女子而成为途旅中所有"缁尘"的承受者。

在该诗如梦如幻、似实而非的虚境之中——这是文学史研究者们用以描述早先一个类似历史时期（如东晋）所发生的"南方疏离"（southern estrangement）现象的又一生动的例子——悲伤和遗恨成为唯一能存在和承载的实体。[5] 在中国诗歌传统里作为浪漫传奇和自发率真交流之信使，过去也曾多次熨帖地替诗人传情达意的"东风"使节，现在也为悲伤和遗恨所充满，而失去了沟通与传递的效力（4 句）。[6]

陈与义在贞牟僻乡所实现的情与景、身与世的天人合一的境界，再次弃他而去。他在诗中没有明说这种"如"相识而不识、意欲传而不传的疏离感因何缘起，但他对个体之于日新月异的变化世界中的位置的普遍关注，无疑起了一定的作用。情感情绪在两个极端之间剧烈摆动以及相互冲突的基本状况，将在他侨居浙江的余生中以更为痛楚的方式愈演愈烈。过去五六年里他的个体生命与历史事件之间未曾预料到的、宿命般的纠缠，在他接下来的诗中还会反复提及，有时甚至是被浓情地追忆；这里表现出来的沟通失效，今后还会不断地被感觉到。从更广阔的图景来说，《梅花》诗中的象征情境刻画出的是此时浙江的现实政治冲突与臣民生存的困境；北方流散寄客们于他们侨寓的南方家国街头的相逢偶遇，以及由此带来的往日重现与梦幻泡影之感，将成为南宋立国头几年及随后数十年的生活新常态。[7]

"恨满东风意不传"所昭示的媒介和所传之意之间路径的冻结还可能转移到其他的物体和情境上去。在《雨》（#519/792—793）中，面对南国飘落的冬雨，陈与义写道：*287*
"旧山百尺泉，不知旱与雨"（11—12 句）。家乡的百尺泉涌在记忆中已经变成了一个与诗人眼前真实的南国落雨无法实际关联起来的抽象意念，连是旱是雨都无法去想象。在《题画》（#528/804）诗中，画中那些似曾相识的让他想起家乡的景物只是痛苦地提醒诗人归乡之途已永绝这一现实："分明楼阁是龙门，亦有江流曲抱村。万里家山无路入，十年心事与谁论"（1—4 句）。并非南方的山水不足以赏心悦目，而是诗人不得不与无计归家之念时刻搏斗。他的悲伤是内在地滋长的，无从自生自灭，一如《渡江》（#523/797）诗中，陈与义把自己比作楚国逐臣诗人屈原来强调这一点："江南非不好，楚客自生哀"（1—2 句）。[8]

这种疏离感也不只是出现在他为悲戚伤感攫获之时。比如《休日马上》（#527/804）就表露出即使立于车水马龙的街衢中享受休闲之暇的潜在快乐时刻，诗人仍会被深厚浓重的孤独感所吞没："九衢行万人，谁抱此怀胜。不得与之语，萧萧寄孤咏"（9—12 句）。

无住

现存简斋集中未收 1133 年与 1134 年的诗作（此外，也没有 1137 年的诗）。本章接下来讨论的诗均作于 1135—1136 年间。

1135 年六月，陈与义以疾得请，遂移居湖州东部小镇青墩。青墩及邻镇乌墩都是这一地区最古老的聚居点之一，上可追溯至公元 6 世纪，曾是唐代的一个戍兵之地。[9] 其名源于始建之时其地势隆起如墩之故。这些小镇的繁荣也得益于有水道连通于纵贯本地的大运河。万志英（Richard von Glahn）曾指出说，在南宋初年，"很多逃离疮痍满目的北方故土的豪门权贵家族迁居于此，遂开建造华丽精致的别业私园之风"，此地繁荣"至十二、三世纪之交臻于顶峰"。[10] 除了该地颇受寓南北人的广泛好评之外，陈与义选择侨居此地可能也与他以病辞之前曾短时任过湖州知府（1134 年九月至 1135 年三月）有关。

在初次居于青墩的日子里，陈与义为自己另起新号——"无住"。从 1127 年邓州开始用的"简斋"变成了"无住"，标志着他重归宦途后心态上的一个更大的变化。"简斋"之"简"虽力求简约，但仍然指向他所期望的某些价值，而如今的"无住"，则一切了无牵挂。陈与义似乎已决意遁世。他告病青墩的这一年多的时光是他心态新变的关键期。

他在《九日示大圆洪智》（#532/810）中向禅僧友人洪智大师剖白心迹："自得休心法，悠然不赋诗。忽逢重九日，无奈菊花枝"（1—4句）。[10]

新习"休心法"在秋菊面前暂时失效，菊花诱惑和新获定力之间究竟孰胜孰负，诗并未进一步交代，而是至此戛然而止。不过，他心态上的一时失守似乎并不构成任何长期威胁，如今他已坐拥"不滞于物，不殆于心"的新智慧。

花在此一"休心""无住"的新功业中享有特殊地位；自然界的美在陈与义确定自我身份与物质存在的过程中一直扮演着核心角色。《叶柟惠花》（#550/832）："无住庵中老居士，逢春入定不衔杯。文殊罔明俱拱手，今日花枝唤得回"（1—4句）。[11]

下面这首诗则描述了一个反向的过程，不是诗人从入定中被唤回，而是从纷扰"进入"到一个完全空寂的状态。

与智老天经夜坐（#535/814）[12]

残年不复徙他邦，长与两禅同夜缸。

坐到更深都寂寂，雪花无数落天窗。

长夜静坐是一个递减趋简的过程，通过祛除脑海中的杂音杂念，慢慢实现至静至定的目标。随着打坐者的思虑从垂暮之年与客居身份转移到夜色氛围和禅坐本身，房间周遭陷入一片绝对阒静幽寂之中。在这种纯自发自生的自然状态下，他只是观察着雪花的飘落，包括雪瓣数目的多少和雪花飘落的姿态，不带任何别的念想。念想即使产生了也无处容身；他也不会去徒劳尝试。这是"默照"这一在两宋之交的佛禅界里开始广泛流行的禅定修行法的一个例子。[13] 与苏轼、黄庭坚和很多其他宋代诗人的诗作中始终如一地彰显出深刻而明晰的佛禅影响不同，陈与义直到晚年的诗中才开始显示出明确的佛教色彩。

如此武装起来之后，外在世界的物质诱惑便不足为惧，而可作为探寻心灵静寂和内在意义的起点来被完全欣赏。《观雪》（#536/815）："无住庵前境界新，琼楼玉宇总无尘。开门倚杖移时立，我是人间富贵人"（1—4句）。开门倚杖静观雪景之后，诗人内心的激荡澎湃、其无边的富足感，不是来自雪妆玉砌、琼楼玉宇的自然风光，而是来自观察者内心世界的一片澄明，是观察者内心的澄明之光使外在景物境界全新、无垢无尘。

在这个清明澄澈、"无尘""无住""无待""无寄"的天地里，万物自现自生，在此时、于此地。[14]《得张正字书》（#542/822）："岁暮塔孤立，风生鸦乱飞。此时张正字，书札到郊扉"（5—8 句）。[15] 在这个"天寒人迹稀"（2句）、"万事已无机"（4 句）的寰宇里，表侄之信恰好，来了。

纯出天然

下一首诗是表现所思所行纯系自发天然的又一个有名的例子。

怀天经智老因访之 （#547/828）

今年二月冻初融，睡起苕溪绿向东。

客子光阴诗卷里，杏花消息雨声中。

西庵禅伯还多病，北栅儒先只固穷。

忽忆轻舟寻二子，纶巾鹤氅试春风。

东苕溪与西苕溪流经湖州后汇流入太湖（位于今江苏省南部）。一觉醒来，叙述者望见苕溪绿水一路朝东，忆起旧友，遂当下起意、驱舟寻访。这首写于 1136 年初的诗作是陈与义最受称颂的作品之一。麦大伟评价简斋律诗的技巧时说:"他的诗作律对精妙、声韵独到,在灵动意象上独具只眼,在雅致语言上匠心别运。"[16] 此诗可以说是集上述特点于一身。与陈与义同时代的笺评家们对颔联尤不吝溢美之词。[17] 属对精巧、声律谐美并非此联备受推崇的唯一原因,方回对其美学韵味也赞赏有加,认为其达到了"一我一物、一情一景"的完美交融状态。[18] 情与景、物与我这两组诗学批评概念在方回的时代开始广为流行,一直到明清乃至现代,都广受文论家们的偏爱。方回对此联的评价之高可见一斑。

这首诗着意于访前的动因和寻访之念的产生,而对访友的具体情形却付之诗外。寻友之念肇启于春水流东的苕溪,诗人遂乘兴而行;诗高调呈现的是一种当机立断的即时性与顺其自然的实时性,尾联中从"忆"到"寻",诗题中从"怀"到"访",无不尽现这一主题。诗以春水"自流"开篇,以叙述者身着"纶巾鹤氅",放旷迎候春风的"自适"结尾。诗于此画上句号,任凭叙述者完全沉浸在此时此刻的周流无阻与倜傥风流之中。

诗的第二句("睡起苕溪绿向东")和第七句("忽忆轻舟寻二子")极好地体现出这种不暇思索的念头及意义的直觉脉动。诗中唯二打破七言诗句惯常的4+3节拍的这两句诗，展现出油然而生的盎然春意是如何超越韵律和句法的局限，为读者带来意外之喜的。读者自然地先按预期的 4+3 结构断句（"睡起苕溪+绿向东"），意识到语意难通，遂弃故揽新，依据其内在隐含的语义逻辑而改读为"睡起+苕溪绿向东"这一非常规、破均衡的 2+5 节拍。同理，"忽忆轻舟+寻二子"的怪异感，很快就被"忽忆+轻舟寻二子"的内在自然语义结构所取代了。

293

独立看牡丹

1136 年晚春，陈与义仍居青墩。他的《樱桃》（#549/831）诗以一种难得一见的欢快笔调，彰显出他一贯的立足现实、求真务实的风格，盛赞繁花当季怒放、时令特产丰收的景象："四月江南黄鸟肥，樱桃满市粲朝晖"（1—2 句）。在下面这首著名的《牡丹》诗中，叙述者饱含深情的凝望与其宁静的身姿之间达到了一种微妙的平衡，这是陈与义最后岁月里所写的诗的一大特点。[19]

牡丹（#551/832）

一自胡尘入汉关，[20] 十年伊洛路漫漫。[21]

青墩溪畔龙钟客，独立东风看牡丹。

目光定格于牡丹之上，观察主体与客体之间的交流凝滞于此。诗人化身为诗中人物，他只是静静地站在那里，看着眼前的一切，如影随形的筇杖杳无踪迹，似乎也无关紧要了。此刻外在的清寂静谧及隐含其下的情感强度令刘辰翁击节称赏："语绝!"[22] 凝视有对象却无焦点，对故往历史、个人国家、伊洛故园的思考、思索、思绪，都被拉回现实，止于当下"青墩溪畔"的龙钟客，独立、观看，而已。叙述者追忆过往历史、地理政治，意识到自己年迈体衰、龙钟老态，他遍列诸名——青墩、伊、洛、路、溪、风、牡丹，甚至还包括惯常的"胡""汉"对立——却并未沉湎和陷溺于其间。牡丹与洛阳之间声名远扬的历史文化关联在万境俱寂、内心清明、无住无持的这一刻，并未完全消失，而是被淡化入背景之中，显得无关宏旨了。[23]

注释：

[1] 熊彦诗是陈与义开封时期的旧友，二人皆曾任太学博士一职。瑞安县在浙江南部。

[2] "苍龙"是传说中的镇守神兽，一般端坐于帝京都城的东门城阙之上。"南亩"坐落于王都京城的南郊，是皇家祭祀社稷的传统礼仪之地。

[3] 关于绍兴作为驻跸行在所的建制问题，参见 Benjamin Ridgway（白睿伟），"A City of Substance: Regional Custom and the Political Landscape of Shaoxing in a Southern Song Rhapsody," in Joseph S. C. Lam（林萃青），Shuen-fu Lin（林顺夫），Christian De Pee（斐志昂），Martin Powers（包华石）eds., *Senses of the City: Perceptions of Hangzhou and Southern Song*

China，*1127 - 1279*，Hong Kong：Chinese University Press，2017，pp. 236 - 240.

[4] 会稽山位于绍兴（古名会稽）城以南，是一组东西走向、海拔不高的山脉。山中有禹穴，相传大禹曾会集诸侯于此，逝后遂葬于此山。

[5] 关于"南方疏离"，参见 Ping Wang，Nicholas M. Williams eds.，*Southern Identity and Southern Estrangement in Medieval Chinese Poetry*，Hong Kong：Hong Kong University Press，2015；中译本见王平、魏宁编，周睿译：《文化南方——中古时期中国文学核心传统》，西安：陕西人民出版社，2024 年。

[6] "东风"在前文中出现过三次，皆以传达诗人情感的有效载体的姿态出现。《发商水道中》（#220/397）："商水西门路，东风动柳枝"（1—2句）；《次舞阳》（#221/399）："马头东风起，绿色日夜深"（3—4句）；《登海山楼》（#496/765）："白波动南极，苍鬓承东风"（7—8句）。"东风"在本章讨论的最后一首诗《牡丹》中还会再次出现。

[7] 钱建状详述了作为北方移民的南渡士人在南宋初年痛苦的文化迁移适从过程中面临的生存斗争，参见钱建状：《南宋初期的文化重组与文学新变》，厦门：厦门大学出版社，2006 年，第5—86 页。

[8] 1132 年初，陈与义扈从高宗渡钱塘江，从绍兴迁还杭州。

[9] 为避宋光宗赵惇（1190—1194 年在位）名讳，二镇后更名为青镇、乌镇。

[10] Richard Von Glahn（万志英），"Towns and Temples：Urban Growth and Decline in the Yangzi Delta，1100 - 1400，" in Paul Jakov Smith（史乐民），Richard von Glahn eds.，*The Song-Yuan-Ming Transition in Chinese History*，Cambridge，MA：Harvard University Asia Center，2003，p. 183.

296

[11] 文殊、罔明是佛教中的两位菩萨神灵，二人皆以从冥想中解脱民众而知名。饶是如此，二菩萨也未能帮诗人解脱。"拱手"于胸前是表达敬意。

[12] 叶懋，字天经，叶柟之兄/弟，陈与义在青墩时与其过从甚密。

[13] 关于"默照禅"，参见 Morten Schlütter（莫舒特），"Silent Illumination，Kung-an Introspection，and the Competition for Lay Patronage in Sung Dynasty Ch'an，" in Peter N. Gregory（葛瑞格），Daniel A. Getz, Jr.（高泽民）eds.，*Buddhism in the Sung*，Honolulu，HI：University of Hawai'i Press，1999，pp. 109 - 147.

[14]《小阁晚望》（#540/819）："万象各无待"（9 句），"幽怀眇无寄"

（15 句）。

[15] 张正字指张嵲，为陈与义表侄，后为简斋撰墓志铭。正字是秘书省从八品低阶官员。

[16] David R. McCraw, "A New Look at the Regulated Verse of Chen Yuyi," *Chinese Literature: Essays, Articles, Reviews* 9.1 – 2 (1987)：1.

[17] 例如朱熹就说过高宗最爱此联，参见朱熹著，黎靖德编，王星贤校：《朱子语类》，北京：中华书局，1986 年，第 3330 页。

[18] 方回著，李庆甲辑：《瀛奎律髓汇评》，上海：上海古籍出版社，2005 年，第 1145 页。

[19] 吉川幸次郎、何瞻、麦大伟都收录或翻译了这首《牡丹》诗，参见 Kōjirō Yoshikawa, *An Introduction to Sung Poetry*, Burton Watson tr., Cambridge, MA：Harvard University Press, 1967, p. 141; James M. Hargett, "The Poetry of Chen Yu-yi, 1090 – 1139," PhD dissertation, Indiana University, 1982, p. 49; David McCraw, "The Poetry of Chen Yuyi（1090 – 1139），" PhD dissertation, Stanford University, 1986, p. 148.

[20] 指金人侵宋之事。

[21] 伊水、洛水皆流经陈与义的家乡洛阳。

[22] 白敦仁：《陈与义集校笺》，上海：上海古籍出版社，1990 年，第 834 页引。

[23] 艾朗诺在《美的焦虑》一书第三章中专论北宋文化中对洛阳牡丹的痴迷，参见 Ronald C. Egan, *The Problem of Beauty: Aesthetic Thought and Pursuits in Northern Song Dynasty China*, Cambridge, MA：Harvard University Asia Center, 2006, pp. 109 – 161；中译本见艾朗诺著，杜斐然、刘鹏、潘玉涛译：《美的焦虑：北宋士大夫的审美思想与追求》，上海：上海古籍出版社，2013 年，第 81—119 页。关于南宋文人以牡丹诗作为北土沦丧黍离之悲的隐喻主题，参见路成文：《咏物文学与时代精神之关系研究：以唐宋牡丹审美文化与文学为个案》，广州：暨南大学出版社，2011 年，第 169—176 页。

尾　声

Epilogue

1136年八月，告病请辞的陈与义为朝廷再召、官复原职。十一月，他官拜翰林学士知制诰，次年正月再擢授参知政事，这也是他的宦途巅峰。不过他担任此职才一年多一点的时间，于1138年三月罢政，以资政殿学士再知湖州。湖州任上三个月后，再次病疾请闲。他归居青墩，并于数个月后辞世。

再居青墩的最后岁月里，陈与义存诗10首。在这10首诗中，我们看到的是同样无欲无求的思想心绪，激烈的内心活动常常只是被观察到或被展现出来，而并不付诸实施。他的早期诗作中不时见到，靖康后成为他精神支柱的简淡乐观主义，在其生命尾声时仍然一直支撑着诗人前行。尽管沉疴宿疾缠身，但陈与义钟鸣漏尽时的最后诗作中依然闪耀着内心丰足之光。下面我们摘录或概述简斋的最后10首诗，以此作为本书的结束语，也作为对他的一种追忆纪念。

一、《病骨》（#556/839）："茂林榴萼红，细雨离黄湿"
（5—6 句）。①

二、《晨起》（#557/840）："寂寂东轩晨起迟，蒙笼草木
暗疏篱。风来众绿一时动，正是先生睡足时"（1—4 句）。

三、《登阁》（#558/841）：其所见所感乃"天气佳"（1
句），南方草木之坚韧不拔（3—4 句），秋高又气爽
（5 句）。

四、《芙蓉》（#559/841）："芙蓉墙外垂垂发，九月凭栏
未怯风"（3—4 句）。

五、《岁华》（#560/842）：自然世界（1 句）和个人身
体（3 句）皆"日已凋"，所引发的悲感被"遥瞻"所见
（5 句）、秋景萧瑟（5—6 句）、春光可期（7 句）消解。

六、《得长春两株植之窗前》（#561/842—843）：聊乘秋
雨数点，自种"长春"两株，借长春花之名在秋天创造一抹
虚拟春景。

七/八、《九月八日戏作两绝句示妻子》（#562—563/
843）其一："重阳莫草草，剩作几篇诗?"（3—4 句）

九、《拒霜》（#564/844）："天地虽肃杀，草木有芬芳"
（3—4 句）。[1]

---

① 译注：榴萼，原著误作柳萼。

十、《微雨中赏月桂独酌》（#565/845）：

人间跌宕简斋老，天下风流月桂花。

一壶不觉丛边尽，暮雨霏霏欲湿鸦。

这是陈与义最后一首诗，他的绝笔。

据张嵲所撰的墓志铭所载，"是年冬，疾大甚。十一月某甲子，薨于乌墩之僧舍，年四十九"。[2] 时惟绍兴八年（1138）十一月二十九日，公元1139年1月1日。

月桂风流

陈与义终其一生都在礼赞自然和人世间天生的奇妙华美，在这最后的乐章里，他为自己的个人生命史简笔勾勒出一个粗线条的轮廓：他的沉与浮、兴与衰、苦与乐，皆凝聚在"人间跌宕"四个字上。他所受的困难磨折可能让他身羸力竭，但他的意志和精神顽强地抗拒着被其界定，而在瑰丽秀雅、静静绽放的月桂花与诗歌创作中得到了终极慰藉。

在杜甫七十二句长的绝笔诗《风疾舟中伏枕书怀三十六韵奉呈湖南亲友》里，这位唐代诗歌大师在结束时任凭自己涕泗横流："无成涕作霖"（72句）。[3]

陈与义记录自己最后情形的诗在情感上同样炽烈，但表达上却更为克制。他没有去回顾自己的失败，而是以他一贯特有的理性、冷峻而有节制的风格去歌唱月桂风流的绝世之美。画面永远定格在这个温柔恬静、不疾不徐、暮雨霏霏的哀婉凄美时刻。

中国古典诗歌严格要求着自然山水景物须得服务于诗人内在的情志，这使得观察和描述外在世界几乎成了诗人的一种道德义务。通过敏锐细腻地感知和精心构建出的意象，诗人为自己及读者提供一个关于世界的宏大图景。陈与义毕其一生既是这一传统诗学理论的典型实践者，他的诗歌也展示着将直觉遭遇、有意的诗技雕琢和精确语言描述熔于一炉的新诗风。

随着和陈与义的这场旅行的终篇，我们也达到一个似乎不言自明的结论，那就是唐诗与宋诗读起来迥然有异，也许是因为各自的写法大相径庭。本书希望通过陈与义的人生行迹为我们提供一个机会，以管窥上述结论在这位中国文学传统所造就的最优秀的诗人之一身上是如何具体地体现出来的。

301 **注释：**

[1] 芙蓉花因其绽放于晚秋时节而在中国被赋予"拒霜花"的美誉，苏轼曾

在《与陈述古拒霜花》诗中阐释了花名涵义："千林扫作一番黄，只有芙蓉独自芳"（1—2句），参见苏轼著，孔凡礼注：《苏轼诗集》，北京：中华书局，1982年，第380页。

［ 2 ］张嵲：《陈公资政墓志铭》，收入《紫微集》，卷35，白敦仁《陈与义集校笺》，上海：上海古籍出版社，1990年，第983—985页引。

［ 3 ］杜甫著，萧涤非编：《杜甫全集校注》，北京：人民文学出版社，2014年，第6094页；Stephen Owen tr. and ed., *The Poetry of Du Fu*, Berlin：De Gruyter, 2015, Vol. 6, p. 237.

参考文献

古籍文献

白居易著，谢思炜注：《白居易诗集校注》，北京：中华书局，2006年。

鲍照著，丁福林、丛玲玲注：《鲍照集校注》，北京：中华书局，2012年。

曹植著，赵幼文注：《曹植集校注》，北京：人民文学出版社，1984年。

晁公武著，孙猛注：《郡斋读书志校证》，上海：上海古籍出版社，1990年。

陈衍：《石遗室诗话续编》，收入钱仲联辑：《陈衍诗论合集》，福州：福建人民出版社，1999年。

陈与义著，白敦仁注：《陈与义集校笺》，上海：上海古籍出版社，1990年。

陈与义著，郑骞注：《陈简斋诗集合校汇注》，台北：联经出版事业公司，1975年。

陈振孙：《直斋书录解题》，《丛书集成初编》，北京：中华书局，1985年。

程颢、程颐著，王孝鱼编：《二程集》，北京：中华书局，1981年。

杜甫著，萧涤非编：《杜甫全集校注》，北京：人民文学出版社，2014年。

范温：《潜溪诗眼》，收入郭绍虞辑：《宋诗话辑佚》，卷上，北京：哈佛燕京社，1937年；北京：中华书局，1980年。

范仲淹：《范文正公文集》，北京：中华书局，1985年。

方回著，李庆甲编：《瀛奎律髓汇评》，上海：上海古籍出版社，2005 年。

冯煦：《蒋刻本增广笺注简斋诗集序》，收入白敦仁注：《陈与义集校笺》，上海：上海古籍出版社，1990 年。

葛胜仲：《陈去非诗集序》，收入《丹阳集》，卷 8，收入白敦仁注：《陈与义集校笺》，上海：上海古籍出版社，1990 年。

郭庆藩著，王孝鱼校：《庄子集释》，北京：中华书局，2004 年。

郭绍虞辑：《宋诗话辑佚》，北京：哈佛燕京社，1937 年；北京：中华书局，1980 年。

韩愈著，钱仲联注：《韩昌黎诗系年集释》，上海：上海古籍出版社，1994 年。

韩愈著，刘真伦、岳珍注：《韩愈文集汇校笺注》，北京：中华书局，2010 年。

洪迈著，孔凡礼校：《容斋随笔》，北京：中华书局，2005 年。

洪兴祖著，白化文等校：《楚辞补注》，北京：中华书局，1983 年。

胡应麟：《诗薮》，外编卷 5，《续修四库全书》本，上海：上海古籍出版社，1995 年。

胡穉：《简斋诗笺叙》，收入白敦仁注：《陈与义集校笺》，上海：上海古籍出版社，1990 年。

胡仔：《苕溪渔隐丛话》，台北：世界书局，1961 年；北京：人民文学出版社，1962 年。

黄庭坚著，任渊、史容、史季温注，刘尚荣校：《黄庭坚诗集注》，中华书局，2003 年。

黄庭坚：《豫章黄先生文集》，《四部丛刊》本，卷 19；北京：中央编译出版社，2015 年，初编集部 236。

蒋国榜：《蒋刻本增广笺注简斋诗集序》，收入白敦仁注：《陈与义集校笺》，上海：上海古籍出版社，1990 年。

姜夔著，夏承焘注：《姜白石词编年笺校》，上海：上海古籍出版社，2007 年。

李白著，瞿蜕园、朱金城注：《李白集校注》，上海：上海古籍出版社，

1980 年。

李昉：《太平广记》，卷 75，台南：粹文堂，1975 年；北京：中华书局，
　　1961 年。

李心传著、辛更儒校：《建炎以来系年要录》，上海：上海古籍出版社，
　　1992 年。

林逋著，沈幼征注：《林和靖集》，杭州：浙江古籍出版社，2012 年。

刘辰翁：《简斋诗笺叙》，收入白敦仁注：《陈与义集校笺》，上海：上
　　海古籍出版社，1990 年。

刘克庄：《后村诗话》，北京：中华书局，1983 年。

刘克庄：《后村集》，《四库全书》本。

刘勰著，黄叔琳、李祥、杨明照注：《增订文心雕龙校注》，北京：中
　　华书局，2000 年。

刘熙载：《艺概》，古桐书屋六种版，扬州：江苏广陵古籍刻印社。

李商隐著，刘学锴、余恕诚笺：《李商隐诗歌集解》（增订重排版），
　　北京：中华书局，2004 年。

楼钥：《简斋诗笺叙》，收入白敦仁注：《陈与义集校笺》，上海：上海
　　古籍出版社，1990 年。

陆机著，杨明校：《陆机集校笺》，上海：上海古籍出版社，2016 年。

逯钦立：《先秦汉魏晋南北朝诗》，北京：中华书局，1983 年。

马端临：《文献通考》，北京：中华书局，1986 年。

梅尧臣著，朱东润注：《梅尧臣集编年校注》，上海：上海古籍出版社，
　　1980 年。

米芾：《宝晋英光集》，北京：中华书局，1985 年。

欧阳修著，李逸安校：《欧阳修全集》，北京：中华书局，2001 年。

齐己著，王秀林注：《齐己诗集校注》，北京：中国社会科学出版社，
　　2011 年。

阮籍著，陈伯君注：《阮籍集校注》，北京：中华书局，2014 年。

司马迁：《史记》，北京：中华书局，1982 年。

苏轼著，孔凡礼注：《苏轼诗集》，北京：中华书局，1982 年。

苏轼著，孔凡礼校：《苏轼文集》，北京：中华书局，1986 年。

唐圭璋编：《全宋词》，北京：中华书局，1965年。

陶潜著，袁行霈注：《陶渊明集笺注》，北京，中华书局，2003年。

脱脱：《宋史》，北京：中华书局，2004年。

王安石：《临川文集》，《四库全书荟要》版，长春：吉林出版集团，2005年。

王存著，王文楚、魏嵩山注：《元丰九域志》，北京：中华书局，1984年。

王先谦：《荀子集解》，收入"新编诸子集成丛书"，北京：中华书局，1988年。

汪藻：《浮溪集》，上海：上海古籍出版社，1987年。

汪藻著，王智勇笺：《靖康要录笺注》，成都：四川大学出版社，2008年。

韦应物著，陶敏、王友胜校：《韦应物集校注》，上海：上海古籍出版社，1998年。

萧统编、李善注：《文选》，北京：中华书局，1977年。

谢灵运著，顾绍柏注：《谢灵运集校注》（修订版），台北：里仁书局，2004年。

谢朓著，曹融南注：《谢宣城集校注》，上海：上海古籍出版社，1991年。

严羽著、郭绍虞校：《沧浪诗话校释》，北京：人民文学出版社，1961年。

颜之推著，王利器注：《颜氏家训集解》（增补本），北京：中华书局，1993年。

杨万里著，辛更儒注：《杨万里集笺校》，北京：中华书局，2007年。

叶梦得：《石林诗话》，北京：中华书局，1991年。

叶梦得著，逯铭昕校：《石林诗话校注》，北京：人民文学出版社，2011年。

叶梦得：《避暑录话》，上海：上海书店出版社，1990年。

永瑢：《四库全书总目》，北京：中华书局，1965年。

元结：《次山集》，《文渊阁四库全书》影印本，上海：上海古籍出版社，1987 年。

张嵲：《陈公资政墓志铭》，收入《紫微集》，卷 35，亦收入白敦仁
　　《陈与义集校笺》，上海：上海古籍出版社，1990 年。

朱熹：《四书章句集注》，北京：中华书局，1983 年。

朱熹著，黎靖德编，王星贤校：《朱子语类》，北京：中华书局，
　　1986 年。

左丘明：《国语》，上海：上海古籍出版社，1988 年。

研究文献（中文）

白敦仁：《陈与义年谱》，北京：中华书局，1983 年。

蔡英俊：《比兴物色与情景交融》，台北：大安，1986 年。

陈静：《唐宋律诗流变研究》，济南：齐鲁书社，2009 年。

陈衍著，曹旭校：《宋诗精华录》，南昌：江西人民出版社，1984 年。

陈贻焮：《杜甫评传》（第二版），北京：北京大学出版社，2011 年。

戴伟华：《地域文化与唐代诗歌》，北京：中华书局，2006 年。

傅璇琮、张剑编：《宋才子传笺证》（北宋后期卷），沈阳：辽海出版
　　社，2011 年。

葛晓音：《八代诗史》（修订版），北京：中华书局，2012 年。

龚延明：《宋代官制辞典》，北京：中华书局，1997 年。

杭勇：《陈与义诗研究》，北京：中国社会科学出版社，2018 年。

胡云翼：《宋诗研究》，香港：商务印书馆，1959 年；成都：巴蜀书社，
　　1993 年。

蒋寅：《百代之中：中唐的诗歌史意义》，北京：北京大学出版社，
　　2013 年。

李贵：《中唐至北宋的典范选择与诗歌因革》，上海：复旦大学出版社，
　　2012 年。

李强：《北宋庆历士风与文学研究》，上海：上海书店出版社，2011 年。

刘宁：《汉语思想的文体形式》，上海：华东师范大学出版社，2012 年。

路成文：《咏物文学与时代精神之关系研究：以唐宋牡丹审美文化与文
　　学为个案》，广州：暨南大学出版社，2011 年。

马东瑶：《文化视域中的熙丰诗坛》，西安：陕西人民教育出版社，2006 年。

莫砺锋：《朱熹文学研究》，南京：南京大学出版社，2000 年。

【日】浅见洋二（Asami, Yoji）：《距离与想象：中国诗学的唐宋转型》，上海：上海古籍出版社，2013 年。

钱建状：《南宋初期的文化重组与文学新变》，厦门：厦门大学出版社，2006 年。

钱锺书：《宋诗选注》，北京：人民文学出版社，1994 年。

钱锺书：《谈艺录》（补订本），北京：中华书局，1984 年。

尚永亮：《唐五代逐臣与贬谪文学研究》，武汉：武汉大学出版社，2007 年。

水赉佑编：《中国书法全集》卷 35 "黄庭坚卷"，北京：荣宝斋，2001 年。

宋立英：《元和诗坛研究》，上海：上海古籍出版社，2010 年。

田耕宇：《中唐至北宋文学转型研究》，北京：中国社会科学出版社，2009 年。

王国璎：《中国山水诗研究》，北京：中华书局，2007 年。

王建生：《通向中兴之路：思想文化视域中的宋南渡诗坛》，上海：上海古籍出版社，2011 年。

吴调公：《李商隐研究》，北京：中华书局，2010 年。

杨经华：《宋代杜诗阐释学研究》，北京：中国社会科学出版社，2011 年。

杨玉华：《陈与义·陈师道研究》，成都：巴蜀书社，2006 年。

叶嘉莹：《迦陵论诗丛稿》，北京：中华书局，1984 年。

叶嘉莹：《论杜甫七律之演进及其承先启后之成就——〈秋兴八首集说〉代序》，收入其《迦陵论诗丛稿》，北京：中华书局，1984 年，第 48—110 页。

于大成：《淮南子校释》，台北：台湾师范大学博士学位论文，1969 年。

余冠英：《汉魏六朝诗论丛》，上海：古典文学出版社，1956 年。

张福勋：《简斋已开诚斋路——陈与义写景诗略论》，《中国韵文学刊》

1994 年第 1 期，第 32—35 页。

张宏生：《江湖诗派研究》，北京：中华书局，1995 年。

张明华：《徽宗朝诗歌研究》，上海：上海古籍出版社，2008 年。

张友鹤：《聊斋志异选注》，北京：中华书局，1958 年。

郑永晓：《黄庭坚年谱新编》，北京：社会科学文献出版社，1997 年。

赵齐平：《宋诗臆说》，北京：北京大学出版社，1993 年。

钟巧灵：《宋代题山水画诗研究》，北京：中国社会科学出版社，2008 年。

周清澍：《诗人陈与义与湖南周氏》，载《中华文史论丛》2019 年第 2期，第 1—52 页。

周睿：《张说：初唐渐盛文学转型关键人物论》，北京；中华书局，2012 年。

周啸天：《唐绝句史》，合肥：安徽大学出版社，1999 年。

祝尚书：《宋代科举与文学》，北京：中华书局，2008 年。

朱新亮：《方回之前的陈与义"江西诗派化"进程——从胡穉〈增广笺注简斋诗集〉的语典诠释谈起》，《海南大学学报（人文社科版）》2017 年第 4 期，第 114—120 页。

研究文献（外文）

Allen, Sarah M.（艾兰）. *Shifting Stories: History, Gossip, and Lore in Narratives from Tang Dynasty China*. Cambridge, MA：Harvard University Asia Center, 2014.

Birrell, Anne（白安妮）. *Chinese Mythology: An Introduction*. Baltimore：The Johns Hopkins University Press, 1993.

Bol, Peter K.（包弼德）. "Culture and the Way in Eleventh-Century China." PhD dissertation, Princeton University, 1982.

Bol, Peter K. *"This Culture of Ours": Intellectual Transitions in T'ang and Sung China*. Stanford：Stanford University Press, 1992.〔中译本：【美】包弼德著，刘宁译：《斯文：唐宋思想的转型》，南京：江苏人民出版社，2017 年〕

Bush, Susan. *The Chinese Literati on Painting: Su Shih (1037–1101) to Tung Ch'i-ch'ang (1555–1636)*. Cambridge, MA: Harvard University Press, 1971. 〔中译本：【美】卜寿珊著，皮佳佳译：《心画：中国文人画五百年》，北京：北京大学出版社，2017 年〕

Bryant, Daniel（白润德）. *The Great Recreation: Ho Ching-ming (1483–1521) and His World*. Leiden: Brill, 2008.

Cai, Zong-qi, ed. *How to Read Chinese Poetry: A Guided Anthology*. New York: Columbia University Press, 2008. 〔中译本：【美】蔡宗齐主编，鲁竹译：《如何阅读中国诗歌：作品导读》，北京：生活·读书·新知三联书店，2023 年〕

Chafee, John W.（贾志扬）, and Denis Twitchett（崔瑞德）, eds. *The Cambridge History of China*, vol. 5, pt. 2: *The Sung China, 960–1279*. Cambridge: Cambridge University Press, 2015.

Chaffee, John W. "Sung Education: Schools, Academies, and Examinations." In *The Cambridge History of China*, edited by John W. Chafee and Denis Twitchett, 286–320. Cambridge: Cambridge University Press, 2015.

Chaffee, John W. *The Thorny Gates of Learning in Sung China: A Social History of Examinations*. Cambridge: Cambridge University Press, 1985. 〔中译本：【美】贾志扬：《宋代科举》，台北：东大图书公司，1995 年；贾志扬：《棘闱：宋代科举与社会》，南京：江苏人民出版社，2022 年〕

Chan, Wing-tsit. *Chu Hsi: New Studies*. Honolulu: University of Hawai'i Press, 1989. 〔中译本：【美】陈荣捷：《朱熹》，台北：东大图书公司，1990 年；北京：生活·读书·新知三联书店，2012 年〕

Chaves, Jonathan（齐皎瀚）. *Mei Yao-ch'en and the Development of Early Sung Poetry*. New York: Columbia University Press, 1976.

Chaves, Jonathan. "'Not the Way of Poetry': The Poetics of Experience in the Sung Dynasty." *Chinese Literature: Essays, Articles, Reviews* 4.2 (1982): 199–212.

Dye, Daniel Sheets. *Chinese Lattice Designs*. New York: Dover Publications, 1974.

E, Li（鄂丽）. "Beyond the City Walls: Photographic Seeing and the Longing for Wilderness in Yang Wanli's Nature Poems." *Journal of Chinese Literature and Culture* 7.2 (2020): 313 – 338.

Ebrey, Patricia B.（伊沛霞）, and Maggie Bickford（毕嘉珍）, eds. *Emperor Huizong and Late Northern Song China: The Politics of Culture and the Culture of Politics*. Cambridge, MA: Harvard University Asia Center, 2006.

Egan, Ronald C.（艾朗诺）. *The Literary Works of Ou-yang Hsiu (1007 – 72)*. Cambridge: Cambridge University Press, 1984.

Egan, Ronald C. "Poems on Paintings: Su Shi and Huang T'ing-chien." *Harvard Journal of Asiatic Studies* 43.2 (1983): 413 – 451.

Egan, Ronald C. *The Problem of Beauty: Aesthetic Thought and Pursuits in Northern Song Dynasty China*. Cambridge, MA: Harvard University Asia Center, 2006.〔中译本：【美】艾朗诺著，杜斐然、刘鹏、潘玉涛译：《美的焦虑：北宋士大夫的审美思想与追求》，上海：上海古籍出版社，2013 年〕

Egan, Ronald C. *Word, Image, and Deed in the Life of Su Shi*. Cambridge, MA: Harvard University Council on East Asian Studies, 1994.

Fong, Grace S. *Wu Wenying and the Art of Southern Song Ci Poetry*. Princeton: Princeton University Press, 1987.

Franke, Herbert, and Denis Twitchett, eds. *The Cambridge History of China*, vol. 6, *Alien Regimes and Border States, 907 – 1368*. Cambridge: Cambridge University Press, 1994.〔中译本：【美】傅海波、【英】崔瑞德编，史卫民等译：《剑桥中国辽西夏金元史》，北京：中国社会科学出版社，1998 年〕

Frankel, Hans H.（傅汉思）. "The Chinese Ballad 'Southeast Fly the Peacocks.'" *Harvard Journal of Asiatic Studies* 34 (1974):

248 – 271.

Fuller, Michael A. （傅君劢）. *Drifting among Rivers and Lakes: Southern Song Dynasty Poetry and the Problem of Literary History.* Cambridge, MA: Harvard University Asia Center, 2013.

Fuller, Michael A. "Pursuing the Complete Bamboo in the Breast: Reflections on a Classical Chinese Image for Immediacy." *Harvard Journal of Asiatic Studies* 53. 1 (1993): 5 – 23.

Gernet, Jacques. *Daily Life in China on the Eve of the Mongol Invasion, 1250 – 1276*, translated by H. M. Wright. New York: Macmillan, 1962. 〔中译本:【法】谢和耐著, 刘东译:《蒙元入侵前夜的中国日常生活》, 北京: 北京大学出版社, 2008 年〕

Gerritsen, Anne （何安娜）. "Liu Chenweng: Ways of Being a Local Gentleman in Southern Song and Yuan China." In *The Human Tradition in Premodern China*, edited by Kenneth J. Hammond （韩慕肯）, 111 – 125. Wilmington: Scholarly Resources, 2002.

Graham, A. C. （葛瑞汉）, trans. *The Book of Lieh-tzu: A Classic of the Tao.* New York: Columbia University Press, 1990.

Graham, A. C. *Two Chinese Philosophers: The Metaphysics of the Brothers Ch'eng.* La Salle: Open Court, 1992.

Gregory, Peter N. （葛瑞格）, and Daniel A. Getz, Jr. （高泽民）, eds. *Buddhism in the Sung.* Honolulu: University of Hawai'i Press, 1999.

Haeger, John W. （海格尔）. "Between North and South: The Lake Rebellion in Hunan, 1130 – 1135." *Journal of Asian Studies* 28. 3 (1969): 469 – 488.

Haeger, John W, ed. *Crisis and Prosperity in Sung China.* Tucson: University of Arizona Press, 1975.

Hammond, Kenneth J. （韩慕肯）, ed. *The Human Tradition in Premodern China.* Wilmington: Scholarly Resources, 2002.

Hao, Ji （郝稷）. *The Reception of Du Fu (712 – 770) and His Poetry in*

Imperial China. Leiden: Brill, 2017.

Hargett, James M. （何瞻）. "The Poetry of Chen Yu-yi, 1090 - 1139. " PhD dissertation, Indiana University, 1982.

Hargett, James M. "Some Preliminary Remarks on the Travel Records of the Song Dynasty （960 - 1279）. " *Chinese Literature: Essays, Articles, Reviews* 7. 1/2 （1985）: 67 - 93.

Harrist, Robert E. , Jr. （韩文彬）. Painting and Private Life in Eleventh-Century China: Mountain Villa by Li Gonglin. Princeton: Princeton University Press, 1998.

Hartman, Charles （蔡涵墨）. *Han Yü and the T'ang Search for Unity*. Princeton: Princeton University Press, 1986.

Hartman, Charles. "Sung Government and Politics. " In *The Cambridge History of China*, edited by John W. Chafee and Denis Twitchett, 19 - 138. Cambridge: Cambridge University Press, 2015.

Hartman, Charles. "The Tang Poet Du Fu and the Song Dynasty Literati. " *Chinese Literature: Essays, Articles, Reviews* 30 （2008）: 43 - 74.

Hawkes, David （霍克思）, tr. *The Songs of the South: An Ancient Chinese Anthology of Poems by Qu Yuan and Other Poets*. New York: Penguin Books, 1985.

Hightower, James Robert （海陶玮）, tr. *The Poetry of T'ao Ch'ien*. Oxford: Oxford University Press, 1970.

Holzman, Donald （侯思孟）. *Chinese Literature in Transition from Antiquity to the Middle Ages*. Brookfield: Ashgate, 1998.

Holzman, Donald. "Landscape Appreciation in Ancient and Early Medieval China: The Birth of Landscape Poetry. " Taipei: Tsing Hua University, 1996; reprinted in Holzman, *Chinese Literature in Transition from Antiquity to the Middle Ages*.

Holzman, Donald. *Poetry and Politics: The Life and Works of Juan Chi, A. D. 210 - 263*. Cambridge: Cambridge University Press, 1976.

Hu, Yongguang. "A Reassessment of the National Three Hall System in the Late Northern Song. ”*Journal of Song-Yuan Studies* 44（2014）：139－173.〔中译本：胡永光：《北宋末年的教育改革——对太学三舍法的考察》,《华中学术》,2009 年第 2 期, 第 87—100 页〕

Hua, Mei（华梅）. *Chinese Clothing*. Cambridge：Cambridge University Press, 2011.

Hucker, Charles O. *A Dictionary of Official Titles in Imperial China*. Stanford：Stanford University Press, 1985.〔中文引进版：【美】贺凯：《中国古代官名辞典》, 北京：北京大学出版社, 2008 年〕

Jansen, Thomas（杨森）. “The Art of Severing Relationships（*juejiao*）in Early Medieval China. ”*Journal of the American Oriental Society* 126. 3（2006）：347－365.

Kao, Yu-kung（高友工）. “A Study of the Fang La Rebellion. ”*Harvard Journal of Asiatic Studies* 24（1962－1963）：17－63.

Kiang, Heng Chye（王才强）. *Cities of Aristocrats and Bureaucrats: The Development of Medieval Chinese Cityscapes*. Honolulu：University of Hawai‘i Press, 1999.

Kierman, F. A. , Jr. , and John K. Fairbank, eds. *Chinese Ways in Warfare*. Cambridge, MA：Harvard University Press, 1974.〔中译本：【美】费正清、基尔曼编, 陈少卿译：《古代中国的战争之道》, 北京：民主与建设出版社, 2019 年〕

Knechtges, David R. （康达维）. “Sweet-peel Orange or Southern Gold？ Regional Identity in Western Jin Literature. ”In *Studies in Early Medieval Chinese Literature and Cultural History*, edited by Paul W. Kroll（柯睿）and David R. Knechtges, 27－79. Provo：T'ang Studies Society, 2003.

Knechtges, David R. , tr. *Wen xuan, or, Selections of Refined Literature*. Princeton：Princeton University Press, 1982－1996.

Kowallis, Jon Eugene von. *The Subtle Revolution: Poets of the “Old Schools” during Late Qing and Early Republican China*. Berkeley：University of California Press, 2006.〔中译本：【美】寇志明著, 黄

乔生译:《微妙的革命:清末民初的"旧派"诗人》,北京:生活·读书·新知三联书店,2019 年]

Kracke, E. A., Jr. "Sung K'ai-feng: Pragmatic Metropolis and Formalistic Capital." In *Crisis and Prosperity in Sung China*, edited by John W. Haeger(海格尔),49–77. Tucson: University of Arizona Press, 1975.

Kroll, Paul W. (柯睿), and David R. Knechtges(康达维), eds. *Studies in Early Medieval Chinese Literature and Cultural History in Honor of Richard B. Mather and Donald Holzman*. Provo: T'ang Studies Society, 2003.

Lam, Joseph S. C.(林萃青), Shuen-fu Lin(林顺夫), Christian De Pee(斐志昂), and Martin Powers(包华石), eds. *Senses of the City: Perceptions of Hangzhou and Southern Song China, 1127–1279*. Hong Kong: Chinese University Press, 2017.

Lau, D. C.(刘殿爵), tr. *The Analects*. New York: Penguin Books, 1979.

Lau, D. C., tr. *Mencius*. New York: Penguin Books, 2003.

Lau, Nap-Yin(柳立言). "Waging War for Peace? The Peace Accord between the Song and the Liao in AD 1005." In *Warfare in Chinese History*, edited by Hans van de Ven(方德万), 180–221. Leiden: Brill, 2000.

Legge, James(理雅各), tr. *The She King or The Book of Poetry*. Taipei: SMC, 2000.

Levine, Ari Daniel(李瑞). "The Reigns of Hui-tsung(1100–1126) and Ch'in-tsung(1126–1127) and the Fall of the Northern Song." In *The Cambridge History of China*, edited by Denis Twitchett and Paul Jakov Smith, 556–643. Cambridge: Cambridge University Press, 2009. 〔中译本:【英】崔瑞德、【美】史乐民编,宋燕鹏等译:《剑桥中国宋代史(上卷)》,北京:中国社会科学出版社,2020 年]

Levine, Ari Daniel. "Stages of Decline: Cultural Memory, Urban Nostalgia, and Political Indignation as Imaginaries of Resistance in Yue Ke's Pillar Histories." *The Medieval History Journal* 17. 2 (2014): 337 – 378.

Lin, Shuen-fu (林顺夫). "Space-Logic in the Longer Song Lyrics of the Southern Sung: Reading Wu Wen-ying's Ying-t'i-hsü." *Journal of Sung-Yuan Studies* 25 (1995): 169 – 192.

Lin, Shuen-fu. *The Transformation of the Chinese Lyrical Tradition: Chiang K'uei and Southern Sung Tz'u Poetry.* Princeton: Princeton University Press, 1978. 〔中译本:【美】林顺夫著, 张宏生译:《中国抒情传统的转变:姜夔与南宋词》, 上海:上海古籍出版社, 2005 年〕

Liu, James J. Y. (刘若愚). *Major Lyricists of the Northern Sung.* Princeton: Princeton University Press, 1974.

Liu, James J. Y. *The Poetry of Li Shang-yin: Ninth-Century Baroque Chinese Poet.* Chicago: The University of Chicago Press, 1969.

Liu, James J. Y. "Time, Space, and Self in Chinese Poetry." *Chinese Literature: Essays, Articles, Reviews* 1. 2 (1979): 137 – 156.

Liu, James T. C. *China Turning Inward: Intellectual-Political Changes in the Early Twelfth Century.* Cambridge, MA: Harvard University Council on East Asian Studies, 1988. 〔中译本:【美】刘子健著, 赵冬梅译:《中国转向内在:两宋之际的文化内向》, 南京:江苏人民出版社, 2002 年〕

Liu, James T. C. *Ou-yang Hsiu: An Eleventh-Century Neo-Confucianist.* Stanford: Stanford University Press, 1967.

Mair, Victor H. (梅维恒), Nancy S. Steinhardt (夏南悉), and Paul R. Goldin (金鹏程), eds. *Hawai'i Reader in Traditional Chinese Culture.* Honolulu: Hawai'i University Press, 2005.

Major, John S. (马绛), Sarah A. Queen (桂思卓), Andrew Seth Meyer (麦安迪), and Harold D. Roth (罗浩), eds. and tr. *The*

Huainanzi: A Guide to the Theory and Practice of Government in Early Han China. New York: Columbia University Press, 2010.

Mather, Richard B. (马瑞志), tr. *The Age of Eternal Brilliance: Three Lyric Poets of the Yung-ming Era (483-493)*. Leiden: Brill, 2003.

Mather, Richard B. "The Landscape Buddhism of the Fifth-Century Poet Hsieh Ling-yün." *Journal of Asian Studies* 18. 1 (1958): 67-79.

McCraw, David R. (麦大伟). *Du Fu's Laments from the South*. Honolulu: The University of Hawai'i Press, 1992.

McCraw, David R. "A New Look at the Regulated Verse of Chen Yuyi." *Chinese Literature: Essays, Articles, Reviews* 9. 1-2 (1987): 1-21.

McCraw, David R. "The Poetry of Chen Yuyi (1090-1139)." PhD dissertation, Stanford University, 1986.

McDermott, Joseph P. (周绍明), and Yoshinobu Shiba (斯波义信). "Economic Change in China, 960-1279." In *The Cambridge History of China*, edited by John W. Chafee and Denis Twitchett, 321-436. Cambridge: Cambridge University Press, 2015.

Mote, Frederic W. (牟复礼). *Imperial China, 900-1800*. Cambridge, MA: Harvard University Press, 1999.

Murck, Alfreda. *Poetry and Painting in Song China: The Subtle Art of Dissent*. Cambridge, MA: Harvard University Asia Center, 2000. 〔中译本:【美】姜斐德:《宋代诗画中的政治隐情》,北京:中华书局,2009 年〕

Nienhauser, William H., Jr. (倪豪士), ed. *Tang Dynasty Tales: A Guided Reader*. Singapore: World Scientific Publishing, 2010.

Nienhauser, William H., Jr., ed. *Tang Dynasty Tales: A Guided Reader*. Vol. 2. Singapore: World Scientific Publishing, 2016.

Owen, Stephen (宇文所安), ed. and tr. *An Anthology of Chinese Literature: Beginnings to 1911*. New York: Norton, 1996.

Owen, Stephen. "Jiangnan from the Ninth Century On: The Routinization of Desire. " In *Southern Identity and Southern Estrangement*, edited by Ping Wang and Nicholas M. Williams, pp. 189－206. Hong Kong: Hong Kong University Press, 2015.〔中译本:《九世纪以来的江南:论心欲的惯习化》,收入【美】王平、魏宁编,周睿译:《文化南方——中古时期中国文学核心传统》,西安:陕西人民出版社,2024 年,第 246—267 页〕

Owen, Stephen. *The Late Tang: Chinese Poetry of the Mid-Ninth Century (827－860)*. Cambridge, MA: Harvard University Asia Center, 2006.〔中译本:【美】宇文所安著,贾晋华译:《晚唐:九世纪中叶的中国诗歌(827—860)》,北京:生活·读书·新知三联书店, 2011 年〕

Owen, Stephen. *The Making of Early Chinese Classical Poetry*. Cambridge, MA: Harvard University Asia Center, 2006〔中译本: 【美】宇文所安著,胡秋蕾、王宇根、田晓菲译:《中国早期古典诗歌的生成》,北京:生活·读书·新知三联书店,2012 年〕

Owen, Stephen, tr. and ed. *The Poetry of Du Fu*. Berlin: De Gruyter, 2015.

Owen, Stephen. *Readings in Chinese Literary Thought*. Cambridge, MA: Harvard University Press, 1992.〔中译本:【美】宇文所安著,王柏华、陶庆梅译:《中国文论:英译与评论》,上海:上海社会科学院出版社,2003 年,第 290 页;《中国文学思想读本:原典·英译·解说》,北京:生活·读书·新知三联书店,2018 年〕

Owen, Stephen. *Remembrances: The Experience of the Past in Classical Chinese Literature*. Cambridge, MA: Harvard University Press, 1986.〔中译本:【美】宇文所安著,郑学勤译:《追忆:中国古典文学中的往事再现》,北京:生活·读书·新知三联书店, 2004 年〕

Owen, Stephen. *Traditional Chinese Poetry and Poetics: Omen of the World*. Madison: The University of Wisconsin Press, 1985.〔中译本:【美】宇文所安著,陈小亮译:《中国传统诗歌与诗学:世界

的征象》，北京：中国社会科学出版社，2013 年〕

Pease, Jonathan（彭深川）. "No Going Back, or, Youthful Bravado at the Baochan Mountain Cave." *Journal of the American Oriental Society* 126. 2（2006）: 189 - 198.

Peterson, Charles A.（毕德森）. "Regional Defense against Central Power: The Huai-hsi Campaign of 815 - 817." In *Chinese Ways in Warfare*, edited by F. A. Kierman, Jr., and John K. Fairbank, pp. 123 - 150. Cambridge, MA: Harvard University Press, 1974.

Ping, Foong（冯良冰）. *The Efficacious Landscape: On the Authorities of Painting at the Northern Song Court.* Cambridge, MA: Harvard University Asia Center, 2015.

Rea, Christopher（雷勤风）, ed. *China's Literary Cosmopolitans: Qian Zhongshu, Yang Jiang, and the World of Letters.* Leiden: Brill, 2015.

Red Pine（赤松）, tr. *Poems of the Masters: China's Classic Anthology of T'ang and Sung Dynasty Verse.* Port Townsend: Copper Canyon Press, 2003.

Rickett, Adele Austin（李又安）, ed. *Chinese Approaches to Literature from Confucius to Liang Ch'i-ch'ao.* Princeton: Princeton University Press, 1978.

Richter, Antje（李安琪）. *Letters and Epistolary Culture in Early Medieval China.* Seattle: University of Seattle Press, 2013.

Ridgway, Benjamin（白睿伟）. "A City of Substance: Regional Custom and the Political Landscape of Shaoxing in a Southern Song Rhapsody." In *Senses of the City*, edited by Joseph S. C. Lam, Shuen-fu Lin, Christian De Pee, and Martin Powers, pp. 235 - 254. Hong Kong: Chinese University Press, 2017.

Robson, James（罗柏松）. *Power of Place: The Religious Landscape of the Southern Sacred Peak（Nanyue）in Medieval China.* Cambridge, MA: Harvard University Asia Center, 2009.

Schafer, Edward H. *The Divine Woman: Dragon Ladies and Rain Maidens in T'ang Literature*. Berkeley: University of California Press, 1973. 〔中译本:【美】薛爱华著,程章灿译,叶蕾蕾校:《神女:唐代文学中的龙女与雨女》,北京:生活・读书・新知三联书店,2014 年〕

Schafer, Edward H. *Pacing the Void: T'ang Approaches to the Stars*. Berkeley: University of California Press, 1977.

Schlütter, Morten (莫舒特). "Silent Illumination, Kung-an Introspection, and the Competition for Lay Patronage in Sung Dynasty Ch'an." In *Buddhism in the Sung*, edited by Peter N. Gregory (葛瑞格) and Daniel A. Getz, Jr. (高泽民), pp. 109 – 147. Honolulu: University of Hawai'i Press, 1999.

Shields, Anna M. *One Who Knows Me: Friendship and Literary Culture in Mid-Tang China*. Cambridge, MA: Harvard University Asia Center, 2015. 〔中译本:【美】田安著,卞东波、刘杰、郑潇潇译:《知我者:中唐时期的友谊与文学》,上海:中西书局,2020 年〕

Shields, Anna M. "Remembering When: The Uses of Nostalgia in the Poetry of Bai Juyi and Yuan Zhen." *Harvard Journal of Asiatic Studies* 66. 2 (2006): 321 – 361.

Smith, Paul Jakov (史乐民), and Richard von Glahn (万志英), eds. *The Song-Yuan-Ming Transition in Chinese History*. Cambridge, MA: Harvard University Asia Center, 2003.

Spring, Madeline K. (司马德琳). "T'ang Landscape of Exile." *Journal of American Oriental Society* 117. 2 (1997): 312 – 323.

Stuart, G. A. (师图尔). *Chinese Materia Medica: Vegetable Kingdom*. Taipei: Southern Materials Center, 1987.

Sturman, Peter C. (石慢). "The Donkey Rider as Icon: Li Cheng and Early Chinese Landscape Painting." *Artibus Asiae* 55. 1/2 (1995): 43 – 97.

Sturman, Peter C. *Mi Fu: Style and the Art of Calligraphy in Northern*

Song China. New Haven: Yale University Press, 1997.

Swartz, Wendy（田菱）. "There's No Place Like Home: Xie Lingyun's Representation of His Estate in ' Rhapsody on Dwelling in the Mountains. ' " *Early Medieval China* 2. 1（2015）: 21 – 37.

Tian, Xiaofei. *The Halberd at Red Cliff: Jian'an and the Three Kingdoms.* Cambridge, MA: Harvard University Asia center, 2018.〔中译本:【美】田晓菲著, 张元昕译:《赤壁之戟: 建安与三国》, 北京: 生活・读书・新知三联书店, 2022 年〕

Tian, Xiaofei. *Tao Yuanming and Manuscript Culture: The Record of a Dusty Table.* Seattle: University of Washington Press, 2005.〔中译本:【美】田晓菲:《尘几录: 陶渊明与手抄本文化研究》, 北京: 中华书局, 2007 年; 北京: 生活・读书・新知三联书店, 2022 年〕

Tian, Xiaofei. *Visionary Journeys: Travel Writings from Early Medieval and Nineteenth-Century China.* Cambridge, MA: Harvard University Asia Center, 2012.〔中译本:【美】田晓菲:《神游: 早期中古时代与十九世纪的行旅写作》, 北京: 生活・读书・新知三联书店, 2015 年〕

Tillman, Hoyt Cleveland. *Confucian Discourse and Chu Hsi's Ascendancy.* Honolulu: University of Hawai'i Press, 1992.〔中译本:【美】田浩:《朱熹的思维世界》, 台北: 允晨文化, 1996 年（2008 年增订版）; 陕西: 陕西师范大学出版社, 2002 年; 南京; 江苏人民出版社, 2009 年（增订版）〕

Twitchett, Denis, and Paul Jakov Smith, eds. *The Cambridge History of China*, vol. 5, pt. 1, *The Sung Dynasty and Its Precursors*, 907 – 1279. Cambridge: Cambridge University Press, 2009.〔中译本:【英】崔瑞德、【美】史乐民编, 宋燕鹏等译:《剑桥中国宋代史（上卷）》, 北京: 中国社会科学出版社, 2020 年〕

Van De Ven, Hans（方德万）, ed. *Warfare in Chinese History.* Leiden: Brill, 2000.

Van Zoeren, Steven（范佐伦）. *Poetry and Personality: Reading, Exegesis, and Hermeneutics in Traditional China.* Stanford: Stanford University Press, 1991.

Vervoorn, Aat. *Men of the Cliffs and Caves: The Development of the Chinese Eremitic Tradition to the End of the Han Dynasty.* Hong Kong: Chinese University Press, 1990.〔中译本:【澳】文青云著,徐克谦译:《岩穴之士:中国早期隐逸传统》,济南:山东画报出版社,2009 年〕

Von Glahn, Richard. *The Economic History of China from Antiquity to the Nineteenth Century.* Cambridge: Cambridge University Press, 2016.〔中译本:【美】万志英著,崔传刚译:《剑桥中国经济史:古代到 19 世纪》,北京:中国人民大学出版社,2018 年〕

Von Glahn, Richard. "Towns and Temples: Urban Growth and Decline in the Yangzi Delta, 1100 – 1400. " In *The Song-Yuan-Ming Transition in Chinese History*, edited by Paul Jakov Smith and Richard von Glahn, pp. 176 – 211. Cambridge, MA: Harvard University Asia Center, 2003.

Wang, Ping, and Nicholas M. Williams, eds. *Southern Identity and Southern Estrangement in Medieval Chinese Poetry.* Hong Kong: Hong Kong University Press, 2015.〔中译本:【美】王平、魏宁编,周睿译:《文化南方——中古时期中国文学核心传统》,西安:陕西人民出版社,2024 年〕

Wang, Yugen（王宇根）. "Passing Handan without Dreaming: Passion and Restraint in the Poetry and Poetics of Qian Zhongshu. " In *China's Literary Cosmopolitan*, edited by Christopher Rea（雷勤风）, pp. 41 – 64. Leiden: Brill, 2015.

Wang, Yugen. *Ten Thousand Scrolls: Reading and Writing in the Poetics of Huang Tingjian and the Late Northern Song.* Cambridge, MA: Harvard University Asia Center, 2011.〔中译本:【美】王宇根:《万卷:黄庭坚和北宋晚期诗学中的阅读与写作》,北京:生活·

读书·新知三联书店，2015 年〕

Wang, Yugen. "The Xikun Experiment: Imitation and the Making of the New Poetic Style of the Early Northern Song." *Journal of Chinese Literature and Culture* 5.1 (2018): 95–118.

Waters, Geoffrey R. *Three Elegies of Ch'u: An Introduction to the Traditional Interpretation of the Ch'u Tz'u.* Madison: The University of Wisconsin Press, 1985.

Watson, Burton（华兹生）, tr. *The Complete Works of Chuang Tzu.* New York: Columbia University Press, 1968.

West, Stephen（奚如谷）. "Recollections of the Northern Song Capital." In *Hawai'i Reader in Traditional Chinese Culture*, Victor H. Mair, Nancy S. Steinhardt, and Paul R. Goldin, pp. 405–422. Honolulu: Hawai'i University Press, 2005.

Westbrook, Francis Abeken. "Landscape Description in the Lyric Poetry and 'Fun on Dwelling in the Mountains' of Shieh Ling-yunn." PhD dissertation, Yale University, 1972.

Wong, Siu-kit（黄兆杰）. "Ch'ing and Ching in the Critical Writings of Wang Fu-chih." In *Chinese Approaches to Literature*, edited by Adele Austin Rickett, pp. 121–150. Princeton: Princeton University Press, 1978.

Wu, Shengqing（吴盛青）. *Modern Archaics: Continuity and Innovation in the Chinese Lyric Tradition, 1900–1937.* Cambridge, MA: Harvard University Asia Center, 2013.

Yang, Lien-sheng（杨联陞）. "Schedules of Work and Rest in Imperial China." *Harvard Journal of Asiatic Studies* 18.3/4 (1955): 301–325.

Yoshikawa, Kōjirō. *An Introduction to Sung Poetry*, translated by Burton Watson. Cambridge, MA: Harvard University Press, 1967.〔中译本：【日】吉川幸次郎著，郑清茂译：《宋诗概说》，台北：联经出版事业公司，2012 年〕

Yu, Pauline（余宝琳）, Peter Bol, Stephen Owen, and Willard Peterson（裴德生）, eds. *Ways with Words: Writing about Reading Texts from Early China*. Berkeley: University of California Press, 2000.

Zhang, Cong Ellen. *Transformative Journeys: Travel and Culture in Song China*. Honolulu: University of Hawai'i Press, 2011.〔中译本:【美】张聪著, 李文锋译:《行万里路: 宋代的旅行与文化》, 杭州: 浙江大学出版社, 2015 年〕

Zhang, Yunshuang（张蕴爽）. "Porous Privacy: The Literati Studio and Spatiality in Song China." PhD dissertation, University of California at Los Angeles, 2017.

中译本校定后记

承周睿博士雅爱，将拙著 *Writing Poetry, Surviving War* 译为中文，奋精丽之思，挥如飞之翰，不半载而功成，美言华词，必欲尽原文之微旨，补注增引，以补其错漏与偏失，实为拙著增光，诚为读者之幸。我倍感荣幸，今借中文版即将赴铅椠之机，略表对译者之厚爱与用心之无尽谢意。

华中师范大学的林岩教授，与在下仅数年前一面之缘，但我对他的学问一直深所仰慕，这次慨然将拙著收入其主持的上海古籍的出版项目，对拙著能如愿与中文读者见面，实有玉成之功，我无任感激之至。

上海古籍出版社愿意出版这本小书，我感到非常荣幸，也借此对未曾谋面的编辑们表达感谢。

英文原著成书之日，新冠病毒正暴施其虐，陈与义辗转江湖五年半之间，身虽憔悴欹侧，但对未来一直心怀热望，这给予了写作者无限的动力去完成本书。中文本选择目前的这个书题，也是为了纪念我们这个时代所共同身经体历的磨难。

公元 2024 年三月谷旦夜锦客

记于美国俄勒冈州雨津城春不居小室

译后记

2010年，懵懵懂懂的我，来到西海岸小镇尤金（Eugene），在俄勒冈大学东亚语言与文学系访学，英文水平要应对日常已经是拼尽全力了，专业精进方面就胸无大志地得过且过着。当时的指导老师，就是温和亲切的宇根老师。从开列阅读书目，到指导读书笔记，从课程学习跟进，到支持学术交流，宇根老师给了我无微不至的关照。那个时候，宇根老师的首本专著《万卷》即将面世，但那个时候的我，从未想过我的能力水平能够助老师一臂之力，但根植于新世界的种子，却在宇根老师的春风化雨中，慢慢发芽成长。

之后十余年，弹指一挥间。有些默契的缘分，在这些年滋生蔓延着：我在西南大学开设的"域外中国诗学专题""唐诗的海外传播"等专业课程的设想始于在尤金的点滴积累；我申请的若干科研项目，很多都受益于与宇根老师讨论过汉学话题；接受我去伦敦大学亚非学院访学的导师陈靝沅，正是宇根老师的师兄弟同学；被台湾 THCI 顶刊《汉学研究》接纳的数篇汉学书评，评介对象都是宇根老师的哈佛导师宇文所安教授、田晓菲教授等名师之新作；某一天我在豆瓣上写过的书评被出版社责编发现，找我担纲译者一职，翻译方秀洁教授的 *Herself an Author*，正是当年甫一出版就被宇根老师推荐我阅读的"名作"之一；联系翻译郝稷教授的 *The Reception of Du Fu and His Poetry in Imperial* 的四川人民出版社责编，是当年也去过 UO 的 ducks，近年来关注到"文化南方"身份认同是我们不约而同共读同一本书的发现……

宇根老师这些年在新书出版之后，总会给我寄一本纸质书让我实践"物质性"阅读。在 Kindle 读《万里江湖憔悴身》之时，我正在云南元阳、蒙自、建水一线自助旅行，在盘山公路上转得七荤八素，感悟这些年来我一直在世界各地打卡，似乎也在冥冥中映照着"万里江湖"的意义，而不断老去的"憔悴身"却伴随着心智的成熟和态度的从容——之前的《万卷》我没能参与助力，直到新书《万里江湖憔悴身》面世，我觉得是时候该贡献绵薄之力来反哺老师的涓滴恩情。跟宇根老师聊起此事，恰逢我的第一本学术译著，陈颢沅教授的《逍遥与散诞》即将出版，宇根老师力邀我来担纲他的新书译介，我也就一口答应下来。不过学术翻译是件

费力不讨好的苦差事，不仅不被认定为"原创性"学术成果
而在学校升等评级中低人一等，在书籍市场方面也会因为定
位狭窄而屡被出版社拒之门外，当时我刚译完王平教授与魏
宁教授合编的 *Southern Identity and Southern Estrangement in
Medieval China* 一书，光是中文版版权就换了三家出版社；
而接下来翻译宋耕教授的 *The Fragile Scholar* 一书，也遭遇
选题两度不通过的打击，而最终回到原著出版地先以繁体中
文版问世，再回传到内地市场重出简体中文版。谈不上心力
交瘁，但的确拉锯磨折。

　　动手翻译这本书花了我整整半年时间。在这期间，我在
台北《汉学研究》和上海《国际比较文学》期刊上先后发
表两篇批评式学术书评，以便更好地厘清学术脉络，把握原
著本意，也带着研究生们细读文本、讨论技法，朱雪宁、钟
京福分别在第三章、第八章翻译初稿，贡献尤多。全书初译
完成之后，我最亲密的学术伙伴陈昉昊通读全稿、悉心校
对，替我补救了若干谬误之处。译稿交由宇根老师亲自校
对，当我拿回标记了 13 500 处修订的校对稿之时，我知道，
这本书的译稿质量是完全有保障的了。不过译著中仍可能存
在的问题，文责皆归于我。在推动翻译出版方面，我要大力
感谢林岩教授。林岩教授与宇根老师是宋代文史研究学界的
同好之友，但与我素未谋面，自决定资助此书中译本出版以

来，一直对我非常包容和关照，在各种方案的讨论上给予我极大的支持、无私的信任和弹性的空间，费心尽力牵线搭桥，我唯有尽心尽力继续从事学术翻译之业，来报答学界前辈的提携和帮助。

宇根老师的这本书，与我而言，还有一种私密情感。正是因为在《国际比较文学》发表此书的书评，我得以结识在同一期杂志上发表另一篇学术书评的作者陈昉昊，自此以来，具有诸多不可思议的相似性的我俩，在学术上、工作上、生活上、人生上彼此扶携、相伴同行。我以前从不相信会有 soulmate 这样的身份真实存在，现在我深信不疑。

宇根老师一直在尤金工作生活，非常想念那个安静多雨的小城，也期待有机会再与老师在萦绕着咖啡香味的小店聊聊过去、现在与将来。希望这一天，不会太远。

周 睿

2023 年 11 月 9 日记于泰国孔敬

INDEX

图书在版编目（CIP）数据

万里江湖憔悴身：陈与义南奔避乱诗研究 ／（美）
王宇根著；周睿译；王宇根校. —上海：上海古籍出
版社，2024.5
（萤爝译丛）
ISBN 978-7-5732-1057-9

Ⅰ.①万… Ⅱ.①王… ②周… Ⅲ.①宋诗—诗歌研
究 Ⅳ.①I222.744

中国国家版本馆 CIP 数据核字（2024）第 065813 号

萤爝译丛
万里江湖憔悴身
——陈与义南奔避乱诗研究
王宇根　著　周睿　译　王宇根　校
上海古籍出版社出版发行
（上海市闵行区号景路 159 弄 1-5 号 A 座 5F　邮政编码 201101）
（1）网址：www.guji.com.cn
（2）E-mail：guji1@guji.com.cn
（3）易文网网址：www.ewen.co
上海中华印刷有限公司印刷
开本 850×1168　1/32　印张 12.125　插页 5　字数 212,000
2024 年 5 月第 1 版　2024 年 5 月第 1 次印刷
ISBN 978-7-5732-1057-9
K·3556　定价：98.00 元
如有质量问题，请与承印公司联系

Writing Poetry, Surviving War: The Works of Refugee Scholar-Official Chen Yuyi (1090－1139) by Yugen Wang was originally published in English by Cambria Press. Copyright © 2020. All rights reserved. This translation is published by arrangement with Cambria Press.

《万里江湖憔悴身——陈与义南奔避乱诗研究》英文原著由坎布里亚出版社于 2020 年出版,版权归坎布里亚所有。中文译本的出版乃经由坎布里亚授权。